伯爵のハートを盗むには

主な登場人物

マルコ	コモ伯爵
キャサリン（ケイト）・ウッドブリッジ	〈罪深き集い〉の会員
シャーロット・フェニモア	〈罪深き集い〉の会員
アレッサンドラ	〈罪深き集い〉の会員。マルコのいとこ
クライン	ケイトの祖父。公爵
リンズリー	英国の陸軍副大臣。侯爵
タッパン	英国の外務省副大臣。男爵
ゼーリッヒ大佐	プロイセンの陸軍武官
ヴロンスコフ	ロシアの伯爵
ロシャンベール	フランスの伯爵
アレナム	英国の男爵
レディ・ダクスベリ	英国の伯爵未亡人。アレナムの妹

1

「へえ、レディの裸か。こいつはいい目の保養だ」

ケイト――キャサリン・カイリー・ウッドブリッジはあたたかな吐息が首筋にかかるのを感じた。薄いベールでかすめるように素肌をじらしていく。

「これは裸体像よ」ケイトは正しく言い直した。窓ガラスにあざけるような微笑が映ったが、無視して作品集を慎重にめくり、次の絵に目をやる。

コモ伯爵――ジョヴァンニ・マルコ・ムスト・デラ・ジラデッリ卿《きょう》が一歩近づき、机の端に腰をのせた。「ジャコモ卿は女性の体を描《か》くのがなかなかうまい」ゆったりとした口調でジェームズ卿の名前をイタリア風に発音し、仕立てのいい上着に包まれた肩を彼女によせる。

近すぎるわ。

熱したナイフがバターを溶かすように、彼の体温がシルクとウールをつらぬきケイトの体を溶かす。彼女は胸の鼓動を抑えようとした。だめよ、と自分をいさめる。ああ、反応してはだめ。危険な恋愛ゲームに手を出して彼の気を引いたりすれば、身の破滅を招くことになる。

ロンドンにいるあまたの男性のなかで、わたしの正体を見抜く恐れがあるのは彼だけだ……。

「そう思わないかい?」マルコは——本人は長々とした正式の名前よりマルコと呼ばれるほうが気に入っている——水彩画のへりに指をすべらせた。

無礼な態度であしらえば、彼も退散するかもしれない。

「そうね」ケイトはわざと冷ややかな声で言った。「ジェームズ卿は芸術家として世間に認められた」一拍間を置いてから続ける。「努力を重ねて才能を開花させた紳士には、わたしも心から拍手を送るわ。ばか騒ぎに明け暮れて破滅する貴族とは大ちがいだもの」

「女性の肉体美の探求には、ぼくもたっぷり時間をかけているさ」マルコが愉快そうに瞳をきらめかせた。

男のくせに、なんて長いまつげなの。ブランデーを思わせるゴールドの瞳も、胸がざわめくほど官能的な唇も、たまらないくらい魅力的だ。ケイトはあわてて視線を水彩画に戻した。神様のいたずらにもほどがある。ハンサムな顔と肩にかかる豊かな漆黒の髪を、ろくでなしの放《ほう》蕩者《とうもの》に授けるなんて。

彼が〝女を堕落させる悪魔〟と呼ばれるのもうなずける。

「ぼくが思うに、ジャコモ卿はレディの胸のふくらみを描く練習がもう少し必要だ」マルコは画用紙に顔を近づけ、さまざまな角度からしげしげと絵を見つめた。「これでは百点満点とは言いがたい。石像のデッサンはやめにして、生身の人間を描くようすすめるね」長いまつげをしばたたかせる。「彼の専属モデルが喜んでポーズをとってくれるさ」

「品のない考えね」吹きだしそうになるのをこらえ、ケイトは唇を引き結んだ。「しかも、そのモデルはあなたのいとこでしょう」

「新婚ほやほやの妻のヌードだよ。ジャコモ卿もおおいに制作意欲をそそられると思わないか？」マルコは挑むようににやりと笑った。「妻がドレスを脱ぎ捨てて、そのすばらしい体をじっくり観賞させてくれたら、夫は大喜びだ」

英国上流社会では体の話題はなんであれ禁句だが、彼はいつものごとく、この国のマナーを無視してみだらな歓《よろこ》びを味わっているらしい。正直、なかなか痛快だわ、とケイトは思った。社交界の複雑なしきたりやきまりに辟易《へきえき》しているのはわたしも同じだ。

もっとも、そんな本音をマルコに打ち明けるわけにはいかない。ケイトは作品集をぴしゃりと閉じ、思いきり顔をしかめてみせた。「なんて猥褻《わいせつ》な人なの。まったく、露骨すぎるわ」

「バイロン卿だってそうだ」マルコがささやいた。「女性はそんな彼に惹《ひ》かれるんだろう？」

「それはバイロン卿が実際に魅力的だからでしょう。悪ふざけをしていないときは、とてもロマンティックな詩を書けるし。あなたが情事やお酒に溺《おぼ》れていないときに何をしているかは考えたくもないわ」

マルコは腰を上げ、上品なズボンについたしわをのばした。「本当は知りたくてたまらないんだろう、かわいい人《ベラ》」

そのイタリア語を耳にしたとたん、ケイトの瞳に動揺が走った。まさか、彼が気づくはずはない。遠い昔のナポリの一夜と今を結びつけるわけないわ……。

そうよ、気づくはずがない。

でも、やっぱり彼とは距離を置かなければ。

笑い声で不安を隠し、ケイトは急いで言葉を継いだ。「まさか！　ふざけるのもいいかげんにして」

「怒ったのかい？」官能的な唇がほころび、物憂げな笑みが浮かぶ。「許してくれ。きみが頬を染めるのが見たくて、からかっただけだ」

「あなたがそばにいるだけでかりかりしてくるわ」ケイトはぴしゃりと言った。「その無礼な言動にはもう我慢できない」

マルコが傷ついたというように片手で胸を押さえた。

心なんてないくせに、とケイトは思った。彼の体で感じやすい場所はひとつだけだと、ロンドンのレディたちがうわさしていた。それは胸のあたりではなかったはずだ。

「打ちのめされたよ、ミス・ケイト・キャサリン」

「あら、言葉が刺さったのかしら？」彼女は言い返した。「感謝したほうがいいわ。もしわたしが言葉ではなく剣を振るっていたら、大事なものを切り落としていたにちがいないもの」

マルコが手をおろし、懐中時計の鎖から垂れた飾り《フォブ》がシルクのベストの上でゆれた。「ミス・

ケイト・キャサリン、きみと一戦まじえるのなら、ぼくはきみが果てるまで攻めつづけたい」

悔しいことに、ケイトは頬が熱くなるのを感じた。

マルコが足を踏みだして体をよせ、誘いかけるようにウインクする。「剣の扱いでは、ヨーロッパじゅうを探してもぼくの右に出る者はそういないよ」

鋭い反撃を浴びせようにも、すぐには言葉が見つからなかった。うぬぼれた男だけれど、剣の腕前に関してはそのとおりだ。フェンシングではロンドン一の達人であるアンジェロでさえ、マルコにはたびたび負かされていた。たとえそのことを知らなくても、マルコがすぐれた身体能力の持ち主であることは見ればわかる。ケイトはこれまでの経験から、強い男かどうかひと目で判断できるようになっていた。

怠惰な放蕩者を気どるマルコは、一見、だらけているようだけれど、あれは獲物をねらう獣の身のこなしだ。しなやかなヒョウのように敏捷《びんしょう》で筋肉が引きしまっていて、とても美しい。

けれど、彼が危険な理由はそれだけではない……。

ケイトは体を引いて、革の手袋をゆっくりとはめた。それからあらためて口を開く。「どちらが勝つか試すことができなくて残念だわ」芝居がかった口調で言う。

マルコは彼女の手袋にじっと目を注いだ。「その手袋でぼくの頬を叩《たた》いて、決闘を申しこめばいい」笑いをふくむ彼の声に、熟成したブランデーと小部屋に漂うたばこのにおいを思いだし、かすかなふるえがケイトの背筋を駆けおりた。

「そうしたいところよ。でも、自分がレディであることを忘れるわけにはいかないわ」

「ぼくがそれを忘れる恐れはないから、心配しないで、美しい人《カーラ》」

恐れ。その言葉に警戒心がふたたび頭をもたげ、ケイトはマルコから目をそらした。顔をじっと見られてはまずい。彼に気づかれる可能性はほとんどないとはいえ……。

「それは、あなたがレディのことばかり考えているからでしょう」自分から注意をそらそうと、ケイトはつきはなすように言った。「よくまあ飽きないわよね」

　マルコは声をあげて笑った。「ぼくだって、たまには別のことも考えるよ」

「まあ、驚いたわ」

「ぼくもすてきなきみに驚かされっぱなしさ、ミス・ケイト・キャサリン――」

「その変な呼び方はやめてちょうだい」ケイトはさえぎった。

「変かな？　いとこのアレッサンドラはきみをケイトと呼ぶし、メイドからはキャサリンと呼ばれているだろう。英国人は名前をつなげるのが好きだから――」

「説明はいらないわ」〝キャサリン〟では堅苦しいから、親しい友人たちには〝ケイト〟と呼んでもらっている。だけど、マルコは親しい友人ではない。「マナーどおりに〝ミス・ウッドブリッジ〟と呼んでちょうだい」

「マナーなんてうんざりだ」マルコがつぶやいた。「この気持ち、きみのような知的好奇心に満ちたレディならわかってくれるだろう」

彼の言葉を無視して、ケイトは陳列台から離れた。「失礼させていただくわ。新郎新婦にお別れの挨拶《あいさつ》をしなければならないの」

「なぜそんなにあわててロンドンに戻るんだい？　みな明日まで滞在する予定だろう」

「シャーロットが自然科学協会で講義をするから、その準備があるのよ」ケイト同様、シャーロットも〈女性科学者の集い〉の一員だ。彼女たちは毎週顔を合わせ、知識を共有し、友情を深めていた。

上流社会では学問に傾倒する女性は眉をひそめられるため、五人の会員は自分たちのことを〈罪深き集い〉と呼んでいる。ケイトは口もとをほころばせた。この一年、〝罪深き者たち〟の支えがなければ、わたしは英国社交界という海図のない海を進むことなどできなかっただろう。

「おもしろそうじゃないか」マルコがゆっくりと言った。

「ええ、おもしろいわよ」ケイトは人さし指をぴんと立て、それからぐにゃりと曲げてみせた。「科学がなければ、あなたの剣も肝心なときに曲がってしまうかもしれないわ」

マルコは彼女の前にすっと立ちふさがった。「その現象なら聞いたことがあるな。ぼく自身は一度も経験がないから、いったいなにが原因で役たたずになるのか不思議に思っていたんだ。きみの口から説明してくれないか？」

彼の上着が胸の先端をかすめ、ケイトははっと息をのんだ。シルク越しにマルコの熱が感じられる。「悪党《ネメルニク》」

ふたたび低い笑い声が間近で響き、彼女の心をゆさぶった。「ぼくはルーマニア語も話すんだよ、ひどい言葉でののしられたとわかる程度にはね」不敵な笑みを浮かべた唇が近づいてきて、彼女の唇に触れそうになる。「レディであることを忘れないんじゃなかったかい？」

「わたし――」その先の言葉はマルコの唇に封じられた。まるで、ベルベットで体のいちばん感じやすいところを愛撫《あいぶ》されたかのような、官能的な感触にはっとする。

だが、ケイトが快感に身をゆだねたのはほんの一瞬だった。彼女はわれに返るなり、マルコのあごにパンチを繰りだしていた。

彼がよろよろとあとずさりした。困惑したような表情で慎重に息を吸いこみ、ゆっくりと吐きだす。「育ちのいいご令嬢が、どこでこんなパンチを覚えたんだ？」

「あなたには関係ないでしょう」ケイトはそうつぶやきながら、しびれた手をこっそり振った。まったく、なんて頑丈なあごなの。

マルコが猟犬みたいに鼻をひくつかせた。「きみはオレンジのにおいがする……それに、なにか別の香りも」

しまった。

彼が先を続ける前に、人影が現れた。

「ああ、ここにいたのね、ケイト」アレッサンドラ・デラ・ジアマッティ――レッドヤード公爵の末息子の妻となった今はレディ・ジェームズ・ジャックハート・ピアソンだ――が入口に新郎と並んでいる。「ごめんなさい、大事なお話でもしていたのかしら？」

「やあ《チャオ》、アレッサ」マルコが応じた。「いいや、きみの博識なご友人とフェンシングの話で盛り上がっていただけさ」

マルコのあごが赤く腫《は》れているのに目をとめて、アレッサンドラはかすかに眉をひそめた。

「フェンシングねえ」ゆっくりと繰り返す。

「ああ、科学《シ》がこんなに刺激的な学問だと知っていたら、もっと前にきみたちの集まりに入れてもらってたんだが」アレッサンドラの両頬にすばやくキスをし、イタリア語で一気に続ける。「今朝は一段と美しいよ、すてきなきみ《カーラ》。幸せで輝いている」

「あなたはますます手に負えないわ」アレッサンドラが苦笑いを浮かべて応酬した。それからケイトに向き直って声をかける。「わたしのいとこが迷惑をかけたら、遠慮せずに〝ヴァ・アッル・インフェルノ〟って言ってちょうだい」

〝地獄に堕ちろ〟ということね。

ケイトは眉根をよせた。「彼なら、地獄へはもう何度も行ってるんじゃないかしら？」

「言えてるな」ジェームズ・ジャックハート・ピアソンがくくっと笑った。真夜中を思わせる黒髪にオリーブ色の肌、そして軍隊仕込みのたくましい体から、彼は〝ブラック・ジャック〟として知られている。だがその心は純金のようにまじりけがなく澄んでいると、アレッサンドラはケイトに請けあった。「こいつはそこでも鼻つまみ者で、すぐに悪魔に追い返されたにちがいない」

マルコは傷ついた顔をしてみせた。「ジャコモ卿、ぼくらは親友《アミーコス》だと思っていたのに」

「アミーコス?」ジャックが黒々とした眉をつり上げた。「思い上がりもはなはだしいぞ、ジラデッリ。きみがここにいることには目をつぶろう。だが正直言って、我慢するにも……」

冗談を言いあう男たちを置いて、ケイトは花嫁を奥に連れていき、頬にキスをした。「あなたのいとこに同意するのは癪《しやく》だけど、今日は本当にすてきよ。幸せで輝いてるわね」

「だって幸せだもの」アレッサンドラが言った。彼女がこうして感情を素直に表すのはめずらしい。〝罪深き者たち〟のなかでも、アレッサンドラは自分の気持ちや過去のこととなると誰よりも口が重く、親友にすら心を開かなかった。

それも理由があってのことだったとケイトは振り返った。恐ろしい秘密を抱えたイタリアの過去が暴かれ、アレッサンドラとその幼い娘は命の危険にさらされた。しかし、半島戦争で数々の勲章を授かった元陸軍の英雄〝ブラック・ジャック〟ピアソンが狡猾《こうかつ》な敵を退け、アレッサンドラの愛を勝ちとったのだ。

棚にならぶ革装の書物に目を移すと、自分の唇がふるえるのがわかった。まるで物語のヒーローみたい、と胸のなかでつぶやく。ああ、正義の騎士が本から抜けだして、わたしの前にも現れてくれたら。

けれども生身の人間では、わたしを苦しめるドラゴンは退治できない。わたしははるかに恐ろしい秘密を抱えているのだから……。

ケイトは笑顔をつくろい、小さく笑った。「わたしたちみんな、心から祝福しているわ」アレッサンドラはケイトの手を握りしめた。「〝罪深き者たち〟の友情には本当に感謝しているの。あなたたちがいなかったら、この数カ月をのりこえることは絶対にできなかった」「そのための友情でしょう」午後にはレッドヤード邸を出なければならないと思うと、ケイトは一瞬言葉につまった。「そうそう、あなたに伝えておかないと。次の講義の準備があるから、シャーロットが早くロンドンに戻りたがっているの」

「そうだったわね」アレッサンドラがジャックとマルコにちらりと目をやった。ふたりはまだ舌戦の最中だ。「行きましょう。温室にいるキアラとアリエルも呼んで、シャーロットが荷づくりをするあいだ、みんなで彼女の部屋に集まりましょう」

短い時間でも五人が顔をそろえられると思うと、ケイトは胸がはずんだ。「うれしいわ。でも、ジャックをほうっておいていいの？」

「ええ、ああやってお互いにからかったあと、古代ローマ美術や遺跡についてマルコと語りあうのを楽しみにしているの。マルコはふざけてばかりだけど、美術には詳しいのよ」

「伯爵が知的な分野に興味があるとは夢にも思わなかったわ」ケイトはゆっくりと言った。

「マルコはほかにも意外な面があるのよ。本人はそれをひた隠しにしているけれど」それからアレッサンドラは自嘲《じちょう》気味につぶやいた。「おしゃべりがすぎたわね」

ケイトは少しためらい、口を開いた。「誰にだって人には見せない顔があるものよ」

ケイトを追いかけまわすのはやめておけ。

退屈そうに無関心を装い、マルコは歩き去るふたりの女性からゆっくりと顔をそむけた。

「ねらうならほかの女にしろ」マルコの考えを見すかしたかのようにジャックがつぶやいた。

「きみが悪い癖を出してミス・ウッドブリッジに手を出そうものなら、たとえいとこだろうがアレッサンドラはその睾丸《テスティコロス》を切り落として、ロンドン塔の大ガラスに食わせるぞ」

同感だ、と胸のなかで相づちを打ち、マルコはにやりと笑ってみせた。「ぼくに目をつけられて、彼女がいやがるとでも？」

「そのうぬぼれたそぶりとでかい態度をいやがるだろうさ」

「どうかな」マルコの唇が残忍そうな笑みを描いた。「大半の女は、ぼくのそんなところに惹きつけられる」

「ミス・ウッドブリッジは大半の女とはちがう」ジャックがぴしゃりと言った。「並みはずれた才媛《さいえん》だ。簡単に口説き落とせるなんて思うなよ」それからふと考え直す。「まあ聡明《そうめい》なミス・ウッドブリッジなら、きみの頭は空っぽだと見破れるか」

「ジャコモ卿、きみに女性の口説き方を教えてもらう必要はないよ」

「そうか？　それにしては手間どっていたな」

マルコは柱にもたれ、海辺を思わせるグリーンのドレスが廊下の奥へ消えるのを見送った。ああ、たしかにケイト・ウッドブリッジは普通の若いレディとはちがう。だが、異彩を放っているのはその頭脳だけではない。美しいアクアマリンの瞳にときおりきらめくしたたかさだ。まるで、メイフェアの高級住宅街から一歩出れば過酷な現実が待ちかまえていることを実際に見てきたかのような目をしている。

むろん、あり得ない話だ。マルコは胸のなかでつぶやいた。ケイトは英国の上流社会のなかでも、とりわけ礼儀に厳格なクライン公爵の孫娘だ。生まれながらに富と特権を持ち、大勢の使用人に囲まれている。

汚れを知らない箱入り娘などうんざりだ。なのに、彼女の形のいいヒップをつい追いかけそうになるとはどういうことだ？

「本気を出す気になれなくてね」マルコはそう言うと、首に巻いたクラヴァットに視線を落とした。糊《のり》のきいたリネンを指先でひとなでしてから先を続ける。「世間知らずのお嬢様がぼくに太刀打ちできるはずがないだろう。きみには意外かもしれないが、ぼくだって若くて純真なレディの心をもてあそぶのは気が引けるんだ」

ジャックがわざと顔をしかめる。「もしかして、きみにも良心があると言っているのか？」

マルコは柱から体を起こした。「高潔であるべきなのは、陸軍のヒーローだけじゃないさ」

「良心の呵責《かしやく》に苦しむとはご立派だが、その必要はないぞ。アレッサンドラの話によると、ミス・ウッドブリッジは自分で身を守れるそうだ」

マルコは笑いとばした。「ミス・ウッドブリッジは頭が切れるし、口も達者だ。だが、社会の裏側をうろつく連中が相手じゃ丸腰も同然さ」彼の口もとに苦笑いが浮かぶ。「ひとでなしの遊び人に、財産めあての性悪男、それにぼくのような放蕩三昧《ざんまい》のろくでなしが相手ではね」

「それはどうかな」ジャックが反論した。「ミス・ウッドブリッジは波瀾《はらん》万丈な人生を送ってきたらしいぞ。彼女の母親は爵位も財産も投げ捨てて、アメリカ人の船長と駆け落ちしている。ミス・ウッドブリッジもずっと世界じゅうを航海していたそうだ」

マルコの唇がかすかに引きつった。いとこのアレッサンドラはぼくの前ではほとんど友人の話をしない。友人のたち入った話を打ち明けるほどには、信用されていないということか。

「実際、この数年は大変だったようだ」ジャックが続けた。「両親が熱病で続けざまに亡くなってから、ミス・ウッドブリッジは両親との約束を果たすため英国に戻り、祖父と和解したらしい。独立心旺盛《おうせい》な彼女は公爵にたてついてばかりなんだとか」

「それであの乱暴な悪態も説明がつくな」マルコは思案顔でつぶやいた。ケイトがうっかりレディらしからぬ言葉を吐いたのは、今日が初めてではないだろう。

ジャックが笑った。「アレッサンドラの話じゃ、彼女は十もの言語で船乗り顔負けの悪態をつけるそうだ」

「興味深いな」

「ああ。だが、古代建築に関する稀覯本《きこうぼん》のコレクションほどではない」ジャックにとっては、ケイト・ウッドブリッジよりも古代ローマのほうがはるかに興味をそそられる話題なのだ。

「ジュピター神殿の彫刻について十七世紀に記された本がある。ぜひきみに見てもらいたいと……」

　マルコはジャックのあとについて、陳列台へと歩いていき、レディたちのことは――裸体像も含め――しぶしぶ頭から追い払った。それでもなぜかシチリアのネロリとワイルドタイムの芳香がいつまでもまつわりつき、彼の鼻をくすぐった。

　忘れようのないなつかしい香りだが、どこでかいだのかが思いだせない。

　無理もないさ、とマルコは自嘲気味に肩をすくめてあきらめた。毎日気ままに浮かれ騒ぎ、山ほど香水を吸いこんできた。すべて思いだせるはずもない。実際、記憶に残るほどの女はひとりもいなかった。

　ナポリで出会った狡猾な娼婦《しょうふ》を除いては……。

「しゃんとしろ、ジラデッリ。ドリス式円柱の図によだれを垂らそうものなら、その舌を切り落とすぞ」

2

「このひどいにおいはなんですか？」

「魚のはらわたと乾燥させた牛糞《ぎゅうふん》よ」ケイトは卓上のインク壺《つぼ》をわきにどけ、研究ノートにペンを走らせた。ロンドンに戻ってからというもの、留守にしていた分をとり返すかのように植物学の研究に精を出している。「ちゃんと洗い落としたつもりだったんだけど、ごめんなさい」

メイドのアリスはケイトが着ている作業用のドレスを凝視した。服の裾《すそ》から汚れのようなものがしたたり、高価なオービュッソン織りの絨毯《じゅうたん》に落ちている。「ドレスを着替えてください」

ケイトが視線をさげた。「うげっ」息を殺して毒づく。

「そういう言い方もあるのですね」アリスが応じた。今ではケイトの奇行にもすっかり慣れていた。過去のメイドたちは誰ひとり一カ月ももたなかったが、アリスはおぞましい材料や汚い言葉にも動じなかった。「ですが、フランス語で言ったほうがもう少しレディらしいかと」

「それはそうだけど、何度も言ってるでしょう、わたしは――」

「本物のレディではない」アリスが声を合わせた。「それには感謝しています。レディのメイドは退屈ですから」

ケイトは口もとをほころばせた。「シンプソンがあなたを見つけたのは天のめぐりあわせね。職業斡旋所《あつせんじょ》が紹介してきたメイドたちは、ユーモアのかけらもなかったわ」羽根ペンの柄で頬をとんとんと叩く。「わたしだってスーザンを脅かそうとして、ドレスのリボンにカエルの脚をはさんでいたわけじゃないのよ。そこにしまっておいたのをうっかり忘れただけなのに」

「めぐりあわせとはちがいますわ」アリスが言った。「その事件のあと、ミスター・シンプソンは斡旋所を通したメイド探しをあきらめたんです。わたしは彼のいとこの知りあいなんです……どういう仲かはきかないでください。途方に暮れていたミスター・シンプソンは、カエルのぶつ切りを見ても卒倒しないという条件で、わたしのお粗末な経歴に目をつぶったんです」

「カエルを解剖したのは一度だけよ。あのときは王立動物学協会で受けた講義を実際に試してみたの」ケイトは袖《そで》についた葉っぱを払った。「わたしの専門は植物学だもの」

「最近では魚も植物に分類されるんですか?」アリスが鼻をひくつかせた。

「これは新しい肥料の配合を試しているの。友人のアリエルと結婚したばかりのご主人がケシの新種を開発しているんだけど、種苗に元気がなくて」

アリスが鼻をつまむ。「次は植物精油を調合して香水を開発してはいかがですか」

香水という言葉を耳にして、ケイトはゆっくり息を吸いこんだ。昔から香水は、香料と天然ハーブを自分で調合したものを使っていた。材料はティレニア海を一望するシチリア島の小さな店からとりよせている。それはケイトだけの特別な香りだった。

息を吐きなさい、と心のなかで自分に命じる。男は鈍感な生き物だ。ネロリもワイルドタイムも、女性用の香水にはよく使用される。大勢の女の肌に鼻をこすりつけてきたマルコが、ナポリでのたった一夜の出会いを覚えているわけがない。

「いいアイディアね」ケイトは明るく言った。「おこづかい稼ぎにボンド・ストリートでお店を開こうかしら」

アリスが顔をしかめる。「孫娘が商売に手を出すと聞いたら、公爵様がなにをなさるかわかりませんわ」

「いいえ、わかりきっているわよ」怒りのにじむ声でケイトは言い返した。「クラインは母を勘当したわ。当主である自分の命令にそむいてアメリカ人船長と結婚したという理由でね」

アリスは舌打ちした。ケイトの生い立ちについてあらましはすでに耳にしていた。「世の中には融通のきかない人もいるものです。生まれたときからご機嫌とりや太鼓持ちに囲まれて、〝おっしゃるとおりでございます〟なんて言われつづけたらなおさらですわ」メイドはふと思いをめぐらせた。「公爵様に逆らう者は誰ひとりいません。あれでは、ご自分が正しいかどうか判断するのも難しいと思います」

ケイトはため息をついた。「たしかにそうかもしれないわね、アリス」クリスタルのインク壺を手にとり、なかの黒い液体をくるくるまわす。「それでも、祖父を許すことはできないわ。

本当に頑固で……わからず屋なんだから」インクは勢いを増して渦を描き、彼女の心まで暗い奥底にのみこんでしまいそうだった。「わたしがここにいるのは、祖父と和解することが両親との最後の約束だったからよ」だけど、ここでの暮らしは順風満帆とは言いがたい。ケイトは話を続けた。「正直に言うと、その約束さえなければ、東インド会社の港から出港する商船に飛び乗って、それきり二度と振り返らなかったでしょうね」

「でも、貧しさと無縁の暮らしはありがたいものです」アリスがぼそりと言った。「ここにいれば、お嬢様は何不自由なく暮らせます。なんでも言うことを聞く召使いも大勢いますし」

「たしかにそうだけど、金ぴかのかごに閉じこめられた小鳥みたいな気分になるのよ。わたしは自分の力で自由に生きてきたし、自分のことは自分で決めたいの。お人形のように扱われるのはごめんだわ」

メイドが鼻で笑った。「それは重々承知しています」

ケイトは苦笑いした。「わたしってそんなに手に負えないかしら?」

「わが道を行くのはかまいませんが、アンジェロのフェンシング・アカデミーがある通りは迂《う》回《かい》してください。お嬢様がこの前そこを通ったときに〝タマを切り落としてやる〟と脅された青年たちは、きっとまだおびえていますよ」

「そんなこと言ってないわよ!」ケイトは反論した。「脅したのは本当だけど」

たしかに、あのときはわれながらやりすぎた。けれど、アレッサンドラに危険が迫っていることを、悪名高きマルコに一刻も早く知らせる必要があったのだ。まさか彼が、汗でぐっしょり濡《ぬ》れたシャツに、腰にぴったりと張りつく鹿革《しかがわ》のひざ丈ズボン《ブリーチ》という格好で、裸足《はだし》のまま通りに出てくるとは思っていなかった。

「いずれにせよ、青年たちがふるえ上がっていたのは事実です」アリスはスカートをなでつけた。「お願いですから、少しは慎むよう努力してください。またお嬢様が騒ぎを起こされたりしたら、わたしが公爵様に大目玉をちょうだいしてしまいます」

ケイトは鼻であしらった。「祖父が自分の娘をもう少し大事にしていたら、孫娘がその大事な顔に泥を塗ることもなかったんじゃないかしら」

「社交界には、お母様の駆け落ち事件を覚えている人もいるでしょう。だけどお嬢様は、ボストンで生まれ育った完璧《かんぺき》なレディだと思われています」暖炉のなかで石炭がはぜ、灰と火花が舞い上がった。「このまま信じこませましょう」

ケイトは研究に戻った。

アリスは書き物机に向き直り、招待状の山の整理にとりかかった。「今夜のレディ・ハムデンの夜会に着ていかれるのは、ブルーの紋織りのドレスですか?」

「いけない、すっかり忘れていたわ」ケイトは羽根ペンを机に叩きつけた。「レディ・ハムデンって死にたくなるくらい退屈なのよ。しかも彼女の音楽会は、川に捨てられた猫たちが袋のなかから逃げだそうと泣き叫ぶのにそっくりなんだから。やっぱり欠席するわ」

「土壇場でキャンセルするのはこれで四度目です」アリスが指摘した。「しかもレディ・ハムデンは公爵様の親しいご友人ですわ」

「あなたはどっちの味方なの？」ケイトはぶつぶつと言った。

「わたしはお嬢様の言われたとおりにしているだけです。女は合理的かつ論理的であれとお嬢様はおっしゃいました」メイドが言った。「お嬢様が今夜の夜会に出席すれば、公爵様は喜ばれるでしょう。次に公爵様が難色を示すようなことをお嬢様がなさったとき、このことが役だつかもしれません」

「驚いた。あなたってマキャヴェリ顔負けの策略家ね」

「まきゃ……なんですか？」

「気にしないで。権謀術数で知られたイタリア紳士のことよ」

「イタリア人ですか。あの脚が長くて黒髪の悪魔もそうでしたよね？〝ミカ〟だか〝ミケ〟だか、とにかく〝ミ〟からはじまる名前の人がつくった彫像そっくりでした」

「ミケランジェロね。そして、そう、ジラデッリ卿もイタリア人よ」

「あの国では、男はみんな罪深いほどハンサムなんですかね？」

〝罪深い〟――誘うように弧を描くマルコの唇を思い起こし、ケイトは椅子の上で身じろぎした。体の奥深くでヘビが目覚め、とぐろをほどくようなざわめきが体に走る。ヘビは冷たい体をあたためるため、手あたりしだいにぬくもりを求める。たとえそれが、神をも恐れぬ放蕩者の地獄まで焼きつくすキスであっても——。

やめなさい。そのヘビに鎌首《かまくび》をもたげさせてはいけない。かつて、ケイトは手のつけられないおてんばだった。元気がありあまっていて、コルセットにも慣習にもしばられなかった。だが、彼女は両親に誓った。いつかレディになってみせる、と。先の見えない危険な放浪生活にさよならする、と。両親がひとり娘に根なし草のような暮らしをさせたことを悔やんでいるのは知っていた。

ケイトは、壮麗な円花飾り《ロゼット》で飾りたてられた漆喰《しっくい》の天井を見上げた。流線形の木造の船が、彼女にとっての家だった。天井をあおげば……。日に焼けた帆のはためき、刻々と表情を変えながら果てしなく広がる空、それがわたしの天井だった。ああ、頬を叩く風に潮の香り、空高く舞い上がるカモメたちの鳴き声がなつかしい。ロンドンにいると、かごに閉じこめられているような気がしてならない。

アリスがこほんと咳払《せきばら》いをし、ケイトは物思いから引き戻された。「ごめんなさい。その、ぼんやりしていたわ」

「わかります」メイドが訳知り顔で言った。「ハンサムな遊び人はたくさん見てきましたが、どれも女泣かせでした」

それはわたしも知っている。「大丈夫、わたしはジラデッリみたいなろくでなしに誘惑されるほどばかじゃないわ」

アリスは疑わしげだ。「お嬢様は普通の若いレディよりは現実の世界をご存じです。けれど、男は油断ならない動物なんです。いいですか、アダムがリンゴを食べたのはイヴのせいだと言われますが、あのいまいましいヘビは絶対にオスです」

ケイトは笑った。「わたしもあれはオスだと思うわ。なにせ伯爵のあだなは〝ヘビ《イル・セルペンテ》〟なんだから」インク壺に銀のふたをのせ、指先が汚れないよう気をつけて閉める。「心配しないで。彼の毒牙《どくが》にかからないよう気をつけるわ」

「だけど魅力的な毒牙ですよ」アリスがつぶやいた。「それにあの口……あれで嚙《か》まれたら、毒がなくても全身しびれますね」

ケイトはおなかの奥で熱いものが動くのを感じた。マルコに焦がれて体がうずくなんて絶対にいけない。がんばってレディらしくしなくては。

「レディ・ハムデンの夜会に出席するとなれば、お風呂の用意をお願いしなきゃね」ケイトはため息まじりに言った。

水風呂にしたほうがいいかもしれない。


彼女がいる。マルコは音楽室のアーチ形の入口へと移動した。その動きが視界に入ったらしく、ケイトが振り返った。

ふたりの視線がぶつかる。

彼の心臓がどくんと跳ねた。ケイトは蜂蜜《はちみつ》色の髪を結い上げ、ほっそりとした首を露《あら》わにしていた。パールのイヤリングが桜貝色の耳を飾っている。悩殺されんばかりの美しさだ。いったいどうしたのだろう。堕落しきった放蕩者、悪名高き遊び人のぼくが、にきびづらの少年みたいに女性に見とれるとは。

マルコは胸の動揺を薄笑いで隠し、ケイトにウインクをした。

彼女はむっとしたように口を引き結び、すばやくステージに向き直った。

〝ああ、いったい、誰なら教えてくれるの、あのろくでなしがどこにいるか〟

歌手が声を振りしぼってモーツァルトのオペラ『ドン・ジョヴァンニ』を歌い上げる。

マルコは顔をしかめた。ここへはぶらりと立ちよっただけだった。大おばの夜会にケイト・ウッドブリッジが姿を見せるかどうかはわからなかった。うら若きこのレディは、メイフェアの閉鎖的な社交の輪からの招待状を無視してばかりいたのだから。それはマルコも同じだが、その理由は彼女とはまったくちがった。

ケイトがまじめな研究に没頭しているのに対し、彼はふまじめな快楽に溺れている。

室内に目をやると、客のなかにはちらちらとマルコに目を向けてくる者がいた。明日の朝には、退屈な音楽会に彼が現れた理由をめぐり、うわさが飛びかうにちがいない。だが、ほうっておけばいい。伯爵の次の餌食《えじき》は誰だろうと社交界をじれさせるのも楽しいものだ。

餌食。マルコの視線はケイトへと引き戻された。彼女は背筋をまっすぐにのばして椅子に腰かけていた。彼女の隣はフリルと羽根飾りでめかしこんだ豊満な女性だ。反対側には体格のいい銀髪の紳士が座っている。彼の貴族的な面ざしはどこかケイトに似ていた。まちがいない、あれが彼女の尊大な祖父だろう。

〝ここに来て、わたしの悲しみをなぐさめておくれ〟

テノール歌手が丸々とした両手を胸もとで握りしめる。下手な発音は聞きとりづらく、言葉はマルコの心に響かなかった。彼が自分の心の声に耳を傾けることは、めったになかったが。

ソプラノ歌手がようやく最後まで歌いきると、女主人が休憩を告げた。

客たちはがたがたと音をたてて椅子から立ち上がり、軽食が用意された部屋へと移動しはじめた。マルコはクライン公爵がほかの紳士と立ち話するのをながめた。しばらくするとケイトが祖父に小声で声をかけ、その場を離れた。彼女は気の抜けたパンチには興味がないらしく、バルコニーへと姿を消した。

マルコは客がまばらになるまで待ち、フレンチドアからバルコニーへ出た。男性客が葉巻に火をつける姿があちこちに見える。ケイトに目をとめる者はいなかった。彼女はまるで影のように音もなくすみの一角へと進んだ。夜の闇《やみ》にまぎれて姿を消すのに慣れているかのように。

だが、ケイトの表情、体、そして香りを、マルコははっきりととらえていた。

生い茂るツタがそよ風にゆれ、ネロリとワイルドタイムのかすかな香りに若葉のにおいが重なる。彼の肌に、ロンドンの夜気がしみこんだ。霧がおり、石炭の煙が流れてきたが、繊細な香りは消えることなく漂っている。ぼくの記憶をくすぐる、なつかしい香りだ。

何をなつかしむんだ？　二度と戻ることのない子ども時代か？　屈託のない笑い声に無邪気な喜び？　平和な夢？

くそっ、何を感傷に浸ってるんだ。ここへ来たのはまちがいだった。

降り注ぐ月光が白壁に反射し、空をあおぐケイトの横顔が浮かび上がった。流れる雲の切れ間から見え隠れしている星たちをながめているらしい。心の鎧《よろい》を解いたその姿は胸がつまるほどあどけなく、傷つきやすそうに見えた。

立ち去るべきだとわかっていたが、マルコは目をそらせなかった。月の女神ルナがぼくに魔法をかけたのか？　雲が流れてケイトの姿を闇に隠すと、彼は引きよせられるように前へ踏みだした。

彼女のどこが美しいのかは、はっきりわからない。鼻筋は通っているとは言いがたいし、目は東洋人のように切れ長だ。口は大きく、めだちすぎる。なのに彼女の顔がまぶたに焼きついて離れない。ケイトは誰ともちがう。独特の魅力がある。

みずみずしさと情熱が体からあふれだしている。

彼女が知的探求を生き甲斐《がい》にしていることは知っていた。そうした目的意識をマルコはうらやましく思った。自分も、英国政府の命を受けて諜報《ちようほう》活動をすることには満足感を覚えている。だが、ぼくの人生の大半は自堕落に時が流れるだけだ。

まったく、いまいましい女だ。このぼくががらにもなく虚無感に襲われ、心がぐらつき、怒りが腹のなかで渦を巻く。

それでも怒りなら理解できた。怒りはこの血をたぎらせ、心を凍《い》てつかせる虚無感を焼き払ってくれる。マルコはしなやかにくびれたケイトの体の線に視線を這《は》わせた。彼女を誘惑するのは心の隙間《すきま》を埋めるゲームだ。彼は自分に言い聞かせた。ぼくの心に巣くう悪魔たちも、これでしばらく退屈しないだろう。

そばに誰もいないのを確認し、大理石の床をすっと横切る。「楽しんでいるかい？」

ケイトはびくりとしてあとずさりした。

「ドン・ファンはずいぶんひどい男だな」モーツァルトのオペラについてマルコはささやいた。「若いレディたちへのいい教訓だ、世の中はどこもかしこも危険に満ちている」ケイトのかたわらに身をよせて言葉を継ぐ。「だからきみも、夜はひとりで暗い場所にいてはいけないよ。身を守るすべもないのに」

「ご心配ありがとう」彼女はゆっくりと言った。「だけど、自分の身ぐらい自分で守れるわ」

「ああ、覚えてる」マルコは手の甲であごをなぞった。「みごとなパンチだった、お嬢《カーラ》さん。でも言っておくが、あれでは暴漢は撃退できない」

ケイトはたじろいだ。「男を近よらせない方法はほかにもあるわ」

「なるほど」マルコはうなずき、さらに近づいた。「たしかにきみがドレスの胸もとに指を引っかけて豊かな胸をちらりと見せたら、ぼくはこの場に釘《くぎ》づけだ」

彼女は舌先で唇を湿らせた。

「いいね、もう一度やってごらん」彼はささやきかけた。「たまらなく刺激的だ」

「あなたのいやらしいゲームに勝手に巻きこまないで」ケイトの声はかすれていた。

「まだ軽い肩ならしだよ。ぼくが本気を出していたら、きみの服はとっくに脱がせてる」

彼女のあごがぴくりとふるえた。

「すてきなドレスだけどね」マルコは声をひそめて続けた。「極上のシルクに、きみの体を美しく見せるデザイン。特に、きれいな胸を押し上げて、のぞいている谷間がたまらない」

「やめて」はっきり拒絶したものの、その声はふるえていた。

「なぜだい？　胸の先がつんとかたくなるから？」彼は声を落とした。「ぼくのせいで、体の芯《しん》がうずくから？」

ケイトはあわてて胸を隠すように腕を組み、暗がりのほうへあとずさりした。「あなたは野蛮な獣《けだもの》だわ」

「なのにきみは体が反応してしまう。きみも同類だよ、ミス・ウッドブリッジ」

ケイトはショックを受けたようだったが、すぐに口もとを引き結んだ。「うぬぼれないで。こんなの科学で簡単に説明がつくわ。寒さで鳥肌がたつのと同じ現象よ」

「熱さにぞくりとすることもある」マルコは切り返した。彼女をからかうとは、われながら悪い男だ。そう思いながらも、言い添えずにはいられなかった。「熱い炎がきみの両脚のあいだをぺろりとなめたのかい？」

一陣の風が吹き、ツタの葉をさわさわとゆらした。

「そろそろ休憩が終わるわ」ケイトが拳《こぶし》をかたく握りしめた。「祖父のところへ戻らなきゃ」

マルコはゆっくりと道をあけた。「ああ、急いで戻ったほうがいい。言っただろう、若いレディが夜はひとりでいてはいけないと」

「わたしも言ったでしょう。なかには護身術を心得ているレディもいるのよ」

「きみに勝ち目はないさ」彼はそっと言った。

マルコとすれちがいざまに、ケイトは言い捨てた。

「さあ、どうかしら」

3

　ケイトはため息を押し殺して祖父の馬車に乗りこむと、ビロード張りの座席に腰をおろした。祖父の所有物はすべてそうだが、この馬車も豪華絢爛《けんらん》で、きらびやかさが逆に鼻につく。シンプルなほうがほっとできるのに、と彼女は思った。どこもかしこも金箔《きんぱく》、金糸の装飾では、目がちかちかしてかなわない。

　そのうえ今は頭痛までする。音楽会は予想以上にひどかった。どこを探せばあそこまで聞くにたえないオペラ歌手が見つかるのだろう？　錆《さ》びついた錨《いかり》の鎖がきしむ響きのほうが今日のバリトンよりよっぽどましだ。

　それに、オペラの幕間《まくあい》にはマルコとふたりきりになってしまった。まったく、彼はどうして悪魔のようにまつわりついてくるの？　ケイトはぎゅっと目をつぶった。どうして体の奥に抑えこんでいた、みだらな欲情をかきたてるのかしら。マルコのせいで今もまだ、脚のつけ根が熱く潤っている。自分はロンドンの若くて純粋なレディたちとは似ても似つかないということを、いやでも思い知らされた。

鉄の踏み台がゆれ、クライン公爵が昇降口から乗りこんできた。お仕着せを着た従僕がさっとドアの掛け金をかけ、四頭立ての葦毛《あしげ》の馬たちを走らせるよう御者に合図する。すると、引き具のリズミカルな音を響かせて馬車が動きだした。

ぜんまいじかけのようだとケイトは思った。クラインの召使いたちは、きちんと油をさした機械みたいに働く。

「今夜来てくれたことには礼を言うぞ、キャサリン」

ケイトははっとして顔を上げた。クラインは服従を当然のものと見なしていた。どう返事をすればいいかわからず、彼女は小声で言った。「はい、閣下」

祖父のことは〝おじい様〟ではなく、他人行儀に〝閣下〟と呼んでいた。ひざが触れあわんばかりのところにいるのに、祖父とのあいだには大きなへだたりがあるように感じられる。血のつながりはあっても、そこに絆《きずな》はなかった。

「楽しめたとは思わないが」クラインがそっけなく言い捨てた。「下手な歌手に、くだらんおしゃべり。だが、レディ・ハムデンは古くからの友人でね」

「ええ」ケイトは言った。

「予定では、彼女の孫とその友人たちも出席することになっていた。なんらかの科学団体に属している者ばかりだから、おまえのいい話し相手になればと思ったんだが、あのアリアに恐れをなしたのだろう」

「それぐらいの知恵はある人たちなわけね」普段、クラインの前では辛辣《しんらつ》な言葉は慎んでいるのだが、今、ケイトはむかむかしていた。ついに祖父自らわたしの婿探しにのりだしたようだ。これまでは花婿候補を探すのは大おばのハーマイオニーの役目だった。きっと大おばが匙《さじ》を投げたのだろう。

「だけど」ケイトは続けた。「わたしのために無理に花婿を探してくださる必要はないわ、閣下。時間の無駄だもの」わたしの時間もね、と心のなかでつけ足す。

クラインはいらだちをまぎらすように咳払いすると、腹の上で腕を組んだ。すぐには言葉を続けず、窓の外に目を転じ、月明かりを浴びた邸宅群をながめている。

ケイトはうつむき、視線だけを動かして祖父の横顔を見つめた。厳格、独裁的、ごう慢。そんな言葉がまっ先に頭に浮かぶ。高齢になってもクラインの容姿は堂々たるものだ。銀髪はふさふさしていて、生え際が後退する気配はない。太い眉が、眼光鋭いグリーンの目と鷲鼻《わしばな》を際だたせている。口はつねに険しく引き結ばれているものの、唇は厚みがあって形もいい。角ばった頑固そうなあごは、朝、鏡に映る彼女のあごとそっくりだ。

クラインがもう一度咳払いし、会話を続けた。「おまえには自分の考えがあるようだな」

「閣下はそれが気に入らないんでしょう」ケイトは言葉をにごすことなく言った。

「私はおまえのためを思い、最善をつくしているだけだ」公爵が言い返した。「おまえを良家に嫁がせるのが家長たる私の務めだ」

もう何十年も前にクラインが母に言ったであろうせりふがその声に重なり、ケイトの耳にこだました。アン・ウッドブリッジはただ悲しげで、父親に対して恨みはみじんも抱いていなかった。

「家族を守るのも家長の務めよ」ケイトは応じた。

公爵の目に光がきらめいたが、それが怒りなのか、それとも別の感情なのかは、ゆらめくランプの明かりのもとでは判然としなかった。

彼女はため息をついた。「口論するつもりはないわ。おじい様がおっしゃったように、わたしは長年科学を研究してきたわけだから、この実験がうまくいかないことに最初に気づくべきだったわ。水と油のように、決してまざりあわないものもあると」

クラインが眉根をよせる。「なんの話をしている?」

「わたしが英国を出ていくのが、おたがいにとっていちばんいいのかもしれないと言っているのよ」ケイトはゆっくりと答えた。

「どこへ行くつもりだ?」公爵の声がとどろいた。「また明日をも知れない生活に戻る気か?」

威圧的な怒声が室内に反響する。ケイトは静かになるまで待ってから口を開いた。「まだ決めたわけではないの。でも、金銭的に支えていただく必要はないから心配しないで。快適に暮らせるぐらいの財産は持ちあわせています」プライドからそう言ったものの、誇張もいいところだった。

「おまえのような小娘が——」

「わたしは女学生ではないわ、閣下」ケイトはむきになってさえぎった。「自分の人生を好きなように生きるのに閣下の許可はいらないし、祝福していただかなくてもけっこうよ。しばらくロンドンに住んでみてよくわかったの、上流社会のほとんどの人たちは家族の言いなりで、家の財産と影響力に支配されていると。わたしにはそんな生活はできないわ」

クラインはあごをふるわせ、歯をくいしばった。

ケイトは握りしめた拳に目を落とした。祖父と話をすると、たいてい物別れに終わる。彼女の胸のなかで、心苦しさと腹だたしさがせめぎあった。「ごめんなさい。ついかっとなるのはわたしの悪い癖だわ」

公爵がその大きな体をゆすり、座席の背もたれがきしんだ。

「ロンドンでの生活には感謝しています」彼女は言いそえた。「楽しいこともいろいろあった。すばらしい友人たちと出会えたし、さまざまな科学学会が興味深い講義をよく行っているわ」

クライン自身も植物学に精通しているが、ケイトが研究をすることにはあまりいい顔をしなかった。孫娘にはめずらしい花よりも、花婿候補に興味を持ってほしいのだろう。

でも、わたしは祖父の機嫌をとるために、自分を偽りはしない。

「ならば、なにもあわててロンドンを離れなくてもいいだろう」祖父の貫禄《かんろく》のある声が響いた。

「今すぐ地球の反対側まで逃げる必要はない」

これ以上祖父を譲歩させることはできないだろう。「わかったわ」ケイトはこたえた。

祖父がほっとひと息ついたようだったが、ドレスの衣《きぬ》ずれの音か、あるいは窓ガラスに風があたった音かもしれなかった。

気づまりな沈黙が落ちるなか、馬車は走りつづけた。引き具の軽快なリズムと石畳を駆ける蹄《ひづめ》の音が、ふたりのあいだに響きわたる。

公爵は首に結んだクラヴァットを整えてから、口を開いた。「来週、一緒に田舎へ来てくれないか。ケント州の屋敷でパーティを開くことになっている。外務省からの要請でね。今度ウィーンで開催される平和会議を祝すためのパーティだ。外務省副大臣のタッパン卿を覚えているかね？　男爵の屋敷はうちの領地の隣にあるんだが、各国からの貴賓をもてなすには手ぜまだ。大陸から多くの外交官や識者が招待されることになっているのでね」

なかには八十歳以下の独身男性もいるのでしょうね。ケイトは皮肉っぽく考えた。

「おまえの出席はタッパン卿の希望でもある」

「タッパン卿の？」ケイトは驚いて顔を上げた。「なぜかしら？」

「まず、おまえとは舞踏会で会っているそうだ。研究のことも知っていた。おまえがパーティに花を添えてくれると期待しているのだろう」

タッパン卿に会った覚えはない。これも祖父の策略のひとつだろうか？

「在英中の大使館つき武官はかなりの数にのぼる。タッパン卿は招待客のリストを作成するにあたり、陸軍省の協力をあおいだのだ」クラインが続けた。「どうやら陸軍副大臣のリンズリー卿が、おまえは科学に関心があることだし、田舎でのひとときを楽しむだろうと助言したようだ」公爵はけげんな顔をした。「リンズリー卿がおまえと面識があるとは知らなかったが」

去年、リンズリー卿は〈女性科学者の集い〉に対し、ある問題の解決に手を貸してほしいと頼んできた。しかしその件に関しては秘密厳守を誓っているため、祖父には話せない。ケイトは急いで言い訳をひねりだした。「たしか友人のキアラとアレッサンドラが、何度かリンズリー卿にお目にかかっているわ」

「そうか。リンズリー卿とは古いつきあいだが、立派な人物だ。彼とタッパン卿のふたりが、英国政府のためにも出席してほしいと言っておる。レディの前なら、紳士たちの議論が熱くなりすぎることもなかろうからな」クラインは咳払いした。「なにも彼らだけがおまえの出席を望んでいるわけじゃない。かくいう私も、おまえにパーティを楽しんでほしいと思っている」

そんな大事な席に孫娘の姿がなければ恥をかくのはクラインだ、とケイトは思った。わたしが楽しむかどうかなど考えてもいないくせに。祖父の頭にあるのは、公爵としてのプライドだけ。名家の娘がふたたびスキャンダルを起こすのをなにより恐れているのだ。

鬱積《うっせき》していた憤りが胸にふつふつと湧《わ》き上がり、ケイトは祖父に罵声《ばせい》を浴びせたい衝動に駆られた。けれどなんとか自分を抑えつけ、頭を冷やして再度考えをめぐらせる。わたしが出席すればリンズリー卿の顔がたつ。それに、わたし自身にとっても都合がいい。ケントの屋敷に併設された半屋外の温室《コンサヴァトリー》には海外からとりよせためずらしい植物が集められていた。最近も、東洋から新しい植物標本が到着したばかりだ。一方、親友のシャーロットは、家計が苦しいため遠出は無理だと先日話していた。

マキャヴェリの話を思い返し、ケイトは澄ました顔で微笑《ほほえ》んだ。「科学者仲間のレディ・シャーロット・フェニモアも招待していただけるなら、出席してもいいわ」

クラインが唇をぐっと引き結ぶ。ややあって、彼はぶっきらぼうにうなずいた。「まあ、反対する理由もなかろう。彼女の生まれは確かだ。社交界では多少変人扱いされてはいるが」

「わたしだってそうよ」ケイトは小さくつぶやいた。

その言葉が耳に入ったにせよ、公爵は無視した。

「それでは出席で決まりだな？」クラインが確認した。

「はい、閣下」ケイトはうなずいた。商人だった父が教えてくれた交渉術に、祖父が屈するなんて傑作だ。彼女は冷ややかな笑みを浮かべた。

おそらく、この皮肉は祖父には理解できないし、おもしろいとも思わないだろう。祖父と心が通いあわない理由はそこにあるとケイトは思った。祖父は自分自身を笑うことができない。一方、わたしは自分の失敗や欠点を自覚している。

〝ああ、人間とはなんと愚かなものよ……〟

型どおりの教育は受けていないものの、幼いころからシェイクスピアには親しんでいる。

『真夏の夜の夢』の一節を思い返し、ケイトは胸のなかでつぶやいた。祖父のベッドわきのテーブルに、シェイクスピアの本を一冊置いてみようかしら。

ブランデーが喉を焼きながら流れ落ちる。マルコはもう一度ボトルをぐいとあおったが、なにも出てこなかった。

おいおい、もう空っぽか？

ボトルを振って確かめたが、やはり空だ。そのまま手から落とし、羽毛の枕《まくら》に引っくり返ると、ボトルとボトルがぶつかる派手な音があがり、マルコは眉をしかめた。おかしいな、まだ三本しか飲んでいないはずだが。

普段なら、浴びるほど飲もうが頭も体もなんともない。だが、今夜はどうもいつもと調子がちがっていた。

「ただいま《チャオ》、マルコ！」形のいい尻がわきにどすんと落ち、マットレスがはずんだ。「今夜はついてたわよ。マダム・エラトがワインセラーにしまいこんでいた赤ワインが出てきたの。あなたの好きなバローロの最後の一本よ」

目をちらりと上げると、愛撫上手なほっそりとした手が栓をひねっているのがぼんやりと見えた。〈ヴィーナスの洞窟《どうくつ》〉は、顧客を満足させるためなら惜しげなく金を使う。それぐらいは当然か、とマルコは心のなかで苦笑した。こっちは美女とひと晩楽しむために法外な金を払っているのだから。

ポンと音が響き、続いてワインが勢いよくクリスタルのグラスに注《つ》がれた。

マルコはグラスをとろうとはせず、うめき声をあげた。「酒はもういい」舌にはブランデーの苦みがこびりついている。この後味の悪さはなんだ？　酔いのまわった頭で考えた末、彼はようやく気がついた。

くそっ、アレッサンドラの友人との一件をまだ引きずってるのか？

ケイト・キャサリン・ウッドブリッジの心をかき乱したのがどうだというんだ？　あれは彼女のためでもあるんだと、マルコは自分に言い聞かせた。閉鎖的な英国の貴族社会の外を旅してきたケイトは、自分が世慣れた女だと思いこんでいる。だが現実には、善があれば悪があり、光があれば闇があるという、人の世の理《ことわり》をなにひとつわかっていない。

人の魂のどす黒さを、見せてやる必要があったのだ。

まぶしい光を放つろうそくから目をそらし、彼はもう一度うめいた。「まっ赤に焼けた、でかいフォークで頭を突き刺されているみたいだ」

「ご機嫌ななめなの？」パロマがシーツの下に手をすべらせる。「お酒に飽きちゃったのね。それなら、ふたりで楽しむ方法を探しましょうよ」

心の緊張がふっとゆるんだが、下半身のほうは逆にかたくなった。

パロマのなめらかな指がかすめるように上下して、マルコの高まりをいっそうたぎらせる。

「頭はぐったりでも、ヘビ《イル・セルペンテ》のほうはピンピンしているじゃない」

たしかにそうだった。酒に酔えないことはごくまれにあるが、快楽にはいつでも酔いしれる。パロマはマルコのももを押し広げ、股間《こかん》を覆う茂みに指をさし入れた。「ああ、マルコ、なんて美しい体なの」ちらちらゆれる暖炉の明かりに照らされたマルコの裸体を、体を起こしてうっとりと見つめる。「炎の衣をまとった神だわ」

「地獄の業火に焼かれる罪人さ」彼はつぶやいた。

「とってもいけない男ですものね」パロマがうなずく。そして指先をグラスに浸し、ワインのしたたる指で彼のたかまりをなぞってから、てのひらに包んでゆっくりと動かしはじめた。「だけど、魔王ルシファーも、炎熱地獄も、まだまだずっと先の話よ。今はこうしてわたしと一緒にいるんだもの、いけないことをして楽しみましょう」

「それもそうだ」マルコは彼女のヒップに手をすべらせ、体ごと高々と抱え上げた。

ろうそくからたちのぼる煙が渦を巻くなか、ハスキーな笑い声が漂う。マルコはかたく張りつめたものの上にパロマの体を掲げた。彼の顔に影を落とすその姿は、汚れた天使そのものだ。そして彼女は低いあえぎ声をあげながらマルコにつらぬかれた。

快楽。たとえつかの間でも、内なる悪魔をしずめるにはこれでじゅうぶんだ。

4

「朝帰りか？」

マルコは手を振って、さしだされた紅茶を断った。「コーヒーを頼むよ」その場に控えていた従僕に伝える。「ブラックの濃いやつを」

リンズリーはパンにバターを塗りながら新聞に目を戻した。「ひどい格好だぞ」

「ひどい気分ですからね」

「少しは酒を控えたらどうだ？」

マルコは上着の乱れを直し、クラヴァットを整えた。一時間前に帰宅したら、〝侯爵邸へ来られたし〟との書き置きがあり、着替えもひげそりもせずに駆けつけたのだ。「なぜそんなことをおっしゃるんです？」

リンズリーは仕立てのいい上着に包まれた肩をすくめた。「三十前で梅毒病みのぶよぶよの体にならんようにだ。だがもちろん、きみの人生だ。好きにすればいい」

眉にかかった髪をかき上げ、マルコはにやりとした。「ローマ神話の神様みたいな体をしていると、つい数時間前に言われたばかりですよ」

リンズリーが紅茶のお代わりを注ぐ。「ほう、ローマとギリシャの神々の区別がつくとは、その娼婦もたいしたものだな。〈ヴィーナスの洞窟〉に店を変えたのか」

酒のせいで頭はすっきりせず、口のなかは乾いた馬糞を突っこまれたようだったが、マルコはなんとか笑ってみせた。「マダム・エラトの館《やかた》が高いのは、娼婦たちにオックスフォードの教授たちから古代ギリシャ・ローマ史を学ばせる授業料まで含まれているからですよ」

「あのマダムなら、むしろ教授たちに手とり足とり個人レッスンを施すのではないかね」リンズリーが冷ややかに言った。「さて、きみの股間の話から国家間の話に話題を切り替えたいのだが。それとも、頭から酒が抜けるまでもう少し待つ必要があるかね?」一瞬、口をつぐんでから続ける。「頭の中身をどこぞの売春宿に置き忘れていなければの話だが」

「あなただってはめをはずしたことぐらいあるでしょう?」マルコはずきずきうずくこめかみを手で押さえた。「いやいや、答えなくていいですよ。ご立派な侯爵のことだ、聞いたらよけいに気がめいるかもしれない」

リンズリーがくっくっと笑う。「書斎に場所を移そう」

マルコは一気にコーヒーを飲み干し、侯爵のあとに続いた。任務にとりかかると思うと、やる気が湧いた。このいらいらした気分も振り払えるだろう。

マルコは数年前からリンズリーのもとで課報部員として働いていた。リンズリーの陸軍副大臣という肩書きは表向きで、本当の地位は英国政府《ホワイトホール》の秘密情報機関の長官だ。たいていの者はリンズリーを凡庸な官僚と見なしているが、マルコは彼の若かりし日の武勇伝を耳にしていた。

「かけたまえ」侯爵はアーチ形の窓のそばに置かれた革張りの椅子を示した。机から紙ばさみをとりだし、つややかなオーク材の天板に尻をのせる。「ウィーンで開催される欧州主要国会議のことは知っているだろう。一部の代表団はすでに現地入りしている」

「ああ、それは聞きました」マルコはあくびを嚙み殺した。「〈ヴィーナスの洞窟〉の娼婦たちといると、ウィーンもお偉い貴族方の集会も、はるか遠くのことに思えますよ」

リンズリーがじろりと見た。「この任務はマクダフィにまわすべきかもしれないな。たしかにきみは爵位を持っているし、顔も広い。この二点は今回の任務にきわめて有用だが、それ以上に、思慮分別、外交手腕、そしてまわりの一挙一動を見落とさぬ鋭い観察眼が必要だ。最近のきみは、そのすべてが欠けているようだ」

椅子にだらりともたれていたマルコは体を起こした。「ぼくでは役にたたないとでも?」

手入れの行き届いた眉がひょいとつり上がった。「売春宿への潜入捜査なら、きみも立ちっぱなしだろうがね」

「いったいどんな任務なんです?」マルコは質問した。「明け方にぼくを呼びつけたぐらいだ。よほど重要なんでしょう」

リンズリーは資料をとりだしたが、手渡そうとはしなかった。「ケント州にある屋敷で外務省主催の盛大なパーティが開かれる。ロンドンにある各国大使館の外交官が数多く招待されているうえに、大陸から有力貴族も来る」侯爵は言葉を切って考えこんだ。「たんなる交歓会となるかもしれんが、ウィーン会議も近い。ヨーロッパ各国の動きを探っておくべきだろう。なんらかの陰謀が進んでいないかどうかを把握しておきたい」

「なんだ、パーティか」やる気がしぼみ、マルコは革張りの椅子にぐったりと身を沈めた。彼は刺激を求めていた。歯どめのないばか騒ぎから抜けだすには、行動する必要がある。

リンズリーは資料を紙ばさみにしまいはじめた。「すでに招待客のリストにきみの名前を加えるよう命じてある」侯爵の落ち着き払った声に、マルコはかすかな非難の響きを聞きとった。

マルコ自身、いくぶん気がとがめた。リンズリーが安易に任務を依頼することはない。ここでマルコが断れば、侯爵の顔をつぶすも同然だ。

「しかしながら」リンズリーが続けた。「マクダフィに変更するよう、私からクライン公爵に頼んでおこう」

クライン。ブランデー漬けの頭でも、すぐに思いだせた。「彼は、いとこのアレッサンドラの科学者仲間のひとり、ケイト・ウッドブリッジの祖父じゃありませんでしたっけ?」

「そうだが」

がぜんパーティが待ちどおしくなってきたぞ。

マルコは手をだした。「資料を見せてください。マクダフィはヨーロッパ流のマナーはさっぱりだ。ハイランドから牛が来たのかと思われますよ。牛糞を投げつけられるのがおちです」

侯爵は鋭い目つきでマルコを見すえた。「ベッドでスポーツに励みたいならロンドンにいろ。仕事場で自分のバットを振りまわすのはやめるんだ。任務遂行中に浮つくような者は必要としておらんぞ」その表情がさらに険しさを増す。「それにミス・ウッドブリッジに手を出せば、ルール違反で即刻退場だ。公爵は罰としてきみのはらわたを引きずりだし、これでガーターベルトをつくってこいと私に命じるだろう」

リンズリーの言葉は心にこたえた。「たしかに、ここ最近のぼくの仕事は手際がまずかった」マルコは非を認めた。「でも、任せてもらって大丈夫です……ナイトゲームはしばらくおあずけにします」

侯爵は長々とマルコを見つめてから、ようやく資料を手渡した。「きみに監視してもらう招待客のリストだ」その視線は氷のように冷たかった。「この決断を後悔させないでくれ」

いつもなら自信満々にふざけてみせるところだが、リンズリーの険しいまなざしを見てマルコは思い直した。今は冗談は通じなさそうだ。「友《アミーコ》よ、これまでぼくがへまをしたことがありましたか？」

「ないな」リンズリーが答える。「だからこそ、不安は残るもののきみにこの任務を託すんだ」立ち上がって、レターオープナー代わりの短剣を手にとる。「一度しか言わん。油断するな。前回、きみは任務に成功したが、ずさんで無謀なところがあった」

切り返そうにも、うまい言葉はひとつも出てこなかった。

「ひとりにするから、ここで書類に目を通してくれ」短剣を宙にひょいと投げ、宝石をちりばめた柄《つか》をすばやくつかんで卓上に戻す。「一時間後に戻る。任務を引き受ける気持ちに変わりがなければ、そのあと詳細を説明しよう」


「短い時間でもみんなで顔をそろえることができて、本当によかったわ」集会での研究発表が終わると、シャーロットは紅茶を注ぎはじめた。「のんびりおしゃべりするためですもの、問題の検証を急いですませたって許されるわよね」

「ラザソンの論文をもっと詳しく説明すべきだったけど、ごめんなさいね」キアラが言った。「ルーカスを連れてヘンリー卿の屋敷から戻りしだい、反論の草稿を書くわ」

「あなたにはほかの務めがあるでしょう」シャーロットがそっと言った。「アリエルもね」

ケイトは新婚のふたり――いや、三人に目を向けた。「これでしばらくはウェディングベルが鳴り響くのを聞かなくてすみそうね。ガランガランと幻聴が聞こえそうだったわ」

アレッサンドラがショートブレッドを手にとった。「安心するのはまだ早いわ。あなたがまだ独身じゃないの」

「そうよ。そしてこれからも独身をつらぬくわ」ケイトは力をこめて言った。

「あらあら、わたしも同じせりふを口にしていたわよ」アリエルがくすくす笑った。彼女はシャーロットのふたつ下の妹だ。

「〝遅くなっても、しないよりはまし〟って言うでしょう」キアラが軽口を叩いた。結婚したばかりのアリエルは、友人たちのひやかしの的だ。

「たしかに、結婚したわりには幸せそうだわ」ケイトは淡々と言った。「だけど、わたしの将来の計画に結婚は含まれていないの」

「あなたも科学者なら知ってのとおり、自然に発生する事象もあるわ」アレッサンドラがそう指摘し、まわりに目配せした。「たとえば、自然発火とか」

陽気な笑い声がどっとあがる。一緒になって笑いながらもケイトは浮かない顔をしていた。

「どうぞからかってちょうだい。だけどまじめな話、わたしは結婚には向いてないと思うの」

正直なところ、長年船で世界じゅうをめぐってきた自分が、夫と家庭を持ち、英国での平凡な暮らしに落ち着く姿は想像できなかった。だが、友人たちの楽しげな会話に水をさしたくなかったので、口に出さなかった。みんなそれぞれ人生の選択に満足しているのは一目瞭然《りょうぜん》だ。

わたしも自分の選択に不満はない。

笑いがおさまると、アリエルが咳払いした。「本当に、一緒に田舎へ来るつもりはないの？」

彼女とその夫のヘンリーはアレッサンドラとブラック・ジャック・ピアソンに、新婚旅行でイタリアへ行く前に立ちよるよう誘っていた。キアラとルーカスも合流する予定だという。

幸い断る口実があり、ケイトは少しほっとしていた。心が宙ぶらりんのまま、幸せいっぱいの家族の輪に入るのは気が重かった。「ごめんなさい。祖父が主催するパーティに出席すると約束してしまったの。このところ祖父との関係が少しぎくしゃくしてるから、約束を破るわけにはいかないわ」そう言うと、アリエルの姉に向き直った。「シャーロット、あなたまで無理してわたしにつきあうことはないのよ。今から招待を断ってもぜんぜんかまわないんだから」

シャーロットが手を振った。「あつあつの新婚カップルといるのは、わたしもごめんだわ」彼女はいつものごとく率直に言った。「それに、おじい様とはうまくいっていないんでしょう。初対面の客でいっぱいの屋敷にあなたひとりで行かせるのは心配だから」

「自分でなんとかできるわよ」ケイトは言った。

「たしかにあなたなら大丈夫でしょう。でも、行くのはあなたのためばかりじゃないの。うわさに名高いコンサヴァトリーを拝見できるんですもの、わくわくするわ。貴重な植物の宝庫をぜひ観察させてちょうだい」

「実は、わたしもそれが目的でクラインにイエスと言ったの」ケイトは言った。「まだゆっくり見たことがないから」

「今も〝おじい様〟じゃなくて〝クライン〟と呼んでいるの？」キアラがそっと問いかけた。

「性格や考え方がどんなにちがっていても、あなたたちは家族なのよ」

ケイトの口もとがこわばった。「だからこそきらびやかなお屋敷でわたしの顔を見るたびに、クラインは不快になるのよ。丹精こめて育てた花園に雑草が侵入してきたんですもの」

「植物好きという共通点があるんでしょう」アレッサンドラが指摘した。「わだかまりを捨てるよう努力すれば……」

「もちろん、家族関係の難しさは、わたしたちも身にしみてわかっているけれど」キアラが言いそえた。

「アドバイスをありがとう」ケイトは声を落とした。「みんなそれぞれ抱えていた問題を解決したけれど、わたしの分までは解決できないわ」長々と息を吐き、カップを見つめる。ああ、底に残った紅茶の葉が、わたしの未来を教えてくれたらいいのに。「実は、英国を離れようかと思っているの。永遠にね」

「とても重大な決断ね」つかの間の沈黙のあと、シャーロットが言った。

「ええ。昨日今日考えたことではないの」ケイトはこたえた。「英国に来てもう一年になるわ」カップを押しやる。「ここまでなじめないのは生まれて初めて。あなたたちは年ごろのレディたちとのつきあいもないし、女学生みたいなおしゃべりを聞かされなくてすむでしょう。彼女たちが知っている世界は、女学校と塵《ちり》ひとつ落ちていないメイフェアの舞踏会場だけ。一方、わたしは掃きだめのような場所も見てきたし、彼女たちには想像もできない経験をしている」

「舞踏会やパーティにうんざりする気持ちはわかるわ」キアラが同情して微笑みかけた。「だけど、明るい面をごらんなさいよ。あなたはわたしたちと出会い、知的な会話を楽しんだり興味深い意見を交換したりできるようになったじゃない」

「たしかに……みんなと別れるのはとてもつらいわ」ケイトは口を開いた。「家族でずっと旅してきて……」その先は言わなかった。みんなの前で心を開くのが不意に怖くなったのだ。旅のあいだ、ときに耐えがたいほどのさびしさを味わってきたケイトにとって、〝罪深き者たち〟の機知やあたたかさは言葉にできないほど大切なものだった。だが、逆境を生き抜いてきた経験から、気持ちは隠しておいたほうがいいと判断した。強い者だけが生き残るのよ、とケイトは自分に言い聞かせた。わたしは強いのだ。誰の助けも必要ない。友人たちの前でめそめそと過去を振り返るのはやめよう。

「家族でずっと旅をして」ケイトは明るい声をつくろってもう一度口を開いた。「世界の広さをこの目で見てきたわ。冒険心を抱く者にはたくさんの可能性が待っているのよ」

「あなたの決断なら、どんなことであれ、みんなで応援するわ」シャーロットが言った。「でも、もう少しよく考えてみてはどうかしら」

「同感だわ」アリエルが口をそろえる。「決断をくだすのは、せめて年末まで待ってからにすべきよ。ロンドンでアムステルダム・チューリップ協会のシンポジウムが開かれるのを忘れたわけではないでしょう。チューリップの歴史について、きっとすばらしい講演が聞けるわ」

アレッサンドラがたまらず笑いだした。「男性でもドレスでもなく、科学をえさにするのはわたしたちのグループだけね」

「神に感謝するわ」ケイトはつぶやいた。

「冗談抜きで、わたしもアリエルの意見に賛成よ」キアラが言った。

「そうね」ケイトはかたい絆で結ばれた友人たちを見まわした。みんなと別れたら、どれほどさびしくなるだろう。あらためてそう思うと、胸がぎゅっと締めつけられた。「新しい世界へ急いで出航することもないわね。航海でも、悪天候で波風が強いときは、錨をおろしてやりすごすもの。そうすれば、水平線の向こうに明るい明日が待っているかもしれないわ」

期待はしていないけれど、とケイトは胸のなかでつぶやいた。


かすかな音をたてて、マルコはつややかなテーブルの上に資料をすべらせた。

リンズリーはサンクトペテルブルクにある英国大使館の報告書から目を上げた。「それで、やる気はあるのかね？　そっちのやる気じゃない、仕事のほうだ。屋敷では任務第一をつらぬいて、ほかのものはつらぬかんでいい」

「奥方たちが相手でも？」マルコの口にかすかな嘲笑が浮かぶ。「侯爵はもうしなびてるのかもしれませんが、ぼくは二週間もひとり寝したら、はちきれてしまいますよ」

侯爵はテーブルの上の資料を引きよせた。「さっきも言ったが、きみじゃなくても――」

「だけど、今回は状況を考慮して、性欲の処理より任務優先でやらせていただきましょう」マルコは言った。「まったく、われながら自分の気が知れません」

リンズリーの形のいい眉がつり上がる。「悪ぶってはいるが、きみは本当は好青年だ」

うめくように悪態をつきながら、マルコは窓のほうへ足を向けた。窓の外では庭師が忙しげにバラの手入れをしている。剪定《せんてい》ばさみがぱちんぱちんと動くたび、咲き終わった花がらが麻袋のなかへと消えていった。

人もあんなふうに、枯れて腐った部分を簡単に切り捨てられればいいのに。マルコは思った。そうすれば、切ったあとからみずみずしい新芽が吹きだすかもしれない。

花を手折るのが専門のこのぼくに、ついに改心の気持ちが芽生えたのか？

ガラスに映る顔が自分をあざ笑う。「ゼーリッヒ、ヴロンスコフ、ロシャンベール、この三人が要注意人物というところでしょうか」

「そのとおりだ」リンズリーがうなずく。「だが、ほかの者を監視の対象から外していいわけではない。はかりごとをめぐらす者がほかにいる可能性はある」

「そのほうがいい」マルコは言った。「でなければ、つまらない任務で終わりそうですから」けだるげにのびをする。「さて、あさってには出発だ、今のうちにロンドンでたっぷり遊んでおきますよ」

「マルコ――」

「わかっています、友よ《アミーコ》」マルコはため息をついた。「ケントにいるあいだはおとなしくします。だから最後にちょっとはめをはずすくらい、見逃してください」

5

ケント州へ持っていく新刊の研究書を購入しようと、ケイトは急いで通りを渡り、小さな書店に入った。

「ニューカッスルの炭坑に石炭を持っていくようなものです」メイドのアリスがそう言って、床に積み上げられた箱と革装の書物を見まわした。「どうして新しく本を買い足す必要があるんですか。ケントのお屋敷の図書室ならなんだってそろってますよ」

「わたしがほしい本はセント・アンドリューズ大学から届いたばかりなのよ。シャーロットがとても読みたがっているの」選び終わってから買い物リストを見直す。「帽子屋に品物をとりに行って、そのあと衣料品店にもよらなくちゃね」

アリスがうなずく。「それから、マダム・セレストの店をお忘れです。パーティ用にイブニングドレスを三着新調なさっていますわ」

「そうだったわ」ケイトはうんざりとした顔で言った。「作業用のスモックと木靴で、わたしはぜんぜんかまわないのに」

「泥まみれでお客様の前に出るなんて、公爵様がお許しになりません」

「そうかしら」ケイトはかたい声で言った。「わたしのせいでクラインの顔はとうに泥まみれだと思うけど」

　アリスがじろりとにらみつける。

　ケイトはため息をつき、小さなハンドバッグ《レティキュール》にメモをしまった。「心配しないで。ケントにいるあいだはこれ以上泥を塗らないよう、従順な孫娘でいるから。でもこれから二週間も退屈な外交官たちと鼻を突きあわせなきゃならないんだもの、今のうちに潮風をたっぷり味わっておかないと」

「ミス・キャサリン」アリスがたしなめるように言った。

「クラインとのディナーまでにはまだ時間があるわ」

　アリスがしぶい顔をする。「ですが――」

「はい、はい、わかってるわよ。いつもちゃんと用心しているでしょう」ケイトは言い返した。

「お忍びで外出するときは、必ず顔を隠して貸し馬車に乗っているわ。なにも危険はないわよ」

「たしかにそうですが」アリスはしぶしぶ認めた。「冒険は冒険です」

「たまの冒険は人生のスパイスよ。それがなくちゃ、英国での暮らしが味気なくなるわ」

　マルコは敷石が崩れ落ちそうな川べりにたたずみ、暗い水面が渦を巻く様子を見おろした。

ちょうど潮が引きはじめたらしく、波が逆巻いている。

彼は外套《がいとう》の襟をたてた。気持ちが沈み、娼館の小部屋も憂鬱な気分も一緒くたに、ブランデーの渦にのまれて暗い川底に引きずりこまれそうだ。

リンズリーの言ったとおりかもしれない。最近のぼくは剃刀《かみそり》の刃の上をよろよろと歩いているも同然だ。思考も行動も、危なっかしいことこのうえない。絶体絶命の窮地の連続では、まわりを巻きこみ、いずれ破滅するだろう。自己嫌悪に陥り、マルコは傷ついた肩を動かし、痛みに顔をしかめた。前回のスコットランドでの任務では片腕を失いかけた。仕掛けた導火線がわずかに短すぎ、爆発にあやうく巻きこまれるところだったのだ。次は……。

「ちくしょう《ディアヴォロ》」マルコは吐き捨てた。次は――くだらないパーティではなく、次の本物の任務のときは、頭を吹きとばされてもおかしくない。だが、横柄で癇《かん》にさわるコモ伯爵が死んでも悲しむ者はいないだろう。ああ、ぼくはみんなをいらつかせる。

ぼく自身も含めて。

こめかみを指で押さえ、頭の痛みをやわらげようとマッサージする。ゆうべは裏町のいかがわしい賭場《とば》で過ごし、大儲《もう》けしたあと大損をした。それから朝になって……マルコは顔をしかめた。ぼんやりと覚えているのは、赤いシルクで飾られた部屋と、裸の女だけだ。女は高価なフランス製の香水をぷんぷんさせていた。

その濃厚な香りがまだ上着にまつわりつき、胃がむかむかする。まったく、なんて甘ったるいにおいだ。ケイト・ウッドブリッジの肌からほのかに漂う香りとは大ちがいだ。彼女の香りには欲望をそそられる。こんなふうに腹にずしりとこたえることはない。

また吐き気がこみ上げ、腹のなかでブランデーが波打った。さっさと行こう。ブーツの下半分はすでに泥で汚れていた。マルコは目を細めて空を見上げ、まだ昼さがりだと判断した。雨雲が強風に流されて迫ってきている。川の先の倉庫街へ行けば、貸し馬車の一台も見つかるだろう。彼は歩きだした。

川には小型の渡し船が数艘《そう》、浮かんでいた。波打つ薄墨色の川面《かわも》に白い帆がまぶしい。引き潮の流れにのって、グリニッジの埠頭《ふとう》へと川をくだるのだろう。岸の近くでひとりの少年が軽舟《ドーリー》をこいでいた。オールは自然なリズムで波をかき、川の流れにみごとに調和している。

マルコはその姿に感嘆した。少年は葦のようにほっそりとしているが、腕力の代わりにしなやかに腕を動かして、舟を前へと進めていた……。

そのとき、風にあおられて帽子のへりがめくれ、少年の横顔が一瞬露わになった。

マルコは目をしばたたいた。疲れた目と酔いのまわった頭が幻覚を見せたのか？　彼は足を速めて舟を追い、さらに観察してから低くうめいた。

「おいおい、どういうことだ」

父の商船で働いていたイーライが引退後、腰をすえた先がロンドンだったのは幸運ね。ケイトはそう思いながら、また力いっぱいこいだ。オールがなめらかに水を切る感触が心地いい。イーライはテムズ川で荷船の監督役をしていた。彼はいつでも快くドーリーを貸してくれる。ケイトが舟に乗っているあいだ、アリスと貸し馬車には一、二時間ほどそばの路地で待ってもらっていた。船着き場のすぐわきにイーライの宿舎があり、そこでケイトは戸棚にしまってある男の子用の服に着替えた。

イーライは絶対に秘密をばらしたりしない。おかげでこうして自由なひとときを過ごせるのだ。きらびやかで堅苦しいメイフェアを抜けだし、ニスを塗った木がてのひらにあたるなつかしい感触や、頬をなでる潮風を体で感じることができる。

よせては返す潮の満ち引きのように、船での暮らしはシンプルだった。風と海と空。公爵邸の舞踏室のつややかな寄木細工より、商船の荒々しい木肌のほうがずっといい。

ケイトは長々と息を吐いた。上流社会という海図のない海にこぎだしてはみたものの、航海はトラブルの連続だった。見えない浅瀬や危険な逆流があちこちにひそみ、ちょっと気を抜けば沈没してしまう。果てしない水平線が広がる大海原のほうがはるかに楽だ。太陽に導かれるままに進めばいいのだから。彼女は空をあおいで顔をしかめた。ロンドンの空は一年じゅう雲に覆われ、重苦しい灰色の影が街全体を包んでいる。

そのなかで〈罪深き集い〉だけが明るい光を放っていた。友人たちもわたしと同じで、人とちがうことを恐れない。オールを握るケイトの手に力がこもり、水をかくスピードが速くなった。洗練された社交界の若いレディたちはそうではない。礼儀作法の教本どおり、髪がひと筋乱れるだけで、額に汗がひと粒流れるだけで卒倒する。一方、わたしは……。彼女たちが極上のシルクなら、わたしは潮で汚れた帆布か日にさらされた綿だ。ばたばたと自由にはためくのが似合っている。もちろんそれは、上流社会のルールに反するけれど。

ルール。わたしに負けず劣らずルールに反している人物は、ひとりしか知らない。マルコは悪びれもせず、わざと横柄で無礼な態度をとる。それを見るのは小気味がいいけれど、心をかき乱す彼の魅力は……。

ケイトは頬がほてるのを感じた。トパーズ色の瞳にゆらめく官能的な炎。上質のブランデーのように、激しい夜と禁断の歓びを約束するまなざし。彼は荒々しくて気まぐれで、旅の途中で目にした山猫を思わせた。

危険な獣を。

ケイトの口もとが引きつった。いいえ、危険に魅力を感じるのは昔からだ。心臓が早鐘を打つと、生きている実感が湧き上がる。

ぼちゃんと大きな音が聞こえ、ケイトは物思いから覚めた。顔を上げると、ぼろを着た少年たちが川岸から走り去っていくのが見えた。浮浪児がごみをほうりこんだのだろう。テムズ川は不要な物の捨て場所になっているから……。

そのとき、鉛色の流れのなかをくるくるまわるトラ柄の小さな頭が、ケイトの目に飛びこんできた。猫が溺れているのだ。
大変だわ。急いでドーリーの舳先《へさき》を転じ、泡だつ水面を横切る。あちこちで渦が巻いている
から、一度でも流れの方向を見誤れば間に合わない。
「待ってて、猫ちゃん」つぶやきながらオールを動かし、ちょうどいい角度に舟を向ける。川
の流れが絶えず変わるため、手に力を入れる。あっという間に皮がむけたが、ケイトは痛みを
無視して、速い流れと戦った。
落ち着いて。落ち着くのよ。
猫が波にのまれた瞬間、彼女はすかさず腕を突きだしてつかまえた。
びしょ濡れの毛玉みたいな猫をひざに落とし、ほっとして笑い声をあげる。「猫は命が九つ
あるんでしょう。でもきっとこれが最後のひとつよ」
猫が怒って毛を逆だて、ミャオとうなった。
「ほらほら、陸に戻してあげるわ」もう一度オールをつかみ、岸へと方向転換する。
フジツボがこびりついた係柱に舳先をよせると、まだぽたぽたと水がしたたる猫を腕に抱え
てよろめきながら、ケイトは埠頭に片足をかけた。
「汚い捨て猫を助けるのが趣味かい？」
かすかにイタリアなまりのある声に、足もとがぐらついた。あわてて顔を伏せると、猫が驚
きの声をあげて彼女の腕に爪をたて、暗い路地へと姿を消した。

「恩知らずなやつだ、きみにありがとうも言わなかったぞ」

よりによって最悪の相手と鉢あわせするなんて。だけどマルコは酔っているようだから、わたしが無視していれば、おそらく立ち去るだろう。

ケイトはかがみながら返事の代わりに肩をすくめ、鉄の輪っかに太綱を結びはじめた。

「猫に舌でも引っこ抜かれたのかい、坊主?」マルコがあざけるように言った。「それとも、〝レディ〟と呼ぶべきかな」川沿いの道から足を踏みだして姿を見せる。「ぶかぶかのシャツにすり切れたズボンなんて、きみの美しい体が泣いているよ、ミス・ウッドブリッジ」

泥酔しているわりに、ちゃんと観察しているのね。

最後の言葉は無視し、ケイトは体を起こしてにらみつけた。「正しい行動に感謝の言葉は必要ないわ。あなたはかわいそうな動物が溺れるのを黙って見ているの?」

マルコは暗い笑みを浮かべた。「川底に身を沈め、不幸を終わらせたいと願うやつもいるさ」

その鬱屈とした口調に、ケイトははっとした。「この世はときに耐えがたいほどつらいけど、それでも生きようともがくだけの価値があるわ」

「さあ、どうだろうね」

かすかな声だった。彼女は返す言葉が見つからず、背を向けて舟から上着をとり上げた。

「そろそろ行かなくちゃ」そう言って、すべりやすい段を上がる。

マルコは前に立ったまま、ケイトを通そうとしなかった。「そもそもこんなところでなにをしていのか、きいてもいいかな?」

返事を拒めば、さらに追及されるだけだろう。「体を動かすのが好きなのよ。ハイドパークの並木道《ロットン・ロウ》をのんびり散歩するだけじゃ物足りなくて」彼女はしぶしぶ言った。「だからたまにここへ来て、父の昔なじみにドーリーを貸してもらっているの」自分の行動についてあれこれ詮索《せんさく》されたくなくて、急いで言い足した。「あなたの今日の行動はたずねるまでもないわね」

マルコの服はしわくちゃで、髪は乱れ、あごには無精ひげがのびている。ケイトが息を吸いこむと、川の臭気にまじって、葉巻とセックスのにおいがした。

「ゆうべの行動まで想像がつくわ」

「ああ」マルコが笑《シ》いまじりに答える。「どれもこれもよからぬ行動ばかりさ」彼は一瞬、間を置いた。「きみと同じだね」

「わたしは舟をこいでいただけ」彼女はくってかかった。「ベッドのなかで運動にはげむのとはちがうわ」

「もっと簡単な単語があるだろう」彼がささやいた。「教えてあげようか?」唇が開き、心を惑わす笑みを描く。「ミス・ウッドブリッジ、男女の……まじわりを表す言葉をぼくが……」

「けっこうよ。不潔な考えはその頭にしまっておいてちょうだい」そう言いながらも、マルコの低い笑い声に、体の奥で眠っていた熾火《おきび》がかきたてられるのを感じた。どうしよう。体じゅうがほてってきた。みだらな炎に全身をなめられるようだ。

「激しい運動という点では一緒だよ、きみはボートの上、ぼくはベッドのなかだけどね」マルコが続けた。「それに、どちらもたっぷり汗をかく。レディは汗をかかないはずだけど、きみはぐっしょり濡れているね」

幸い、日が陰ってきた。薄暗くてほこりも舞っているから、胸の先がかたくとがったのは見えないはずだ。紳士のくせに、彼はわたしを怒らせて楽しんでいる。理由はわからないが。

「どうぞ笑えばいいわ」ケイトは言い返した。「だけど、ここで見たことは誰にも言わないで」

マルコのまつげが物憂げにゆれた。「もっとスキャンダラスな行為だったら、弱みにつけこむこともできたんだけどね」

恐怖がケイトの喉を締めつけた。ああ、彼は恐ろしいほど危険だわ。

「でも、体を動かすのは健全な行為さ、ミス・ウッドブリッジ。だから、そんなに不安そうな顔をしなくていいよ」マルコは自分も肩をまわしてみせた。「実際、古代ギリシャの賢人たちは、肉体と精神の両方に運動は不可欠だと考えていたんだ」

「歴史の講義をありがとう」ケイトはほっとしてそう言い、思わずつけ足した。「それとも生物学かしら？」

マルコはふたたび笑ったが、その美しい瞳が陰りを帯びた。「もうひとつ、人生の現実をきみに教えてあげるよ。きみもその目で見たように、ここは危険な区域だ。まばたきするあいだにとんでもない災難に見舞われかねない。ひとりで来るなんてどうかしている」

ワインでかすれた彼の声がケイトの背筋をくすぐった。「この前も言ったでしょう。自分の身ぐらい自分で守れるわ」


ケイトが帽子のへりを少しさげると、目もとに影が落ちた。

「だけど、きみはけがをしている」マルコは彼女の手をとって傷を調べた。

ケイトがたじろぎ、手を引き抜こうとする。「ただの引っかき傷よ」

返事の代わりに彼は手首に唇をよせ、赤いビーズのような血を吸いとった。

「やめて」

小声で抗《あらが》う彼女を無視し、マルコは舌先で傷跡をたどってから、人さし指の先端をゆっくり口のなかに含んだ。血のしょっぱさと、言いようのない甘さが舌に広がる。

雨が降りだした。ケイトの肌に水滴がぱらぱら落ちてくる。それでもふたりは動かなかった。まるで魔法にかけられたかのようだ。ケイトには強さともろさが魅惑的に入りまじっている。そんな女性に出会ったのは初めてだ。マルコはやわらかな肌にキスをし、皮がむけたてのひらに舌を這わせた。

「やめてちょうだい！」彼女がかすれた声で言った。手をよじってマルコから逃れ、拳を握って彼を突きとばす。

「男にさわられるのがいやなら、シャツ一枚で雨に濡れるのはやめたほうがいい」マルコは視線をさげた。「白いリネンは水に濡れると透ける。胸のふくらみにぴったりと張りついて、ほら、すっかり丸見えだ」

ののしりの言葉を吐きながら、ケイトは急いで上着に手を通した。「さあ、もう楽しんだでしょう。そこをどいて。祖父は時間に厳しいの。ディナーに遅れるわけにいかないわ」

「いやだと言ったら、拳を振りまわしてぼくに挑むのかい?」彼は眉をつり上げた。

「あなたが勝つとはかぎらないわよ」彼女が切り返す。

「ふたりで力くらべをするのなら、振るのは拳じゃなくて腰がいいな」

「地獄へ行きなさい」ケイトがつぶやく。

「そうそう、これから出発するところだった」マルコは言った。「ぼくも急いで屋敷に戻らなければならないな。旅の荷づくりがあるんだ」深々と頭をさげ、彼女のために道をあける。

「それではメイフェアまでお気をつけて、ミス・ウッドブリッジ」

「楽しい旅を、ジラデッリ卿」彼とすれちがいざまケイトが言った。「この時期、冥界《めいかい》は灼熱《しゃくねつ》だそうよ」

6

「田舎の屋敷で、パーティですって？」アレッサンドラが驚いて眉をつり上げた。「気晴らしにしては、あなたらしくない選択ね」自分には紅茶を注ぎ、マルコにはサイドボードに並ぶボトルを示す。「どうせ誰かおめあての未亡人がいるんでしょう」

彼は肩をすくめた。「特にいないよ。もちろん、その気のある女性はいつでも大歓迎だが」

「あなたって女性のことしか考えていないの？」

「まあね」

アレッサンドラは目をぐるりとまわした。「せめて、まじめになる努力ぐらいはしてよ」

「どうして？」彼は問い返した。

アレッサンドラが深々とため息をついた。「〝ときどきおまえの鼻っ柱をへし折ってやりたくなる〟とジャックが言うのも無理ないわね」

「わかった、ふざけるのはやめにするよ」マルコはブランデーをゆらしてグラスを唇によせた。

「実を言うと、きみにまじめな質問があるんだ」

「何?」アレッサンドラが小首をかしげて続きを待った。

「クライン公爵についてなにを知ってる?」

「まず初めに、彼はケイトのおじい様だということ。でも、それはあなたも知ってるわね」

マルコはブランデーをひと口すすってから、うなずいた。「だから、きみにきけば彼のことがわかると思ったのさ」なにげない口調を装ったまま続ける。「どういう男なのかな?」

アレッサンドラの口もとがかすかにこわばった。「どうしてクライン公爵に関心があるの? 社交上のつきあいもないのに」

「ところが、近々ぼくたちの人生が交差するのさ。ケントにある公爵の屋敷へ行くんだ」

「まあ、ケイトもそこへ行くのよ」アレッサンドラは驚きの声をあげ、眉間《みけん》にしわをよせた。「でも、あまり気乗りしないみたい。公爵がシャーロットを招くのを許可したから行くだけで」

マルコは画用紙の端を指でなぞりながら、いとこと目を合わせないよう気をつけた。

「あなたはなぜそんなところに行くの?」アレッサンドラがゆっくりとたずねた。

「街の暮らしに飽きたのさ。のんびりと田舎でくつろぎたい」

アレッサンドラはイタリア語でレディらしからぬ言葉を吐いた。「あなたがお酒と娼婦に飽きたことなんてあったかしら?」

「ぼくだってたまにはスキャンダルを起こすことなく、社交界でお利口にしていられるんだよ、美しい人《カーラ》」マルコはお代わりを注ぎに行った。「招待客には大陸の外交官や貴族が多いから、ぼくの名前がリストにあってもべつに驚くことじゃない。お忘れかもしれないが、これでもぼくは由緒ある家柄の出でね」

「あなたの家柄はよく知っているわ。あなたこそ自分の立場を忘れているんじゃない？」

耳に痛い言葉だったが、彼は鼻先で笑ってみせた。「もう新世紀だ、古くさい考えはそろそろ捨てたほうがいい。きみは合理的な考えの持ち主なんだ。爵位の世襲制なんてばかげていると思わないかい？　派手な金文字でつづられた名前にすぎない」

コモ伯爵。脳裏によみがえる兄の名前をマルコは振り払おうとした。紋章諮問院が保管する大型の手書き名鑑〝イタリア貴族黄金の書〟に法定相続人として記されていたのは、兄の名前だった。今では二重線で消され、下にマルコの名前が書かれている。それは古い羊皮紙についたしみのように見えた。隣家の老馬が殺処分になるのを阻止しようとマルコが無謀な計画をたてさえしなければ、ダニエッロが山道を転げ落ち、首の骨を折って死ぬこともなかっただろう。

「民主主義の理念のほうがよっぽど理解できるね」琥珀《こはく》色の酒を喉にゆっくりと流しこむと、マルコは続けた。「人はその生まれではなく、功績で評価されるべきだ」

「理念や価値観はときの流れを経て変わることがあるわ。けれど、決して変わらないものもあるのよ」アレッサンドラがそっと言う。「家名は単なる華やかな黄金の紋章ではない。血のなかに脈々と流れ、世代から世代へと受け継がれる絆なの」

「まったく《ディアヴォロ》、女ってやつは！」マルコはぼやいた。「知的なきみですら、すぐ情に訴える」

「あなたはそうやって人の情をあざけっては、お酒とばか騒ぎに溺れているわ」

「お説教はよしてくれ。きみがどれほどあきれようが、ぼくにはこの生き方が合っているよ」

「自分の墓穴をひたすら掘るような生き方が？」アレッサンドラがきき返した。「ワインと、妻を寝とられた夫、どちらが先にあなたの命を奪うのかしらね」

「夫ではないな」マルコはあざ笑った。「ぼくはピストルや剣の腕もベッドでの寝技も、向かうところ敵なしだからね」

「まったく、男ときたら！」アレッサンドラがさっきのお返しとばかりに吐き捨てる。「銃や刃物より、慢心《ディアヴォロ》のほうがよほど危険よ」

マルコはグラスを傾け、わざと一気にあおってみせた。「人生はギャンブルさ。危険を恐れていたらなにも得られない」

アレッサンドラが心配そうに口を引き結ぶ。

「さて、クライン公爵に関する質問に戻っていいかな」彼は続けた。「公爵の性格についてはなにか知っているかい？」

彼女はすぐには返答せず、夫が描いた絵を革の紙ばさみに戻した。「あなたがそんなことをきいてくるなんて、やっぱりなにか引っかかるわ」

「きみも知っているとおり、ぼくの行動には論理も道理も伴わないのさ。田舎でのんびりパーティを楽しもうというのも単なる気まぐれだよ」

不意にアレッサンドラはあやしむように目を細めた。「ヨーロッパの外交官と貴族を招いたパーティ……。これにはリンズリー卿も一枚嚙んでいるの？」

「仮にそうだとしても、勝手にしゃべるわけにはいかないんだ」

アレッサンドラはそれ以上追及しなかった。リンズリーには陸軍副大臣という肩書き以上の役割があることは彼女も察していた。侯爵はこれまでに何度か、人の生死を左右しかねない科学的問題に関し、〝罪深き者たち〟に助言を求めていたからだ。

アレッサンドラがため息をついた。「クライン公爵は遠目に見たことがあるだけよ。わたしからはなんとも言えないわ。だけどケイトの話では、暴君という感じの人らしいわね。杓子定規《しゃくし》で、口答えは許さないとか」

「きみのお仲間の〝罪深き者〟と公爵がやりあったら、ナポレオン対クトゥーゾフ将軍の戦いでさえ子どものけんかに見えるだろうね」マルコは軽口を叩いた。「ぼくが見たところ、ミス・ウッドブリッジは自分の意見をしっかり持っていて、しかも臆《おく》することなく発言する」

「気丈でなければ、やっていけなかったのよ」アレッサンドラがかばうように言った。「ご両親が自由奔放に生きていたから、ケイトが現実の問題に対処して、借金がふくらまないように する必要があったの。たしかに彼女は自分の人生は自分で決め、慣習に逆らうのを恐れず、困難にもひるまない。でも、気丈にふるまってはいるものの、ケイトは見かけほど強くはないと思うの」彼女が紙ばさみのひもをもてあそぶと、指にはめた指輪がきらきら輝いた。「公爵にそのことがわからないのが残念だわ。ちょっと手をさしのべてくれるだけでいいのに」

深いアクアマリン色の魅惑的な瞳、挑戦的に突きだされたあご。ケイトの姿を思い起こすと、マルコの指先はかすかにうずいた。「クライン公爵の屋敷に滞在するあいだ、ぼくが彼女になぐさめの手をさしのべようか」彼はちゃかした。「なんなら、両手でなぐさめてもいいよ」

「あなたが?」アレッサンドラが鼻であしらった。「考えただけでぞっとするわ」さらに言い足す。「お願いだからケイトには近づかないで。娼婦や好色な未亡人とはちがうのよ」

放蕩者として名高いマルコにアレッサンドラが釘を刺すのはもっともだ。それでも、いとこの口ぶりは癇にさわった。彼は袖のほこりを払って、ふてぶてしくウインクした。「きみがたった今、ミス・ウッドブリッジは自分で自分の身を守れると、懇切ていねいに教えてくれたばかりじゃないか。ぼくの好意が迷惑なら、彼女がそう言えばいい」

「ケイトがパーティに参加するのは、お屋敷のコンサヴァトリーにあるめずらしい植物標本をシャーロットと一緒に観察するためよ」アレッサンドラが説明した。「あなたに邪魔されたら迷惑なだけだわ」

「レディに邪魔者扱いされることはめったにないんだ」

話はこれでおしまいだというように、アレッサンドラはぴしゃりと机を叩いた。「ケイトを普通のレディと一緒にしないでちょうだい。さもなければ……」

「ぼくの睾丸《テスティコロス》をロンドン塔のライオンのえさにするんだろう」マルコがあとを引きとった。

「それとも、カラスだっけ？」

アレッサンドラが人さし指をたてて警告する。

「心配いらないよ。これからの二週間、きみのご友人はなにひとつぼくを恐れることはない」

「まあ、なんてすばらしいのかしら」延々と続いた私道を曲がり、ようやくブナ林を抜けると、シャーロットは馬車の窓から首をのばして目をみはった。

「本当にすばらしいわね」ケイトは重い気分でまわりの景色に視線を向けた。「玄関の部分は、クラインが造園家のケイパビリティ・ブラウンに依頼してつくらせたの。森林を切り開き、庭園の配置を左右対称にして、多くの常緑樹を植樹して彩りと趣を加えたわ」

「おじい様はすばらしい審美眼をお持ちね。庭園の設計にかけては、ブラウンの才能はすでに伝説となっているのよ」

「公爵様なら伝説だってお金で買えるわ」とげとげしく響かないよう願いながら、ケイトは言った。深呼吸をし、手入れの行き届いたクライン・クロースの敷地に入るたびに湧き上がる憤りを抑える。大庭園を飾る彫像ひとつ分で、ナポリでの診察代と薬代はまかなえたはずだ……。

それでもクライン・クロースには感嘆せずにいられない。芝生の向こうには湖が広がっている。湖面に陽光がたわむれる様子は、空色のベルベットに無数のダイヤモンドをちりばめたかのようだ。まんなかに浮かぶ小島には、古代ギリシャ神殿風のあずまやが立っていた。

湖畔からきれいに刈りこまれた芝生へと視線を移し、緑がさまざまな模様を織りなす砂利道をたどっていくと、丘の頂上に屋敷が見えた。城と呼ぶほうがふさわしいとケイトは思った。高くそびえる小尖塔《せんとう》、城郭のように上部に凹凸のある狭間胸壁《はざまきょうへき》。もともとのノルマン建築に、建築家たちが幾世紀にもわたって増築と装飾を加えたが、不思議なことにそれぞれがきちんと調和している。白亜の城壁が午後の日ざしに照り映えているその姿は、まばゆいばかりだ。

「色つきめがねを持参するべきだったわね」シャーロットが皮肉めかして言った。「お屋敷のなかでも必要かしら。どこもかしこもきらびやかで、まぶしくてしかたないでしょうから」

亡夫のギャンブル癖のせいでシャーロットは生活が苦しいのだ。ケイトは彼女に肩身のせまい思いをさせないよう気づかっていた。自尊心の強いシャーロットは、裕福なヘンリー・フェルプスのもとへ嫁いだ妹のアリエルからすら金銭的な援助を断っている。

豪壮な屋敷が目の前に迫るにつれ、シャーロットは顔を曇らせた。「おじい様が裕福なのは知っていたけど、こうして見ると圧倒されるわね」顔をしかめる。「あなたも知ってのとおり、わたしのドレスは古ぼけたものばかりだわ。自分の見た目は気にならないけど、あなたに恥をかかせたくないわ」

ケイトはふんと鼻を鳴らした。「そんなの平気に決まっているでしょう」

「わたしの食事は部屋に運んでもらってもいいのよ」

「そうだわ、わたしたちの食事はコンサヴァトリーに運ばせましょう。土をいじったあとでも、

「ガラス張りの温室をひとまわりするのが楽しみよ」クライン・クロースに気圧《けお》されながらも、シャーロットはもう一度屋敷に目をやり、口を開いた。「それに、庭園内の大型温室もね」

「日が落ちるまでまだ数時間あるわ。ひと息つきしだい、案内するわね」ケイトは馬車の旅のあいだに目を通していた本と書類をまとめ、小さな鞄《かばん》にしまった。「わたしたちの部屋はコンサヴァトリーに近い西翼なの」

「なかで迷子にならないよう、ミノタウロスの迷宮から脱出したテセウスみたいに糸玉がいるかしら？」シャーロットが冗談を言う。

「いいえ、その必要はないわ」ケイトは皮肉っぽく言った。「使用人が山ほどいるから、必要であればお客様全員に案内役をつけられるのよ。それに髪の毛一本落ちてない床に長い糸が垂れていたら、クラインが卒倒して――」

シャーロットはこほんと咳払いをして辛辣な言葉をさえぎった。「せっかくの滞在でしょう。楽しい息抜きと思って――」

「過去の罪滅ぼしではなく？」ケイトはぼそりと言った。

シャーロットの眉が少しつり上がった。「あなたは恥じることなんか、なにもしてないわ」

ケイトは顔から血の気が引くのを感じた。

だが、シャーロットは気がつかないらしい。「七つの海を航海し、船の上で育った若いレディはたしかにめずらしいわ」彼女が続ける。「けれど、あなたは世界じゅうを旅し、すばらしい知識と英知をものにした。そんな孫娘を誰だって誇りに思うはずよ」

「わたしじゃなくて、クラインに言ってちょうだい」ケイトは声を荒らげた。シャーロットが眉根をよせるのを見て、急いで言い添える。「ごめんなさい……もちろん、あなたが正しいわ。つまらないわだかまりはロンドンに残して、もっと前向きに考えてみるわね」

「意外と楽しい時間を過ごせるかもしれないわよ。お客様のなかには外交官が大勢いるそうだから、ウィーン平和会議についての議論は絶対に興味深いと思うわ」

「そうね」ケイトは認めた。「まじめな議論の場に女がいることを許されればの話だけれど。興味深い会話がはじまるのは、女たちがダイニングルームを去ってから。紳士たちがポートワインと葉巻を楽しむあいだでしょう」

「本当の中身は下品な冗談と愛人の自慢話よ」シャーロットがそっけなく言った。「だから残念がることもないわ」

ケイトの喉もとに笑いがこみ上げる。「あなたまで皮肉屋になったの？」

「元気になったようね」シャーロットはにっこり笑った。「滞在一日目から、ふくれっつらはやめましょう」

平らにならした砂利の上を馬車が音をたてて進み、柱廊玄関《ポーチコ》の前でとまった。シャーロットは夕日を浴びてやわらかなゴールドに染まった古典様式の列柱を見上げ、出迎えの列をなすお仕着せ姿の従僕たちへと視線をおろした。

「失礼いたします、ミス・ウッドブリッジ」公爵家の執事がすぐさま鞄に手をのばした。

ケイトはため息をこらえ、鞄を渡した。よけいな世話を焼かれるのは大きらいだが、文句を言えば使用人たちがまごつくだけだと学んでいた。彼らは礼儀作法に恐ろしく忠実なのだ。

「ありがとう、シンプソン」

「お荷物をのせた馬車のほうも一時間前に到着し、メイドが荷ほどきをしております」

「ありがとう」ケイトは同じ言葉を繰り返した。

「閣下が西翼の書斎でお待ちでございます」

今度は大きなため息が出た。

「ウィリアムがご案内いたします」

「ウィリアムがわたしたちの糸玉らしいわ」ケイトは友人に耳打ちした。

優雅な玄関広間に入り、磨き抜かれた大理石の床を進むと、壮麗な漆喰の天井と金縁の絵画がかけられた壁に靴音がこだました。

「屋敷のこの部分はまだ築五十年なの」ケイトは長い廊下を歩きながら説明した。「もともとのノルマン様式の城塞《じょうさい》は西の塔の部分よ。東の塔は十七世紀に入ってから、左右が対称となるよう増築されたもので……」

ケイトは建物の歴史を話しながら、果てしなく廊下を曲がりつづけた。最後に従僕がようやくドアの前で足をとめ、小さくノックした。

太い声が〝入れ〟と告げた。

ケイトは息を吸いこみ、緊張をほぐそうとした。祖父の前でリラックスできる日なんて来るのかしら？　そんな思いを頭から振り払い、友人にちらりと目を向ける。公爵の尊大な態度は警告してあるが、実際に対面すると、その威圧感に圧倒されるのだ。

とはいうものの、シャーロットがそう簡単に縮み上がるはずはない。彼女は長身でふっくらとした体つきをしていた。関節炎でひざが悪いため歩みは遅くなったものの、まだまだ物腰はしっかりしている。銀色の髪はきっちりシニヨンにまとめていた。鋭いグレーの目と高い鼻が印象的な顔だちは、美人というよりハンサムといったほうがいいかもしれない。

「そんなところに突っ立ってないで、なかに入りなさい」クラインの声がとどろいた。机の奥から立ち上がり、大きな手を背中にまわして重ねる。「快適な旅だっただろう？」

「ええ、閣下」ケイトは返事をして、すぐに友人を紹介した。

祖父は冷徹な目でシャーロットを見すえたのち、眉ひとつ動かさずにうなずいた。「ようこそクライン・クロースへ、レディ・フェニモア」

「ご招待ありがとうございます、閣下」シャーロットも冷ややかな声で切り返した。

あざけりの響きを聞きとったかのように、クラインが目を細める。

ケイトは笑いをこらえた。公爵の称号と富の前にシャーロットがひれ伏すと思ったのなら、大まちがいだ。

「公爵家の植物標本コレクションのことは聞いております」シャーロットが続けた。「拝見するのが楽しみですわ」

クラインが鼻を鳴らしたが、それが軽蔑《けいべつ》の念を表しているのか、ただの咳払いかはわからなかった。「孫娘の話では、あなたも〈女性科学者の集い〉の会員でしたな」

「ええ」シャーロットは落ち着き払ってこたえた。「植物学の研究において、ケイトはすばらしい成果を上げています。閣下もさぞ鼻が高いことでしょう。彼女が先日発表した香料諸島に関する小論は、内外の著名な研究者からも絶賛されました」

公爵が太い眉をひそめる。

「よろしければこれで失礼して、レディ・フェニモアをお部屋にお連れするわ」ケイトは急いで言い、研究の話はやめるよう友人にそっと合図した。祖父にそんな話をしたところで、よけいに変わり者扱いされるだけだ。「そのあとは、明るいうちにコンサヴァトリーと温室を簡単に案内するつもりよ」

「いいだろう」クラインは口を引き結んだ。「ディナーは七時だ。お客様に紹介するから、三十分前には客間にいるように。ほとんどの客は午後に到着しているが、何名かは明日になる」

「わかりました、閣下」ケイトは友人の腕をとり、戸口へとうながしながら言った。「それではのちほど」

7

ケイトは炉棚の上の置き時計に目をやって悪態をつき、頬についた泥をこすってドレスの袖から腕を抜いた。「ああもう、なにかに夢中になってるときって、どうして時間が飛ぶように過ぎるわけ?」馬や猟犬の自慢をする退屈な貴族の話を聞くときは、一秒一秒がのろのろと過ぎるのに。

「いいご質問です」アリスが言った。「でも、今はその答えを考えている暇はありません」メイドはコルセットをつけるのを手伝い、手早くひもを結んだ。「両腕を上げてください」

ブルーのシルクがケイトの体をするりとすべる。さっきまでシャーロットとうっとり観察していたジャワ島のランの花びらみたい……。

「今度はこっちを向いてください」

めずらしい花の姿を頭に描きながら、ケイトはメイドの言葉にしたがった。

「わたしの話をひとつも聞いていらっしゃいませんね?」ドレスをあちこち整えてから、アリスが問いかけた。

ケイトははっとして顔を上げた。「ごめんなさい、頭がどこかに行っていたわ」

「お出かけはまた今度にしてください。お嬢様は十五分後には客間にいる予定なんです。初日の夜から公爵様を怒らせてはまずいですよ」

「そうね」ケイトはつぶやいた。化粧台の椅子に腰をおろしてひざの上に手を重ねると、アリスがブラシをとって髪をまとめはじめた。「あなたって本当にてきぱきと仕事をこなすわね」

「これまでにやった仕事はスピード第一でしたから」口にヘアピンをくわえたまま、アリスは淡々と言った。「じっとしてください」

ケイトはため息をつき、メイドの仕事を見守った。髪をひねって頭の上に結い上げ、リボンで華やかに飾る。最後に耳もととうなじに後れ毛をふんわり遊ばせて完成だ。

「できました」アリスはそう告げてから一歩さがり、仕上がりをチェックした。「ブルーのドレスは髪の色を引きたてますね。仕上げに真珠のイヤリングとネックレスをつけましょう」

ケイトは顔をしかめたが、反論はしなかった。真珠のアクセサリーは祖父が誕生日を祝って――呪《のろ》っているのかと思ったが――プレゼントしてくれたものだ。それは亡くなった祖母の形見で、本来ならケイトの母の手に渡るべきものだった。

「脚に大ダコが巻きついたような顔をするのはやめてください」

ケイトは苦笑いした。「お客様の前で足をすべらせたら大変ね」

アリスはアイボリーとブルーのペイズリー柄のショールを選んだ。「口をすべらせたら、もっと大変です」

「わたしって本当に信用がないのね」ケイトはぶつぶつと言った。「あなたのおかげで、少なくとも見た目は完璧よ」鏡に映る姿にもう一度目を走らせ、腰を上げる。「わたしの巻き毛がきれいにまとまるなんて、魔法みたい」

「あいにく、わたしは魔法の絨毯は呼びだせません。早く行かないと遅刻です」

そのとき、ドアにノックの音が響いた。

「シャーロットだわ」ショールを肩にかけ、ケイトは廊下へ急いだ。アリスの魔法で時計の針がぐるぐるまわり、あっという間に十二時になればいいのに。

「とてもすてきだわ」階段に向かいながら、シャーロットが言った。

ケイトは公爵家に代々伝わるネックレスに触れた。なめらかな光沢を放つ真珠の粒は冷たくて肩が凝る。「まさに豚に真珠ね」

シャーロットが笑いをこらえて指を振った。「わたしの悪い癖が移ってしまったみたいね。この年なら辛口の皮肉屋でも許されるけど、あなたはそんな口をきいてはいけないわ」

「シャーロット、あなたのせいじゃないわ。わたしはなんでも自分で判断できるくらい世の中を見ているもの」

「そうはいっても、社交界であまり辛辣な口をきくのは禁物よ。あなたも気づいているでしょうけど、キアラとアレッサンドラは皮肉を言葉どおりに受けとるときがあるわ」

「まさに皮肉な結果になりかねないわけね」その言葉で話を締めくくり、ふたりは客間に足を踏み入れた。

「遅いぞ、キャサリン」クラインが紳士たちから離れて歩みより、ひじをさしだした。「お客様に紹介しよう」少し遅れてシャーロットにそっけなくうなずく。「もちろん、あなたも一緒にどうぞ、レディ・フェニモア」

シャーロットは手を振って断った。「おふたりでどうぞ。お孫さんを紹介するのに、わたしが一緒では邪魔でしょう、閣下。わたしはゆっくり皆さんにご挨拶します」

クラインが太い声で感謝の言葉をつぶやいた。

ケイトはため息を押し殺して、手袋をした手を祖父の腕にのせた。いちいちしきたりどおりにするのは息がつまるが、それが上流社会のやり方だ。

ああもう、ケントよりクルジスタンのほうがよほどいい。礼儀作法にしばられた英国は、わたしにとっては異国だ。

「……隣人のタッパン卿だ」

公爵が話しかけているのに気づき、ケイトは雑念を振り払って話に意識を集中した。

「おまえも知ってのとおり、閣下は外務省で大臣を務めておいでだ」

「副大臣のひとりにすぎんよ」タッパンが謙遜《けんそん》して微笑んだ。

まったく見覚えのない顔だ。下手に返事をしないほうが賢明だと思い、ケイトは微笑むだけにした。

「大陸から来た外交官仲間をご紹介しよう」タッパンが続けた。「こちらはヴロンスコフ伯爵とゼーリッヒ大佐だ」

「はじめまして《アンシャンテ》、マドモアゼル」ヴロンスコフは強いロシアなまりで言い、ケイトの手をとって大げさにキスをした。「英国のレディがこれほど美しいと知っていたら、もっと早くにサンクトペテルブルクを出発していましたよ」

「それはどうも《メルシ》」ケイトはロシア貴族にならい宮廷語のフランス語で返した。半分アメリカ人ですと訂正して、祖父をいらだたせる必要はない。どうせこれから山ほど衝突するのだから。

　ゼーリッヒ大佐がかかとをかちっと合わせておじぎをする。「お目にかかれて光栄です、ミス・ウッドブリッジ」

　きりっとした動作と、胸に大量の勲章をぶらさげていないところにケイトは好感を持った。

「こちらこそ。大佐のアクセントからすると……ご出身はプロイセンの北のほう、グダニスクのあたりではないかしら？」

「ご名答《ヤヴォール》、ミス・ウッドブリッジ」ハンサムではないが、薄いブルーの瞳がうれしげに輝くとなかなか魅力的だ。「そのとおり、ぼくの生まれはグダニスク湾です。いい耳をお持ちだ」ゼーリッヒが言った。

「それに、とてもかわいらしい」ヴロンスコフが愛想笑いをする。

ケイトは無視した。「大佐はロンドンにいらして長いんですか？」

「まだ数カ月です。陸軍武官としてこちらの大使館に配属されましたが、数週間後にはウィーン平和会議の代表団に加わります」

「わたしもウィーンの街を見てみたいわ」ケイトは言った。「それにドナウ川やライン川も」

「外国をご旅行されたことはおありですか？」ゼーリッヒがたずねる。

「ええ、わたし……」祖父の口もとがこわばるのを見て、ケイトは言葉をにごした。「両親が健在のうちに何度か」

ゼーリッヒは彼女が言いよどんだのに気づき、その話はそれ以上つづけなかった。

「ほかのお客様への挨拶があるので、そろそろ失礼させていただこう」クラインが口を開いた。三人の男たちが道をあける。ヴロンスコフはもう一度派手に腰を折ってみせた。

ケイトは祖父に引かれて客間を一巡し、挨拶を繰り返した。彼女と公爵、シャーロットを除けば、客の数は二十人。執事からパーティの出席者は二十四人だと聞いてるから、まだ来ていないのはあとひとりだ。

退屈な外交官がもうひとりいるわけね。ケイトは胸のなかでぼやいた。

英国側の紳士数名は妻同伴だが、外国人たちはほとんどがひとりで来ているので、クラインとタッパンは女性をまじえるよう配慮したのだろう。ケイトも面識のあるダクスベリ伯爵未亡人をはじめ、社交界で影響力のある夫人とその娘ふたりが招かれていた。

「おお、パーティ客の最後のひとりが現れたぞ。ジラデッリ卿はつい一時間前に到着したばかりだ、キャサリン」クラインが言った。「紹介しよう、こちらが――」

「知っているわ」ケイトはそっけなく言った。

「ええ、お孫さんとはロンドンでお目にかかっています」マルコが説明する。

ケイトは警告するように彼をにらみつけた。まさかこのろくでなしは、アンジェロのフェンシング・アカデミーの入口で出会ったことを言いだす気ではないでしょうね。そんなことをされたら、祖父を怒らせることになる。

「ぼくのいとこはミス・ウッドブリッジが入っている〈女性科学者の集い〉の会員なんです」マルコはよどみなく続けた。「ついこの前いとことレッドヤード公爵の末息子が結婚し、お孫さんもぼくもオクスフォードシャーでの式に出席していました」

「おお、ジェームズ・ピアソン卿か」クラインが言った。「彼は立派な男だと聞いている」

ケイトには、祖父の言葉はどこかとげがあるように聞こえた。これまでのところ、わたしに求婚する貴族の子弟や陸軍の英雄は現れていない。

「そうね」彼女は淡々と言った。

「実に立派な男ですよ」マルコがうなずいた。愉快そうに目をきらめかせ、ケイトにこっそりウインクする。「ぼくみたいなただの男は赤面するばかりだ」

彼女はウインクに気づかないふりをした。マルコに赤面することがあるとしても、絶対に自分を恥じてのことではないはずだ。「パーティが終わったら、ほとんどのお客様は大陸へ向かわれるようだけど、あなたもかしら？」祖父がタッパンと話をするためにその場を離れると、ケイトはたずねた。

「気になるのかい？」マルコがわざと無邪気に問い返した。

挑発にのるものかと、ケイトは愛想のよく答えた。「まあ、ごめんなさい、大きなお世話だったわね。わたしの知ったことではないわ」

「そのうち、知ってもらうよ」彼がささやいた。

肌をなでるようなその声にケイトの胸はざわついた。招待客のなかにマルコがいると知っていたら、ここへ来るのをやめていただろう。それでなくとも祖父の相手は大変なのに、わたしを堕落へと誘う悪魔までいるなんて。

だめよ、と彼女は自分の心に釘を刺した。マルコのことを考えるのはやめなさい。客たちに囲まれていれば、彼を容易に避けられるだろう。

幸い、マルコとはそれ以上言葉を交わさずにすんだ。仲間のイタリア人を見つけたアンドレアス・ヴィンセンツィが大喜びでマルコを迎え、客間の奥へと引っぱっていったからだ。

やっかいな挨拶まわりも終了し、シャーロットのもとへ行こうとすると、フィラデルフィア出身のアメリカ人ジェレマイア・ラドロウが暖炉の前の輪に加わるよう声をかけてきた。

「ミス・ウッドブリッジ、議論に決着をつけてくれないかな。公爵家のコンサヴァトリーが保有する植物標本の総数なんだけど、レディ・ガーヴィンとぼくとで意見がくいちがって……」

「シェリー酒を一杯いただけるかしら」シャーロットは従僕に告げた。グラスを手にすると、奥まった続き部屋に戻り、壁に並ぶ植物の細密画にふたたび目を凝らした。

この手彩色の繊細な銅版画は、中世の植物書の一ページだろうか？　ドイツ語の筆記体が記されているから、スイス南部のものにちがいない。彼女はそう結論づけた。柄つきめがねで拡大すると、アルプスのセント・ジョーンズ・ワートは英国のものよりやや葉っぱが長かった。

シャーロットは分析に没頭したまま、次の絵に移動した。

「貯蔵室からシャンパンを三本追加だ。それから、ローストビーフと一緒に出すクラレットがデカンタに移してあるか、ヒギンズに確認しろ」

「はい、閣下」

人目につかないこの部屋に誰かいることに、シャーロットははたと気づいた。

「あとはポートワインを数種、それに七八年物のマデイラワインだ」クラインが執事への指示を続ける。「スコットランドのモルトウイスキーも出して――」

公爵は後ろを見ずにずんずんあとずさりしてくる。シャーロットがよけるまもなくふたりのお尻がぶつかった。

クラインが咆哮《ほうこう》のようなうめき声とともに振り返った。「失礼、マダム」わびてはいるものの、その声には怒りがたぎっている。「こんなところを徘徊《はいかい》する者がいるとは思わなかった」

ケイトの話から公爵にはいい印象を持ってはいなかったが、このとげとげしい態度にはシャーロットもかちんときた。公爵様のご機嫌うかがいなんて、誰がするものですか。わたしのお尻を蹴《け》り上げて追いだす気なら、どうぞそうしてちょうだい。

どうせぶつけたばかりだわ。

「召使いにわたしの服の下をチェックさせてはいかが?」シャーロットはショールの縁を持ち上げた。「高価な芸術作品が持ち逃げされたのではないかとご心配でしょう」

これにはさすがの公爵も赤面した。

「ディナーのあとは、公爵家伝来の銀器を盗んでないか、わたしのレティキュールのなかを確認なさったらいいわ」

「私の言い方がまずかったようだ」クラインは歯をくいしばって告げた。「あなたを盗人《ぬすつと》呼ばわりするつもりは毛頭ない」

この人は謝罪するのに慣れていないんだわ、とシャーロットは思った。それはそうだろう。そもそも、公爵にわびを求める人はいない。彼女は柄つきめがねを掲げ、レンズ越しに冷ややかな視線を向けた。

思ったとおり、公爵の眉間のしわがいっそう深くなった。

シャーロットは笑いをこらえて植物画に向き直った。「わたしがここでしていたのは、徘徊ではなく拝見です。こちらの絵を見せていただくのに、なにか問題がありますか？　それはそうと、こちらは……大変すばらしい絵ですわね。スイスのものでしょう？」

「そうだ」彼がぼそりと言った。

「場所は、バーゼルのようですね」下部に印刷者のマークがあるのに気づき、シャーロットは言った。当初の怒りを忘れ、絵にじっと見入る。

「そのとおりだ」クラインも彼女と並んで絵に目をやった。「ヨハン・フローベンの工房のものだ。印刷技術において彼の右に出る者はおらん」

「繊細な線を出すことにおいては、シモン・ド・コリーヌのパリのアトリエも卓越していますわ」シャーロットが応じる。「それでも色づけに関してはおっしゃるとおりですね。フローベンの絵師たちのほうが色調が精妙だわ」

「ふむ」公爵は咳払いして一歩左に移動した。「こちらのベルガモットの絵では、ブラシ使いがより鮮明だ」

「たしかにそうですわね」その絵をしげしげと調べてから、シャーロットは言った。「ところで、ピエトロ・アンドレア・マッティオリの図版にはお詳しいのかしら？」

「何枚か書斎に飾ってある」クラインがもう一度咳払いする。「彼の木版画を知っている者はめったにいないが」

「ええ。でもわたしは大好きですわ」

「見てもらってもかまわん」公爵が太い声で告げる。「図書室には興味深い装画本が多数おさめてある。閲覧の用意をさせておこう」

「感謝しますわ」シャーロットは小声で言った。

「ふむ」背中で手を組み、クラインは大きく息を吐いた。「このシリーズの最後の二枚は奥の陳列棚の上にかけてある。お見逃しないように」公爵は執事のほうへと戻りながら、ふと立ちどまった。「シンプソン、あとでレディ・フェニモアのショールの下を確認しておいてくれ」

公爵がウインクしたように見えたのは、ろうそくの明かりのいたずらだろうか。シャーロットは小首をかしげた。もしかして公爵はユーモアのセンスも持ちあわせているの？

「はい、閣下」執事は顔色ひとつ変えずに言った。

クラインが懐中時計をとりだし、時間を確認する。「二十分後にディナーを開始するベルを鳴らすようフランプトンに伝えておけ」

8

　丘の頂上まで来ると、マルコは牡馬《ぼば》の手綱を引き、歩調をゆるめた。朝霧の奥から、列柱が並ぶクライン・クロースの正面玄関が姿を現すさまは、どこか幻想めいて見えた。

「くそっ」マルコは帽子のつばをずらして、かすかに顔をしかめた。まだ頭が半分寝ているような気がする。ヴィンセンツィと朝までしゃべり明かし、公爵のみごとなワインセラーからブランデーをちょうだいしすぎたせいだ。馬を走らせたおかげで、頭はかなりすっきりしたが、喉にはまだ酒とたばこの味がこびりついている。

　新鮮な空気を胸いっぱいに吸いこむと、マルコは人気のない大地をぐるりと見渡し、地形を脳裏に刻みこんだ。二日酔いの頭と体を奮いたたせ、夜が明けるのと同時に馬であたりをひとめぐりしたのは正解だった。任務にとりかかる際、地形の把握はつねに重要だ。領地内の牧草地や森林を一時間かけて確認し、頭のなかには地図ができ上がっていた。

　リンズリーは危ぶんでいたが、任務におけるぼくの心がまえを疑問視されるいわれはない。

　マルコは手綱を引き、馬を厩舎《きゅうしゃ》へと向けた。朝食の前にひげそりと入浴が必要だ。ざらつくあごをなで、ひどい格好だろうと想像し……。

「くそっ」霧のなかから誰かを乗せた馬が姿を現すのを見て、彼は悪態をついた。

ダークグリーンのスカートがひらめく様は、煙霧に包まれた死門から出てきたコウモリのようだ。亡霊のような姿が迫ってくるにつれ、粋なシャコー帽から蜂蜜色の巻き毛がはみだしているのに気づいた。

マルコはもう一度悪態をつくと、くるりと馬の向きを変え、引きしまったわき腹に蹴りを入れた。「行くぞ、ネロ」手綱を握る手に力をこめ、馬に命じる。今はケイト・ウッドブリッジとやりあう気分ではなかった。「飛ばせ！」

白い泡を吹き、馬が一気に飛びだす。

石づくりのトンネルを駆け抜け、開けた牧草地へと向かう。生い茂る緑から銀色の霧がたちのぼり、風が頰を切った。ここを抜ければ湖に続く馬車道に出るはずだ。

マルコはちらりと後ろを振り返った。

思ったとおり、ケイトは負けじと追ってきたが、その姿はすでに土ぼこりの彼方《かなた》だ。

「いいぞ、ネロ」マルコは手綱をゆるめて馬の歩幅を広げた。「男の名誉がかかっているんだ、ミス・ウッドブリッジにも牝馬にも負けられないぞ」

馬は木の葉を派手に巻き上げて、ブナの林を疾駆する。今やマルコの血は熱くたぎり、酔いは完全に吹きとんでいた。チャレンジはいつだって彼の心を奮いたたせる。

舟ならケイトにも勝ち目はあるだろうが、馬ではぼくの楽勝だ。マルコはほくそ笑みつつ、もう一度背後に目をやった。

しまった!

鹿毛《かげ》の牝馬は草地を追ってくるが、騎手の姿はどこにも見あたらない。

マルコはすぐに馬をとめ、急いで向きを変えさせた。牝馬の進路をふさぎ、垂れさがった手綱をつかむ。彼の心臓は破裂せんばかりにとどろいていた。冷静になろうと手綱を握りしめる。

不慣れな土地でやみくもに馬を走らせたのだから、首の骨を折ろうがケイト・ウッドブリッジの自業自得だ。マルコはそう自分に言い聞かせた。

だが、鐙《あぶみ》の上に立ち上がり、必死であたりを見まわすと、恐怖がじわじわ胸に広がった。なんてことだ《ディオ・マドレ》。走っている馬から落ちれば、なにが起きてもおかしくない。馬の蹄にかかれば頭蓋骨《ずがいこつ》も体も粉々だ。骨は小枝のようにぽきりと折れ……。

緑と金色に輝く草むらのなかで、不意にエメラルド色の生地がゆらめいた。

マルコは前に飛びだした。

「痛っ」ケイトが立ち上がろうとして顔をしかめる。

「動くんじゃない!」彼は鞍《くら》から飛びおりて怒鳴りつけた。

彼女はすでによろよろと立っていた。帽子を飾るダチョウの羽根は折れ、顔の半分は泥まみれだが、それ以外は見たところ大丈夫そうだ。

こらえていた息を一気に吐きだして、マルコは声を荒らげた。「死んでいたかもしれないんだぞ！」

ケイトはくしゃくしゃの髪から草を払った。「あなたが悪いのよ」

「ぼくが？　女ってやつは、そうやってすぐ自分の失敗を他人のせいにする」彼女のそばにずんずんと迫る。「ぼくのあとを追いかけるなんて、いったいなにを考えてるんだ？」

ケイトはきかん坊のような顔をしている。「あなたこそ、どうして逃げたの？」

マルコはその質問を無視した。乱暴に彼女の腕をとり、息をはずませている馬たちのほうへ引っぱっていく。「どこも骨が折れてなくてよかったよ」

彼女のしかめっつらが少しやわらいだ。「わたしは打撲とかすり傷ぐらいで――」

「きみの馬のことだ」彼はぴしゃりと言った。

ケイトは言い返そうと口を開いたが、マルコは激しいののしりの言葉でそれをさえぎった。

「きみが無茶をしたせいで、罪のない動物が命の危険にさらされたんだぞ。乗馬に不慣れな者が、起伏のある場所で馬を走らせるなんて論外だ」

「わたしは……」彼女は唇を噛んだ。「ごめんなさい……あなたの言うとおりだわ。馬を危険な目にあわせたのは、わたしの過ち。身勝手だった。わたし、あなたが勝負をしかけてきたと思って……」

「負けるわけにいかなかったというわけか」マルコは吐き捨てた。まだ恐怖はおさまらない。

「ぼくと勝負したいなら、体力だけじゃなく頭も使うことだな」

ケイトが自分の体を抱きしめた。革の手袋が乗馬服の袖にこすれる。「わたしが悪かったわ、ジラデッリ卿。だからもう非難するのはやめて」

素直に謝る彼女の姿に、マルコは胸をつかれた。

「落ちるのは恋だけにしてくれ」不意にケイトを抱きよせ、大丈夫だとささやきたくなり、彼は動揺した。帽子は曲がり、顔は半分泥まみれの彼女が、とても弱々しく見えた。

だが次の瞬間、ケイトの瞳がかっと燃え上がり、そんな印象はたちどころに消しとんだ。

「あなたがいずれ落ちるのは地獄よ」

「死因は落馬じゃないさ」ほっとしたあとは、彼女が自分の身を危険にさらしたことが無性に腹だたしくなってきた。「ぼくはきみみたいに鞍から落ちたりしない、ミス・ウッドブリッジ。きみは舟のこぎ手としては有能かもしれないが、馬の乗り手としては無能だ!」

ケイトは返事をするのもいやだというように、くるりと背を向けて乗馬用の鞭《むち》を拾い上げた。

「ちょっと待った」マルコはうなった。彼女の肩をしっかりつかんでお尻をぱんぱん叩く。

「お尻の泥を払ってやるよ」

「なにをするの」ケイトが体をひねって勢いよく振り返った。

今度はマルコも油断していなかった。すかさず彼女の手首をつかむ。「獲物をしとめるスピードなら、ぼくのほうが上だ」

「知っているわ。だからヘビ《イル・セルペンテ》と呼ばれているんでしょう」

「それはこの手についたあだ名じゃない」彼はからかうような笑みを浮かべた。「ぼくのどの部分がそう呼ばれてるか、あててごらん」

ケイトの頰が赤くなった。

「魂だよ、お嬢さん《カーラ》」マルコはあざ笑った。「ぼくの魂はヘビのように堕落しているのさ」

ケイトが怒りのたぎる目で彼をにらみつける。「魂なんてまだきれいなほうでしょう。体はどっぷり罪につかっているんだから」

マルコの笑みがかすかにゆらいだ。アレッサンドラはぼくの過去をどこまでしゃべったんだ？　家族しか知らないつらい過去を勝手に話すとは思えないが。「〝罪深き者たち〟がゴシップに花を咲かせていたなんて興ざめだね。ぼくのいとこからどんな話を聞いたんだ？」

「あなたの不道徳な暮らしぶりを、アレッサンドラがいちいち話すわけないでしょう。そんな話、誰が聞きたがるもんですか」

ケイトはつんと顔を上げて自分の馬のほうへと歩きだした。毅然《きぜん》としてそっぽを向いたわりには、どうも歩き方がぎこちない。きっとお尻はあざだらけだな、とマルコは思った。

「それはわからないさ……」彼はケイトの背中に体をよせ、両手で腰をはさんだ。「聞いたら、きみも夢中になるかもしれないよ」

マルコの手から離れようと彼女がもがく。

「暴れるのはやめるんだ。厩舎まで歩いて帰るつもりではないだろう。馬に乗るのを手伝うよ」彼はついつい言い足した。「お尻がひりひりするのなら、ぼくが抱っこして帰ろうか——」

「馬に乗せてちょうだい」ケイトが言った。「さっさとして」

マルコがそうしようとした瞬間、ほつれた髪が彼の頬をそっとなでた。その拍子にネロリとワイルドタイムの香りが彼の鼻腔《びこう》をくすぐったが、そよ風に運ばれて消えていった。くそっ。なにか思いだしかけたのに、においとともに消えてしまった。

ケイトの体がこわばっているのに気づいて、ふと目をやると、彼の両手は腰をつかんだままとまっていた。彼女の腰はマルコの手にちょうどよくおさまっている。彼はしばらくその感触を堪能《たんのう》した。

「ちょっと」ケイトが声をあげた。「なにをぐずぐずしているの?」

彼女を抱え上げて鞍に乗せると、牝馬がいなないた。ケイトが横鞍にきちんとひざをかけるまで、マルコは手を貸した。「帰りはゆっくり歩かせてくれ。まだ朝も早いから、部屋にたどりつくまで人に会わないよう気をつけるんだ」彼はアドバイスした。「ぼくはあとから帰る。きみが本当にひとりで帰れないのなら別だが。勝手にうわさするやつもいるから、ふたりきりでいるところは見られないほうがいい」

「ひとりで帰れるわよ」彼女はぶっきらぼうに言った。

マルコは馬から離れた。「次は馬丁を同行させるといい。彼らは乗馬の専門家だから、馬術の基礎を教えてくれるだろう」

ケイトは別れの言葉をぶつぶつ言いながら、馬に乗って去っていった。〝腹だたしい〟とか〝いやなやつ〟とか聞こえたのは、空耳だったということにしておくか。

「本当にすばらしい本だわ」シャーロットはため息をつき、型押し模様の入った革表紙の本を閉じた。「わたしも昔、プラテアリウスが記した中世の植物書を持っていたのよ。ギャンブルでつくった借金を返済するために、死んだ夫が売ってしまったけれどね」

「まったく、男ときたら」ケイトは歯噛みした。図書室の椅子の上でもぞもぞと動いたとたん、思わず顔をしかめそうになる。ああもう、きっとお尻はあざだらけだわ。

けれど、いちばん打ちのめされたのはプライドだ。普段なら自分の能力を過信せず、冷静に行動する。なのにマルコを追いかけて、馬を全力疾走させたのはなぜ？　彼からはできるかぎり遠ざからなければと頭ではわかっているのに。

でも体は……。ケイトは身じろぎした。悔しいけれど、体がうずくのはお尻を打ったせいではない。あんなろくでなしに体がうずくなんて。海賊のような、自由気ままで身勝手な生き方は捨てたはずだ。見せかけだけでも育ちのいいレディらしくふるまわなければ。

きちんと礼儀正しく、と自分に言い聞かせる。でも、母に似て反抗的な血が流れているにちがいない。頭がいくら命令しても、心は気にしないのだから。

「男ときたら」ケイトはさらに声高に繰り返した。「ろくでなしぞろいだわ」読んでいた花の銅版画集をわきに置き、椅子から腰を上げる。「痛っ」

シャーロットが顔を上げた。「どうかしたの？　いやにそろそろと歩いているようだけど」

「たいしたことじゃないの。今朝、乗馬をしてて馬から落ちただけ」

「今日一日は横になっていたほうがいいわ」シャーロットが心配顔で言う。「落馬を軽く見てはだめよ。本当に骨は折れていないの？」

ケイトは腰をさすった。「幸いお尻から落ちたから、お肉がクッションになったわ」

「それじゃ痛かったでしょう。あんなにぱくぱくお菓子を食べるくせに、お肉は少しもついていないんですもの」シャーロットが気の毒そうに顔をしかめた。

「コンサヴァトリーでアナナスを見たら、熱いお風呂にゆっくりつかることにするわ。それで大丈夫」

「あなたがそう言うなら……」シャーロットが閲覧机の前から立ち上がり、希少本をきちんと並べた。「もちろん温室の標本もいいけど、すばらしい芸術品を見ながら図書室で午後を過すのも大歓迎よ。これほど貴重な銅版画を拝見できる機会はめったにないもの」彼女は広々とした室内に憧《あこが》れのまなざしを向けた。天井まで届くオーク材の書架には、凝った彫刻が施されている。「ほかにどんな宝物がここに眠っているのかしら」

「自由に探して。いつでも好きなときに図書室を使ってちょうだい」ケイトは言った。

「公爵は勝手に出入りするのを認めていらっしゃらないのでは――」

「そのとおりだ、レディ・フェニモア」半開きになった羽目板のドアの向こうから、太い声が響いた。「歴代の公爵が歳月と財産を注ぎこんで収集した蔵書だ。そのひとつたりとも欠くことなく保管し、あとあとの世代に渡すことが私の使命だと思っている」

部屋に入ってくる祖父をケイトはじっと見つめた。まったく頭がかたいんだから。石頭公爵に名前を変えたほうがいいわ、と彼女は皮肉まじりに思った。クラインは肩の力を抜くことはないのだろうか？　まるで、コルセットを愛用しているといわれる摂政皇太子のようだ。もっとも祖父のコルセットには、鯨骨の代わりに鋼鉄が入っていそうだけれど。

「すでに申し上げましたとおり、なにか盗まれるのがご心配なら、どうぞ身体検査をなさってください」シャーロットはひるむことなく言い返した。「わたしがこちらの蔵書を閲覧してもかまわなければ、ですが」

公爵は小鼻をふくらませて息を吸い、うなるように鼻息を出した。「クライン・クロース内の設備および収蔵品は、すべて客に開放されている。おおかたの客とはちがい、少なくともあなたはこの図書室の価値を理解されているようだ」

ケイトは友人と目を合わせ、すまなさそうに眉をつり上げた。公爵は機嫌が悪いようだが、その理由が思いあたらなかった。もっとも、普段から祖父の気分はよくわからないが。

「しかし亡くなったご主人は、そうとは言えなかった」クラインは不意に言い足した。「フランスでつくられた美しい銅板刷りの希少本を一枚ずつばらばらにして売るようにと、パンテオン・バザールの版画店に売却したのだからな。私に言わせれば、彼はとんでもない愚か者だ」

「ええ、そのとおりですわ」シャーロットが言った。声は落ち着いているが、頬には赤みがさしている。「だけど、わたしのことを男を見る目がない女だと思われるのは、あまりに不公平です。わたしが夫を選んだわけではありません。わたしの両親がフェニモアの持参金につられて結婚を承諾してしまったのです」

シャーロットはそこで言葉を切り、きっと顔を上げた。背の高い彼女でも、公爵の巨軀《きょく》の前では小さく見える。それでもシャーロットはひるむことなく相手の目を見すえた。刃をまじえる音が聞こえそうだわ、とケイトは思った。

「両親に抗うべきだったんでしょうね。だけどそのことに気づいたのは、年を重ねて賢くなってからでした。わたしはまだ世間知らずで、酒とギャンブルに溺れる夫との生活がどれほどつらいものか、知りようもありませんでしたわ」

クラインはなにか言いかけたが、結局、そのまま口をつぐんだ。

ケイトは驚いて目をしばたたいた。祖父がぐうの音も出ないところを見るのは初めてだ。

「人は年とともに学ぶものですわね」シャーロットは話を結んだ。「ところで、あの本はわたしのものでしたの。それを勝手に売り払われて、心底打ちのめされましたわ。フェニモアはギャンブルの借金返済にお金が必要でしたから、希少本がどうなろうと知ったことではなかったんでしょう。それでも、稀覯本を専門に扱う店であればより高く売れたことを説明したら、がっくり肩を落としていましたけれど」

クラインが咳払いした。それからしばらくのあいだ、その場は気まずい沈黙に包まれた。

「まあ、日がさしてきたわ」ケイトは明るい声で言った。「アンティポデス諸島から到着したばかりのヘリコニア・ロストラータを観察するのにうってつけのお天気ね。それでは失礼します、閣下。今日の午後はコンサヴァトリーで過ごす予定です」

公爵は無愛想にうなずくと、背を向けて図書室の奥へ去っていった。つややかに光るブーツの音が寄木細工の床にかつかつと響く。

「男ときたら」ケイトは顔をしかめて友人を見た。「ごめんなさい。祖父の無礼さにはあきれ果てるわ。マナーのよさだけが取り柄なのに。礼儀正しくあることも公爵の使命だそうよ」

「わたしのことは心配しないでちょうだい」シャーロットが言った。頬はまだ上気している。

「自分の世話は自分でするから」


「ジラデッリ」

マルコは開いたフレンチドアから外へ出て、テラスにたたずむ三人の男たちに加わった。

「結局、来たようだな。ロンドンでもっとご機嫌な仲間を見つけるかと思ったが」タッパンがにやにや笑いながら、ほかのふたりに説明した。「伯爵には色っぽいお誘いが絶えなくてね」

「うわさどおりだな」ゼーリッヒが言った。「きみはプロイセン時代からあまり変わっていないようだ。無節操な放蕩者のままか」

マルコは石づくりの手すりに腰をのせ、葉巻に火をつけた。「そっちも相変わらずのようじゃないか。まじめにくそがつく堅物だ」

ゼーリッヒはかたい笑みを浮かべた。「ほめ言葉として受けとっておこう」

「売り言葉かもしれないぞ」マルコはのんびりと言った。実を言えば、大佐のことは気に入っていた。たしかにまじめ一辺倒だが、幅広い分野について知識があり、彼としゃべるのはおもしろい。現在英国に滞在中の大半の外交団とは大ちがいだ。

「はっはっはっ」ヴロンスコフのばか笑いがとどろいた。「伯爵の言うとおりだ、ゼーリッヒ。きみは働きすぎだ」

「たしかに。ウィーン平和会議がもうすぐだから、プロイセンは準備に追われているのだよ」大佐は間を置いて続けた。「巷《ちまた》ではこう言われている——プロイセンの王はみなのためを思い、バイエルンの王はみなのために飲み、ロシアの皇帝はみなのためにベッドで励み、オーストリアの皇帝はみなのために支払いをする、と」

マルコとタッパンはうまい戯《ざ》れ言に笑ったが、ロシア人のヴロンスコフはややむっとした表情をしていた。「アレクサンドル皇帝は偉大で善良な統治者だ。神々しいばかりの知性と柔和なお姿から、ロシア帝国民に〝天使〟と称されているのも不思議ではない」

「ヨーロッパの貴婦人たちからは正反対の名前で呼ばれているがね」ゼーリッヒがちゃかした。アレクサンドル皇帝は、祖母の女帝エカチェリーナと同様に、その好色ぶりで知られている。「ナポレオンが退却した今、ロシア皇帝は新たな征服に励んでいるというわけさ」

「われわれロシア人は恋の冒険が大好きなのだよ」ヴロンスコフはマルコを横目で見た。「冒険と言えば、ロンドンで夜のハンティングを楽しむなら、きみにガイド役を頼むのがいちばんだと言われたぞ、ジラデッリ卿。おすすめの売春宿を教えてくれないか」

「それはきみの嗜好《しこう》によるね」マルコはゆっくり微笑んだ。

ヴロンスコフが舌なめずりをする。

「いくつかおすすめの店を書きだしておこう。それぞれの得意分野の説明つきでね」

「それはすばらしい！」ロシア人は彼の背中を叩いた。「きみならロンドンの夜の裏も表も知りつくしていると思っていた！」

タッパンが葉巻の灰を落とした。「きみはゆうべ、ヴィンセンツィ卿と親しそうだったな」

「ああ、彼《シ》とは同じ学校の出身でね」マルコは応じた。「ロシャンベールもミラノにいたときからの知りあいだ」

「ふたりは馬で遠出しているところだ。ここの厩舎にはすばらしいハンター種がいてね。滞在中は好きに使っていいと公爵の許しが出ている」

気前のいいホストだ、とマルコは思った。厩舎はすでに見てきたが、最高級の馬がずらりとそろい、管理には相当金がかかっている。

「それは楽しみだ」マルコはつぶやいた。

「ぼくもだよ」ヴロンスコフが声を張り上げた。「サンクトペテルブルクでは、ぼくの手綱さばきは絶賛されていてね」

このロシア貴族は大口を叩くだけではなく大ばかだ。ほかの男の前でそんなことを堂々としゃべるのは愚か者だけだ。

「でっかいヒグマを華麗に乗りこなすきみの姿が目に浮かぶよ」マルコはわざと無邪気に言った。「ああ、でもここ英国ではみんな馬に乗るんだ」

タッパンとゼーリッヒが声をあげて笑った。

ヴロンスコフは口ひげをつまんで、いらだちを隠そうとした。「一本とられたな。きみには用心しないと」

「ぼくに?」マルコは肩をすくめて葉巻に火をつけた。「口の悪さは気にしないでくれ。みんなぼくにはうんざりしているんだ」

「もちろん、女性たちは別だがね」タッパンが目配せした。

なかには例外もいる。マルコは煙を吐きながら、ケイトとの朝の出来事を思い返した。彼女はいっこうになびく気配を見せない。わざと露骨に言いよっているのだから当然か。

「ジラデッリもしばらくは色男ぶりを発揮できないな。ここにいるのはきちんとしたレディばかりだ」ゼーリッヒが言った。「色恋沙汰《ざた》に関しては、英国の社交界は厳格だと聞いている」

「おいおい、きみも外交官なら知ってのとおり、どんなルールも白黒はっきりしているわけではない。灰色のあいまいな部分があるものさ。それに、つねに交渉の余地がある」タッパンが指摘した。「兄と一緒に来ているレディ・ダクスベリなど、最もいい例だ。彼女は未亡人ゆえに、節度さえわきまえていれば、ある程度の自由が容認されている」

ヴロンスコフは興味深げに目を細めた。「ほう。ますます英国が気に入ったよ」

「しかしながら、結婚前の良家のレディに関しては、大佐が言ったとおりだ。遊びで手を出すのは礼儀に反する」タッパンが続けた。「誰であれ、公爵の孫娘にはちょっかいを出さないことだな。自ら深刻なトラブルを招くようなものだ」

トラブルか。マルコが葉巻をもうひとふかしすると、先端がぽっと赤く燃えた。控えめに言えばそうかもしれない。これ以上ケイト・ウッドブリッジにかかわるのは、火遊びをするようなものだ。ぼくのここでの任務は単なる監視だとリンズリーから明確に指示されている。だが、どうもぼくはいやおうなく炎に引きよせられるらしい。光焔《こうえん》に舞う蛾《が》と同じだ。

「残念だな」ヴロンスコフがいやらしい目つきで言う。「あんな美人とやれないとはね」

ゼーリッヒが眉根をよせた。「ミス・ウッドブリッジの話をするときは口を慎みたまえ」

ロシア人が天をあおいでこばかにするように言った。「まったく、きみたちプロイセン人は融通がきかないな」

「われわれは野蛮人とはちがうのでね」

「ディナーの前に、ビリヤードでひと勝負しないか？」タッパンが割って入った。

マルコは先に行くよう手を振ってうながした。「ぼくは厩舎まで散歩して、馬で出かけた連中が帰ったか見てこよう」吸い殻を投げ捨てると、胸のなかで突然火をあげたいらだちとともに、完全に消えるまでブーツで踏みつける。ヴロンスコフがケイトのことで下卑た口を叩いたからといって、それがなんだ？　まぶしい鎧に身を包んだ高潔な騎士を演じるためにぼくはここにいるのではない。そもそも、そんな役目が似合うはずもないさと、彼は自嘲した。大事なのは任務だけだ。

それに、ケイトは自分の身は自分で守れると自信たっぷりに言っていたじゃないか。

9

ろうそくの明かりがきらめき、マホガニーの羽目板と絵画の金縁に反射した。クリスタルがぶつかる音や客たちのざわめきを、ダマスク織りのカーテンと豪華な絨毯が押し包む。ケイトは大広間に足を踏み入れ、大きく息を吸いこんだ。絢爛豪華なしつらえに圧倒されそうだ。あまりのまぶしさにわたしのメッキがはげてしまうかも、と心のなかで苦笑する。そして本当は場ちがいな人間だとばれてしまうのだろう。

「シェリー酒はいかがでしょうか、ミス・ウッドブリッジ」通りかかった従僕がすすめた。

「シャンパンをお願い」沈んだ気持ちを泡が浮きたたせてくれるよう期待してケイトは言った。今夜は気が重かった……言うまでもなく、朝の大失態でプライドがずたずたになったせいだ。本当に、なんてばかなまねをしたのだろう。これからは運動は散歩だけにしよう。

「キャサリン」会場内のざわめきのなかで、クラインの声がひと際大きく響いた。「こちらへ来なさい」

ケイトはよたよたしないよう気をつけて奥へ進んだ。

「どうかしたのか？」公爵がたずねる。

「乗馬でちょっと皮をすりむいただけです」そう言った直後に祖父の隣に立つ男性に気づき、ケイトはしまったと後悔した。

「運動もほどほどにしないと、逆に体に悪いものさ」マルコが口を開く。「特に、不慣れなことには用心しないと」

なにもそんなしたり顔で言うことないでしょう。ケイトは胸のなかで毒づいた。

彼女の胸のうちを見すかしたかのように、マルコはいっそう意地悪く微笑んだ。「乗馬の手ほどきをしてあげようか、ミス・ウッドブリッジ。ぼくでよければ、だけど」

「ぼくも喜んでお教えしましょう」ロシア人伯爵のヴロンスコフが割って入り、彼女の手をとっておじぎをした。

「どうもご親切に」ケイトはふたりに礼を言った。「ですが、お気づかいは無用ですわ。ほとんどの時間はコンサヴァトリーで過ごすつもりですから」

「ミス・ウッドブリッジ、定期的に集まって科学を論じていらっしゃるそうですね？」暖炉の前に集う人々から離れ、ゼーリッヒ大佐が話の輪に加わった。

「ええ」ケイトはにっこりと応じた。ゼーリッヒが話題を振ってくれたおかげで、マルコとロシア人を無視できる。

「ぼくも科学に興味を持っています。それに、上官のヴィルヘルム・フォン・フンボルトもね。

彼はわが国を代表してウィーン平和会議に出席する予定で、ぼくはその補佐を務めます」

「フンボルトとおっしゃいました？」ケイトは目をきらめかせた。「ベルリン大学を創設した、哲学者で言語学者の？」

「ええ《ヤー》、ミス・ウッドブリッジ。探検家、そして博物学者として有名な弟のアレクサンダー・フォン・フンボルトのこともご存じかもしれませんね」

「もちろんです」彼女は熱っぽくこたえた。「最近発表された海流に関する小論はすばらしかったわ」

マルコがこほんと咳払いした。「われわれはそろそろ退散しよう、ヴロンスコフ。ここにいると男の面子《めんつ》が丸つぶれだ」

ロシア人は顔をしかめた。大佐に負けを認めるのが癪らしい。「学問や本の話ばかりでは、ミス・ウッドブリッジも退屈するだろう、ゼーリッヒ。レディはそんな小難しい話はわからないし、わかろうとも思わない」

口ひげの下に笑みを浮かべてヴロンスコフが顔をよせると、ケイトは思わずあとずさりした。ムスクのコロンも愛想笑いも、くどすぎる。

「本と言えば……」通りかかったタッパンが足をとめた。「先ほどミス・ウッドブリッジとレディ・フェニモアは西インド諸島の植物を描いた銅版画の話をされていたな。私の屋敷の図書室にも、スペイン版の非常にめずらしい本が数冊あるから、興味を持たれることだろう。クライン家の蔵書にくらべれば私のコレクションなどささやかなものだが、数冊はこちらにも所蔵されていないものでね」

「ぜひ拝見させていただきたいわ」ケイトが応じた。「男爵も植物学にご興味が?」

「ああ、きみや公爵の知識にはほど遠いがね」タッパンが言った。「明日の朝いちばんにヒルクレスト・ハウスに戻ってとってこよう」

「ご親切にありがとうございます、男爵」

「さて、話題を変えようではないか」タッパンが立ち去るなり、ヴロンスコフが声をあげた。「レディが好きなのは最新流行のファッションや舞踏会の話だよ。気兼ねして言いだせないのがわからないのか?」

マルコが小さく鼻を鳴らすのが聞こえた。救いようのないろくでなしだけど、少なくともおべっか使いのまぬけとはちがうようね、とケイトは思った。

「博学なうえに、女心にもお詳しいんですね」ケイトは冷ややかに言った。

ロシア人が胸を張る。「物知りだとよく言われます」

「ねえ、ミス・ウッドブリッジ、あなたはどの色がお好きなの?」マルコが黒いまつげをぱちぱちさせながら言う。「ドレスにはやっぱりマトンスリーブがいちばんかしら、それともパリではやりのギリシャ風がよくって?」

ケイトは頬を噛んで笑いをこらえた。「正直に言うと、わたしの耳にはマトンスリーブもローストビーフも同じに聞こえるわ」

ヴロンスコフの自信満々な顔が急に曇った。

「ゼーリッヒ大佐、これから部屋をまわるのでエスコートしてくださる?」紳士とのつきあいも、思ったほど面倒ではないかもしれない、とケイトは思った。プロイセンの将校はさわやかな紳士だし、科学の話題も楽しくできそうだ。「フンボルトや彼の発見について、もっとお話をお聞きしたいわ」

「あまり無理はしないことだ」マルコが小声で言った。背を向けながら、あてつけるようにイブニングコートのヒップのあたりに手をすべらせる。「ヴロンスコフならこう言うさ。レディは激しい運動とは無縁だ、と」

ケイトが少しよろけたのは、体ではなくプライドが傷ついたせいだろう、とマルコは思った。ケイトの瞳がいらだって燃え上がる様がどれほど魅惑的でも、彼女をからかうのはいいかげんやめなくては。このまま挑発しつづければ、アレッサンドラを怒らせるだけではすまない。リンズリーは気を散らすことなく任務を遂行するようぼくに求めている。

無茶、不注意、ずさんさがめだつ。

それがマルコの前回の任務に対してリンズリーがくだした評価だった。いつものごとく的確な分析に、マルコは痛いところを突かれた思いがした。喉に流しこんだシャンパンと一緒に、自信をむしばむ不安をのみくだす。上司のごたいそうな説教などくそくらえだ。あれは不当な評価だ。任務中に勘が狂うほど、酒やパーティに溺れたことは一度もない。スコットランドでのことは例外だ。今は集中力、判断力ともに、剃刀のごとくとぎ澄まされている。

「ジラデッリ卿?」

マルコのわき腹をヴロンスコフがひじで突いて耳打ちした。「公爵が話しかけていらっしゃるぞ」

「これは失礼、閣下」マルコはわびながら、光の海を漂うケイトのすらりとした体から視線を引きはがした。「つい……奥の壁のみごとな絵画に目を奪われてしまいまして。あれはティントレットでしょう?」

クラインは、本当に絵を見ていたのかと疑うように目を細めた。「ああ、そうだ」そっけなく答える。「きみは政治に興味はおありかどうかがったのだが」

「それほどでもありません」マルコは気のない返事をした。「芸術のほうがよっぽど好きです」

「今度のウィーン平和会議でイタリア半島がどうなるか、きみは関心がないのか?」ヴロンスコフが問いただす。「きみの広大な伯爵領を考えれば、おおいに気になりそうなものだが」

「それは外交官に任せればいい。国家間の交渉については、ぼくよりはるかに詳しいのでね」退屈そうな声を出す。「むろん、ナポレオンがイタリアの街から略奪した貴重な美術品は返してほしいが」

「ジラデッリ卿が興味あるのは、外交ではないだろう」タッパンがなにげなく会話に加わって、軽口を叩いた。「先月は二回も決闘沙汰になったそうじゃないか。いや三回だったか？」

ヴロンスコフがにやりとした。「他人の美しい所有物に手を出していたのは、ナポレオンひとりではないらしいな」

クラインの顔にはなんの表情も浮かんでいない。ぼくがここにいる本当の理由を耳にしているのだろうかと、マルコはいぶかった。

いや、それはない。招待客のリストにマルコの名前を加えさせたのはタッパンだ。そのタッパンは外務省副大臣とはいえ、リンズリーが英国政府内で極秘に秘密情報機関を束ねていることも、そこでのマルコの役割も知らされていない。

「ジラデッリもここではお行儀よくしているだろう」タッパンが陽気に言った。「公爵の宝物は安全ですよ」

クラインの口もとがこわばった。「そう願いたい」

マルコはしばらく話に耳を傾けたあと、部屋の奥に集うフランス公吏のほうへ移動した。

ロシャンベールはフランスの外務大臣タレーラン公の親類にあたり、フランス革命時に亡命して助かった幸運な貴族一族のひとりだ。復活をめざすブルボン家の代表としてウィーンへ行くという。フランスがロシアやオーストリアと手を組むかどうかが、今後の鍵《かぎ》を握っていた。

集中しろ。マルコはケイトを見ないようにし、グループに分かれて談笑する客たちのなかを進んだ。よそ見をしている場合ではない。全員の名前と関係を覚えているだけでも大変なのだから。

この集まりはチェスに似ていた。ヨーロッパのさまざまな領土をポーンにし、各国代表が有利にゲームを進めようと駆け引きを繰り広げているのだ。

大陸の力関係はウィーン平和会議の結果しだいだ。ひとつ駒《こま》の運びをまちがえば、英国は大打撃を受けかねない。戦争は終結したが、状況は依然として油断ならないようだ。

「ミス・ウッドブリッジ、こちらへいらして隣に座ってちょうだいな」ダクスベリ伯爵未亡人がソファの上のクッションをぽんぽんと叩いた。「おうわさは弟からたっぷり聞いておりましてよ。ようやくお目にかかれて光栄ですわ」

ケイトはすまなさそうな目でシャーロットを見た。「ここはにっこりと応じるべきなのよね」

贅《ぜい》をつくしたディナーがようやく終わり、女性たちはポートワインと葉巻を楽しむ男性陣をダイニングルームに残して別室へ移動したところだった。

「わたしは呼ばれていないわ」シャーロットが小声で応じる。「あなたは行きなさい。わたしは紅茶の準備を見てくるから」

ケイトはため息をのみこんでレディ・ダクスベリのもとへ行った。社交界のパーティにはほとんど顔を出していないのに、彼女の弟はいったいどんなうわさ話を聞かせたのだろう。

「やっとふたりきりでおしゃべりできますわね」レディ・ダクスベリはえくぼを浮かべ、艶《つや》っぽく微笑んだ。褐色の髪の美人で、洗練されたドレスはなめらかな白い肌と豊かな胸を見せびらかすようなデザインだ。ダイヤモンドがちりばめられた高価な金のネックレスの先から、ティアドロップ型の巨大なトパーズがぶらさがり、胸の白さを強調している。

夫の死を悼む未亡人には見えないわね。ケイトは皮肉まじりに思った。ゴシップには興味はないが、あれだけ新聞をにぎわせていれば、レディ・ダクスベリの名はいやでも目に入る。

「本当に、お会いするのを楽しみにしていましたのよ」レディ・ダクスベリが言い添えた。

「ありがとうございます」ケイトはもごもごと言った。「けれど、弟さんはわたしをほかの誰かと勘ちがいなさっているのではありませんか？　わたしは社交場にはほとんど顔を出していませんので」

「あらあら、勘ちがいではなくってよ」レディ・ダクスベリのブラウンの瞳が意地悪そうにきらめいた。声をひそめて言い足す。「ミスター・アンジェロのフェンシング・アカデミーの前で、〝脾臓《ひぞう》を切り刻んでやる〟と弟を脅したのはあなたでしょう」

ケイトの頬が赤くなった。「弟さんはわたしの言葉を聞きまちがえたんですわ。なんにせよ、ひどい誇張です」

「まあ、脾臓ではなくて、肝臓だったのかしら」レディ・ダクスベリは扇でケイトの手首を軽く叩いた。「どちらにしても、わたし、そのお話を聞いてぞくぞくしましたのよ。レディもときには大胆でなければいけませんものね」彼女は小声で耳打ちした。「ギルバートから聞きましたわ。ボンド・ストリートの往来のまんなかに、半裸のジラデッリ卿を呼びつけたんですってね」ハスキーな笑い声をあげる。「わたしもぜひ見たかったたわ」

「それなら造作もありませんわ」ケイトはそっけなく言った。「ちょっとその気にさせれば、伯爵はほいほい服を脱ぐようですから」

レディ・ダクスベリが笑った。「わたしが耳にした話では、脱がせ上手でもあるそうですわ。あちらのほうもたいそうお上手だとか……」思わせぶりにウインクをする。

会ったばかりにしてはなれなれしい、とケイトは感じた。クラインをまねて尊大にかまえ、相手から少し体を引く。「おっしゃっていることがよくわかりませんが」レディ・ダクスベリの意図はよくわかっていたが、ケイトは淡々と言った。

「まあ、気分を害されてしまったかしら、ミス・ウッドブリッジ」レディ・ダクスベリは反省の表情を浮かべてみせた。「女性同士のたわいないおしゃべりのつもりでしたのに、悪くとらないでくださいね。ねえ、わたしを許すとおっしゃって」そこで目をしばたたかせる。「あなたとは、とってもいいお友達になれると思うの」

「そうかしら」ケイトは冷ややかに応じた。レディ・ダクスベリのべたべたとした態度は、どうも嘘《うそ》っぽい。「わたしとは初対面ですのに」

「まあ、わたしたちレディは心と心が通じあうものでしてよ」レディ・ダクスベリが言った。

「あなたもうわさ話や秘密のお話が大好きでしょう？」

いいえ、大きらいよ。ケイトは心のなかで吐き捨てた。根も葉もないうわさを広めたり、影で友人をおとしめたり。ひと皮めくれば上流社会はそんな世界だ。

「はっきり言って、軽薄なおしゃべりは時間の無駄だと思います」ケイトは答えた。

あからさまに拒絶され、レディ・ダクスベリはわずかに目を細めたが、それでも笑みをつくろった。「あなただって、ジラデッリ卿とゼーリッヒ大佐にせっせと秋波を送ってらっしゃるじゃない」

ケイトは耳を疑った。わたしが媚《こび》を売っているというの？「なにか思いちがいをされているようですね。ゼーリッヒ大佐とは科学の話をしていただけですし、ジラデッリ卿はわたしの親友のいとこです」ケイトは腰を上げた。「これで失礼しますわ。レディ・フェニモアを手伝って、お茶の用意をしなくては」

「ええ、どうぞ」レディ・ダクスベリは目を引きつらせてケイトを見すえた。「わたしにはおかまいなく」

ケイトは、金縁のカップとソーサーを並べているシャーロットのもとへ行った。「いやなあだ名がひとつ増えちゃったかも」ひそひそと告げる。「〝インテリ女〟と〝引きこもり〟に加えて、これからは〝ぶしつけでユーモアのわからないやかまし屋〟って呼ばれそうよ」

レディ・ダクスベリとの会話のあらましを聞いて、シャーロットは顔を曇らせた。「そうやって敵をつくるのはどうかしらね」

「敵をつくってなんかいないわ」ケイトは反論した。「あなたとはお友達にはなれませんって
はっきり伝えただけ」

シャーロットは眉をつり上げた。

「なれると思う?」少し間を置いてケイトは問い返した。

「いいえ、無理ね。だけど、少しは言葉を選んだほうがいいわよ。とりわけレディ・ダクスベリに対してはね。ことを荒だてるのが好きだというわさよ」

ケイトは肩をすくめた。「彼女にきらわれたからって、どんな害があるというの? おしゃべり好きがなんとうわさしようが、わたしはぜんぜん気にしないわ」

シャーロットはしばらく口をつぐんでいたが、やがて心配そうな声で言った。「うわさや中傷を甘く見てはだめよ。それがどれほど危険なものか、わたしたちはこの目で見たでしょう。キアラとアレッサンドラは過去の過ちを掘り起こされてつらい思いをしたわ」

熱いティーポットを持ちながらも、ケイトはてのひらが冷たくなるのを感じた。カップの横にそっとおろし、銀のスプーンをまっすぐ並べるのに意識を集中させる。

「わたし……わたしにはそんな心配はないわ。英国へ来る前のわたしはまったくの別人だもの。世界を股にかけて冒険するアメリカ人のケイト・ウッドブリッジと、クライン公爵の孫娘で英国人のキャサリン・ウッドブリッジは、なんのつながりもない」

「あなたの言うとおりでしょうね。けれどわたしたち科学者は、思いこみは禁物だとつねに肝に銘じておかなければいけないわ」

男性たちが姿を見せ、その話はそこまでとなった。作法どおりに紅茶をいれながら、ケイトは気持ちを切り替えようとした。社交界という海には、見えない岩礁があちこちに隠れているとあらためて思う。

波だつ海と言えば……。彼女は悠然と部屋に入ってくるマルコの姿にちらりと目をやった。タッパンがなにか言い、マルコがハンサムな顔を輝かせて笑い声をあげる。

ケイトは体の内側がよじれるのを感じた。頬がしだいに熱くなる。どぎまぎするのを湯気で隠そうと、ふるえる手でティーポットをつかんだ。レディ・ダクスベリの言ったことは事実無根だ。わたしは自分からマルコの気を引こうとしたことは一度もない。

体がわたしの言うことを聞かないだけだ。

10

「ありがとう、ミス・ウッドブリッジ」ゼーリッヒはカップを受けとったが、そのまま動かなかった。「一緒にカードゲームをしませんか?」

「正直、カード遊びはそれほど好きではないんです」

「ぼくもです」彼が笑みを浮かべる。「会話のほうがよほど楽しい」

「わたしもよ」

「ちょうどいい。それでは今度の平和会議について、大佐と議論を続けてもよろしいかな?」

フランス公吏ロシャンベールが話に加わった。「むろん、政治の話では退屈なら――」

「いいえ、大歓迎ですわ」ケイトは請けあった。「各国の代表の方々はさまざまな興味深い議題を提出する予定だと聞いてます。わたしはなかでもミスター・コッタとミスター・ベルトゥーフが提唱する知的所有権という考えに、とりわけ関心を持っているんです」

「たしかに非常に重要な議題です」ゼーリッヒがうなずいた。「各国の出版社にとって、著作権の侵害は大きな問題になっていますからね」

ロシャンベールはうなずきながら、カップにミルクを入れた。プロイセン人の大佐がブロンドでがっしりした体つきをしているのと対照的に、このフランス人は黒髪ですらりとしていて、女性らしいと言ってもいいほど繊細な顔だちをしている。ひらひらとレースのついた袖やクラヴァット、金糸で刺繍《ししゅう》が施されたシルクのベストといった服装もそんな印象を強めている。おしゃれな人だが、中身は見た目ほどやわではなさそうだ、とケイトは感じた。

ロシャンベールが紅茶をすすって言った。「ミス・ウッドブリッジ、ウィーンへ行かれたことはありますか？」

「いいえ。けれど、とても美しい街だと聞いています。ぜひいつか行ってみたいわ」

「大陸にも平和が訪れたことだし、もう旅行をしても危険はない。公爵とご一緒に足を運ばれてはいかがです？」ゼーリッヒがすすめる。「華麗な中世の街並みがそのまま残っていて、美しい公園や荘厳な教会、バロック建築などが、深い歴史を感じさせますよ」

「興味深いですね」ケイトは少し目をつぶり、異国の街を心に思い描いた。旅が恋しかった。風景、音、見知らぬ大地の香りが心を刺激する、あの興奮がなつかしい。

「各国の君主は街の中心にあるホーフブルク宮殿に滞在します」ロシャンベールが言った。

「あの宮殿を見るだけでも、旅をする価値がある。目を奪うような美術品の宝庫ですから」

「宮殿には温室があり、オーストリア皇帝フランツ一世はそこで植物の世話をするのを趣味としています。皇帝はヨーロッパの地理学にも詳しい」ゼーリッヒが言い添えた。「皇帝の古地図と希少本のコレクションは比類がないでしょう」

「お話を聞けば聞くほどウィーンに行きたくなってきましたわ」ケイトはうっとりとした。

「会議がはじまれば、皇帝は温室や図書館に足を向ける暇もないでしょうけれどね……」

ヨーロッパ情勢を論じるふたりの話にケイトはじっと耳を傾けた。ふたりそろって情報通で、彼女が質問をすると、無視することなく、ていねいに解説してくれた。

パーティも思ったほど悪いものではないわ、と彼女は思った。かわいいとか、美しいとか見た目を評価されるのではなく、知性のある女性として扱われるのがうれしかった。

時間がたつのも忘れて話に聞き入っていると、部屋の奥で大きな振り子時計が鳴りだした。シャーロットを忘れていたことに気づき、ケイトはあわてて部屋のなかを見まわした。シャーロットがひとり部屋のすみに腰かけて、本になぐさめてもらっていたらどうしよう。

罪悪感に胸が痛んだ。わたしったら、〝罪深き者〟のことも忘れるぐらい、楽しい集いに夢中になっていたの？　シャーロットをほうっていたなんて……。

最悪だわ。大型の陳列棚に映る友人の銀髪を目にとめて、ケイトは声を出さずに毒づいた。シャーロットの隣に立つクラインは、いやというほど見慣れた仏頂面を浮かべている。

「ちょっと失礼します」紳士たちの返事を待たず、ケイトは会話の輪から離れ、カードテーブルのわきを通って奥へ急いだ。

「……まちがっているのは閣下ですわ。この花瓶に描かれているのは、ソメイヨシノではなくシダレザクラです」シャーロットの声はしっかりとしていた。「葉の形をよくごらんになって」

クラインはなにかぶつぶつと言い、ポケットからめがねをとりだした。「ふむ」めがねをかけて鼻を鳴らす。「まあ、その可能性も否定はできん」

「シャーロット、ごめんなさい」ケイトは割って入った。「すっかり時間を忘れていたわ」

「気にしなくていいのよ。紳士たちとお話を楽しんでいたようね」

「ええ、さまざまな見解を聞くのがおもしろくて……」ケイトはふと気がついた。シャーロットが頬を上気させているけれど、どうしたのかしら？

怒っているのか、困惑しているのか、ろくそくの明かりの下では判別できなかった。

「レディ・フェニモアのお相手をしていただき、どうもありがとうございます、閣下」ケイトは早口で言った。「これ以上ご厚意に甘えては迷惑よね」シャーロットに向き直って腕をとる。

「行きましょう、アメリカでつくられた植物の銅版画集をぜひ見せたいの」

一瞬、クラインの眉間のしわが深くなった。それから彼はわきにどき、ふたりを通した。

「悪いことをしたわね」ケイトは小声でわびて、暖炉のそばのソファへと案内した。「長々とクラインにつかまってたのでなければいいけど」

「明朝時代の花瓶に描かれた桜の種類について、意見が対立するぐらいには長かったわね」

「ああもう、本当ごめんなさい」

「いいのよ」シャーロットはにやりとした。「公爵にまちがいを認めさせたんですもの」

「科学的な問題で〝罪深き者〟に挑むなんて、クラインも身のほど知らずだわ」

「彼の鼻をあかしてやったのよ」シャーロットが声をはずませる。「この年になってもまだまだ人をやりこめることができるものね。気分爽快《そうかい》だわ」

ケイトは眉根をよせた。「こう言ってはなんだけど、クラインを言い負かすのは簡単よ。ユーモアがわからない人だもの」

シャーロットが考えをめぐらせる。「いいえ、彼はユーモアを理解していると思うわ。ただ、それを示す機会がないだけよ」

「そうかしら」ケイトには、祖父がユーモアを理解しているとはとても思えなかった。

マルコは手にしたカードの縁からケイトを観察した。ろくそくの炎が金色の光を投げかけ、彼女の髪に天使の輪がきらめいている。もっとも、あのレディが天使でないのは神もご存じだ。社交界のルールにくってかかるじゃじゃ馬には、悪魔だって恐れをなすだろう。

ケイトが顔をほころばせると、マルコは自分の体に熱いものが走るのを感じた。ここまで響くハスキーな笑い声が潮風のように彼の肌をなで、さざ波をたたせる。

ケイト・ウッドブリッジの何がぼくの体にこんな反応を引き起こさせるんだ？

影が彼女の顔の上でゆらいだ。光と影。無垢《むく》と経験。陽光と嵐《あらし》を思わせるアクアマリン色の瞳が、服を脱ぎ捨てて飛びこめとぼくを誘っている。

激しい欲望が腹の底からふつふつと湧き上がってきた。まったく、ぼくはなんて悪い男なんだ。乱れた白いシーツの上にケイトの蜂蜜色の髪を広げる様が頭に浮かぶとは、不道徳にもほどがある。露わになった胸を口に含んで舌でなぶり、その甘さを想像するなど、とんでもない。汗に濡れたほっそりとした体をベッドに組み敷き、潮の満ち引きのように永遠に続くリズムでつらぬく姿を思い描くとは、言語道断だ。

まったく、なんて悪い男なんだ。もっとも、聖人のふりをしたことは一度もないが。犯した罪を紙に書きだしたら、そのリストは地獄まで続き、折り返してまた戻ってくることだろう。たしかにぼくは悪い男だが、いつもは処女に舌なめずりをするほど下劣ではない。罪の意識に胸がうずき、カードを握る手に力がこもった。ぼくは放蕩者だが、げすではない。ベッドの相手はいつも魂が堕落し果てた同類だし、相手に求めるのはうたかたの快楽だけだ。

ケイト・ウッドブリッジは、その瞳にときおり謎《なぞ》めいた影がゆらめきはするが、ぼくとは別の世界の人間だ。胸にしまいこんだ秘密があるように見えるのは錯覚だろう。彼女の世界が昼ならば、ぼくの世界は夜の闇だ。彼女の魂は日ざしのなかでのびのびと育ち、ぼくの魂は薄暗がりのなかでとうに枯れ果てた。

たとえ事故でも人を死なせてしまってから、ぼくの人生は永遠に変わってしまった。

シルクのドレスにふわりとあおられ、暖炉の火が金色の炎を上げた。ケイトが年配の友人と立ち上がり、ヒップをするりとなでおろす。

丸みのあるなめらかなヒップに自分の手を這わせる様を想像すると、まともな考えはたちどころに消えうせた。何も花ごと摘みとるわけではないさ、とマルコは自分に弁解した。愛らしい花びらにちょっと手を触れてみるだけだ。ケイトは男の誘惑を知らないうぶな娘ではない。女の反応を知りつくしている彼には、あれが初めてのキスではないとわかっていた。それに、隠そうとしながらも、彼女はあのキスを楽しんでいた。

ちょっとばかりたわむれても罪にはならないだろう……。

ひじでつつかれ、マルコはカードゲームに引き戻された。「ジラデッリ、きみの番だ」

マルコは無造作にカードを選び、テーブルに投げ捨てた。

相手はうめき声をあげて、やられたという目でマルコを見た。

マルコは椅子を引いて立ち上がった。ケイトと彼女の友人は公爵にいとまを告げて退室するところだった。「ちょっと失礼して、外でたばこを吸ってくる」

格式ばった客間を逃れて外へ出ているのはマルコだけではなかった。石づくりのテラスでは、数人の男たちがすでに葉巻を吸っていた。薄闇のなかで赤く光る葉巻の先が、宵闇に飛び交う大きなホタルを思わせる。涼やかな風が奥の木立をさわさわと渡った。

誰かがボトルごと持ってきたブランデーがグラスからグラスへと注がれていく。大規模なパーティでは、いつも初めは空気がぎこちなく、客たちは挨拶を交わしながら親交を深めるべき相手を吟味する。今回の集まりではとりわけそうだと、マルコは考えた。

愛想笑いとたくみな嘘を見抜き、敵と味方を見きわめるのは容易ではない。

ヴロンスコフとゼーリッヒはさほど仲がいいようには見えないが、人目をあざむくためかもしれない。ロシャンベールは要注意だ。スペイン、デンマークの公吏は今回はわき役か……？主要国の協力が必要なのだから。フランスが平和会議で有利に交渉を運ぶには、ほかの
「気持ちのいい夜だな、ロンドンのにぎわいにくらべたら、いくぶん静かすぎるがね」タッパンが隣にやってきて、葉巻の灰を落とした。「まあ、徐々に活気づくことだろう」

「ええ、そうでしょうね」マルコはあたりさわりのない返事をした。

タッパンはしばらくのあいだ無言で紫煙をくゆらせていた。「ミス・ウッドブリッジと彼女の友人のために、明日の朝、屋敷まで書物をとりに帰るんだが、きみもつきあわないかね？」

「かまいませんよ」

「ありがとう。では、八時に厩舎で会おう」タッパンはまた葉巻をふかすと、去っていった。

マルコはほかの客へと視線を戻しながら考えた。タッパンはどういう役割なのだろう？リンズリーからも明かされていない。外務省が握っている情報をぼくに伝えるよう指示されているのだろうか？　それともぼくの職務怠慢を報告する監視役なのか？

夜の帳《とばり》がおりるなか、アレナム卿が妹のダクスベリ伯爵未亡人を連れて室内から出てきた。マルコは男爵の姿を目で追った。頬ひげが赤褐色にぎらついている。でっぷりと太った巨漢だが、その目はどこか飢えているように見えた。

たらふく食べたあとで、もうひと口とがっつくタイプに見えるな。

リンズリーが招待客のリストに添えたコメントによると、アレナムは北欧商事会社の取締役をしている。バルト海方面から造船資材を輸入する会社で、相当な利益を上げているらしい。材木、テレビン油、バインタール――世界最強を誇る英国海軍にはどれも必要不可欠な物資だ。

男爵はテラスをぐるりと見まわすと、ワインをすするゼーリッヒのほうへ向かった。

マルコは間を置いてから、テラスの手すりにそってのんびりと足を進めた。北海にある主要商業港のいくつかはプロイセンが支配権を握っている。プロイセン人と商社取締役の会話は、耳にとめておくだけの価値はありそうだ。

置物の大壺の陰に隠れて近づくと、壺から垂れるアイビーの向こうにレディ・ダクスベリの横顔が見えた。ケイト・ウッドブリッジとはちがい、レディ・ダクスベリの貞操は気づかう必要がない。この豊満な美女はかなり奔放だと小耳にはさんでいた。だからといって、批判する気はなかった。女ばかりに厳しい目を向けるのは男の偽善にすぎない。

月光がレディ・ダクスベリの顔を真珠のように白く輝かせる。しかし、やわらかな光に包まれたその顔は、かえって石のようにかたく見えた。ひねくれた生き方は心を鈍らせ、人を大理石の彫り物のような鉄面皮に変える。

彼女と寝れば、退屈しのぎにはなりそうだ。

だが兄の言葉に笑うレディ・ダクスベリの声が聞こえ、そんな気持ちは一気になえた。耳にきんきん響くとげのある声――ケイト・ウッドブリッジのなめらかで官能的な声とは正反対だ。

夜霧がおりた庭へと目をそらし、ゼーリッヒとアレナムの会話に耳をそばだてる。ふたりの声はしだいに激しくなり、簡単に聞きとることができた。

「ぼくの考えはもう決まっている、男爵」ゼーリッヒの言葉が夜の静けさを切り裂いた。「あなたがどうされようが、フンボルトと国王陛下に進言する内容に変更はありません」

「それはどうかな」アレナムが言い返した。「われわれの権力と影響力は、きみの想像以上ですぞ」男爵は妹の腕をとって戸口へと踵《きびす》を返した。「行こう、ジョスリン」

レディ・ダクスベリは振り返りざまに、壺から垂れるアイビーに目をやった。マルコの視線に気づいてふと静止し、かすかに微笑む。夜気が冷たかったが、彼女は扇をとりだして、胸の上であおいでみせた。

そそられるな。

このレディは自分の魅力を心得ている、しかも、それをひけらかすことを恐れない。マルコはレディ・ダクスベリの背中を見送り、あとは追わないことにした。今夜はやめよう。この数日、数時間しか寝ていない。ぼんやりした頭で朝を迎えるのはごめんだ。

ほかの客たちもなかへ入って客室に引き上げはじめた。マルコは疲れていたが、なぜか頭はさえていた。田舎の空気でも吸えば眠気をもよおすだろうと、彼はテラスから階段をおり、庭へ踏みだした。

11

「それじゃあ、おやすみなさい」シャーロットは寝室のドアを開けた。「わたしにつきあって早々とパーティを抜けだすことはなかったのよ。この年では、夜遅いと体力がもたないの」

「わたしもへとへとよ」ケイトは言った。「パーティのあわただしさにくたびれちゃったわ」

シャーロットは思案顔で口をすぼめた。「でも、パーティは楽しかったようね」

「ええ」ケイトは認めた。「ゲストの人たちは想像していたよりおもしろいわ」

「そのとおりね」シャーロットがうなずく。「ではまた朝食のときに。あなた、本当に明日の午前中は、ほかの人たちとアーチェリーをしないで図書室で過ごすつもり？　ゼーリッヒ大佐がやり方を教えたがっていたわよ」

「やめておくわ」ケイトは言った。「ヴロンスコフ伯爵のお尻をねらってしまいそうだもの」

シャーロットが笑い声をあげた。「流血沙汰はまずいわね。パーティで殺人事件が起きたりしたら、大騒動になるわ」

ケイトははっと息をのみ、すぐに笑みをつくろった。「そうね、頭に血がのぼらないよう気をつけなくちゃ」

シャーロットがドアを閉めると、ケイトは自分の部屋へと暗い廊下を進んだ。夜もふけていたが、気持ちが高ぶって眠れそうにない。シャンパンのせいかしら？　初めて見る顔ばかりに囲まれたせいかもしれない。

ため息をついて、自室のドアの前でためらう。今夜はもう人に会いたい気分ではないが、屋敷のこちら側は人気もないようだ。パーティはあと一、二時間ほど続くだろう。ケイトは忍び足で絨毯の上を進み、裏手の階段をおりた。きらびやかな屋敷のなかで、唯一ほっとできる場所へと向かう。

真鍮《しんちゅう》の取っ手を握ってガラス戸を開け、コンサヴァトリーのなかへと体をすべりこませた。

そこは別世界だった。堅苦しく生気がない客間とは対照的に、ここの空気は自然のままでみずみずしい。しっとりとした空気が頬をなで、土のにおいとエキゾチックな香りがまじりあう。ケイトは胸いっぱいに息を吸いこみ、五感がざわざわと目覚める感覚を楽しんだ。

ぶらさがるランタンに明かりをともすと、ちらつく灯火がガラス張りの壁を照らした。英国にいると、鳥かごに閉じこめられているような気がしてならなかった。冒険に満ちた暮らしがなつかしい。まわりは退屈な人たちばかり――もちろん〝罪深き者たち〟は唯一の例外だが。彼女たちはケイトと同じく好奇心に富み、未知の世界の探求に情熱を注いでいる。

みんなとの友情は、日々の暮らしのなかにさしこむただひとつの光だ。それでも……。

結婚が〈罪深き集い〉に少しずつ変化をもたらしていた。友情はゆらぎないが……以前とは何かちがう。

今では、キアラ、アレッサンドラ、アリエルの三人には愛する夫がいる。心のなかに封じこめていた夢や恐怖を打ち明けられる相手、頼りにできる相手、不安を消し去ってくれる相手が。

ケイトは自分の体を抱きしめて腕をさすった。あたたかさに包まれているのに、心はひえびえとしていて鳥肌がたった。洗練された英国社会で、わたしが赤い糸で結ばれた相手とめぐりあう確率はゼロに等しい。わたしはここでは毛色のちがう人間だ。わたしは愛らしく純真なロンドンのレディたちとは正反対。明日どうなるかわからないという毎日を生きのびるには、しぶとくなければならなかった。

ヤシの葉が頬をかすめた。たび重なる困難をのりこえ、わたしは生きてきた。そう、誰の助けもいらない。わたしは知恵を身につけ、独立心を養った。たまに人恋しさが心をよぎっても、簡単に払いのけられる。だって、大罪を犯した女を愛してくれる男性なんているわけが……。

過去の過ちを蒸し返すのはやめなさい。ケイトは自分をしかりつけた。それに、男性にどう思われようがなんだというの？

ランタンと月光が淡い光を投げかけるなか、彼女は鬱屈とした気分を振り払おうと、まわりの植物に目を向けた。色も形もさまざまで、目移りするほどバラエティに富んでいる。

なのに、どうしてツタのからまる植物に、マルコの漆黒の髪と官能的な顔が重なるの？

シャンパンのせいに決まっている。ケイトはほてった額に手をあてた。あのつかの間のキスを思い返したせいではない。わたしを馬上に抱え上げた、強くてたくましい腕も無関係だ。マルコの男らしいにおいが不意によみがえり、体の芯がよじれた。革とたばこと夜のたわむれが混然となったあの香りが。

ああ、わたしは本当にあの悪魔に魅了されてしまったの？

悔しいけれど答えはイエスだ。彼の野性的な魅力に、体のうずきがおさまらない。魂が堕落していようが、マルコの体は美しくて力強い。

生い茂るオリーブの葉を押しやり、ケイトは奥へと分け入った。たしかに、ふたりは似ているところもある。彼は社交界の枠にはまろうとしない。自分の思うままに生きる放蕩者だ。そしてふたりとも慣習に背を向けている。でも、共通点はそれだけ。わたしは学問好きだが、マルコは自分の快楽のためだけに生きている。

ケイトは足を速めた。彼はいったいなんの目的で祖父の退屈なパーティに来たのだろう？たしかなことがひとつある。わたしの心の平和を保つためには、彼に近づいてはならない。

冷たいベッドに急ぐ気になれず、マルコは砂利敷きの小道をぶらぶら散策した。屋敷の裏手にまわり、自分の部屋に近い通用口へ向かって足を進める。梨《なし》の果樹園でナイチンゲールがさえずっている。刈りこまれた芝生から聞こえるのはコオロギの鳴き声だろうか？

最後にコオロギの音色に耳を澄ませたのはいつだろう？　夜空をあおぎ、星くずをながめたのは？

彼は足どりをゆるめて、長らく忘れていた夜の調べに耳を傾けた。一陣の風が大地と青葉の力強く新鮮なにおいを運んでくると、遠い昔の思い出が不意によみがえった。背の高い草原を転げまわったり、月夜の湖でこっそり泳いだり、兄とふたりでふざけたりしたことが……。

まったく、なにを感傷的な気分に浸っているんだ？　マルコは苦笑いした。ぼくはもう、青くさい理想に目をきらめかせる少年ではない。自分でルールを決め、自分の人生を歩んできた。踏みならされた道を歩くより、地獄へと続く破滅の道を突き進むほうがおもしろいじゃないか。

屋敷の角を曲がったところでマルコは足をとめた。あんぐりと口を開け、啞然《あぜん》とする。

星影をちりばめたガラス張りの建物が、黒魔術で突如現れたかのようにそびえ立っていた。背後の暗い木立が優美なシルエットを縁どり、銀色に輝く建物は夜霧に漂っているかのようだ。

マルコは目をしばたたいた。目の錯覚かとも思ったが、公爵家の名高いコンサヴァトリーの話を思いだした。めずらしい植物を多数とりそろえているという話だったな。

彼は興味を引かれ、小道からそれて建物へと向かった。目の前で魔法の世界への扉が開かれたかのようだ。真鍮のランタンがいくつかともり、青々とした熱帯の樹木に淡い光を投げかけている。壺に植えられたヤシが風にゆったりとそよいでいた。美しい葉は露に濡れている。れんが敷きの細い通路に沿ってテラコッタの植木鉢が並び、名も知らぬ色鮮やかな花が咲き誇っていた。ぼんやりとした樹影の奥から、かすかに噴水の水音が聞こえてくる。マルコは深々と息を吸いこんだ。ああ、草木の香りがここまで漂ってくるようだ。

ふとガラスに頬を押しつけ、目を閉じてみる。冷たい表面からなかのぬくもりが伝わり、その不思議な感覚に背筋がふるえた。説明のつかない力にとらえられ、彼は立ちつくした。

「くそっ《ディアヴォロ》」口からもれたその声が、ようやくマルコを呪縛《じゅばく》から解き放った。まぶたを開けると、そこには真正面から彼を見つめ返す人影があった。

森からさまよいでた木の精霊……いや、魔法のランプの精か?

頭が混乱したまま、ぼやけたシルエットを凝視していると、しだいに輪郭がくっきりとしてきて、ケイト・ウッドブリッジの顔が浮かび上がった。

まるで自分の姿を鏡に映しているかのようだった。ふたりは薄いガラスにてのひらを押しつけて向きあっていた。彼女の喉が脈打つのが見え、胸もとが上下するたびに吐息が窓を曇らせる。マルコは肌がぞくりとした。なんと官能的な光景だ。

「そこでいったいなにをしているの?」ガラス越しに響いたケイトの声が彼の夢想を破った。

「さがって。酔っ払って首の骨を折ろうがあなたの勝手だけど、ガラスを割るのは勘弁してちょうだい」

マルコは背中を起こしてガラスから離れた。

「なにか壊す前に、なかへ入ったら」ケイトが示すほうを見ると、真鍮の取っ手がついたドアがあった。

言われるままにドアを開けてなかに入ったとたん、マルコは湿ったあたたかい空気に包まれた。天然の甘やかな香りが鼻腔に広がり、彼は一瞬、めまいに襲われた。

「気をつけて！」彼女が声を張り上げた。「そのランはマドラスから到着したばかりなの。鉢を引っくり返したらクラインに首を切り落とされるわよ」

「大きな声を出すなよ」彼は言った。「ちゃんと聞こえている。実際、今夜はほとんど飲んでない」

「よく言うわね！　あなたがカードテーブルを立ったあと、ビーズリー卿がぼやいてたわよ、〝ジラデッリ卿は十まで数えられないらしい〟って」

「それは酒じゃなくて相手のせいさ。ふんぞり返った官僚とカードをするのに飽きたんだ」

「だったらどうしてロンドンを離れたの？」ケイトが追及する。

「ごろつき連中とカードをするのに飽きたからさ」

「あなたにはわくわくすることとかないの……」彼女は言いかけて、はたと口をつぐんだ。

「いいえ、言わないでちょうだい。答えを知りたくもないわ」

彼は笑い声をあげた。「科学者は普通、答えを知りたがるのものだろう」

ケイトは息をのんだが、何も言わなかった。

マルコはわざと彼女に近よった。「知らないことを経験するのが怖いのかい？」

ランタンの炎がゆれ、彼女の頬を赤く照らした。

「経験なら……」

「あるのかい？」彼は先をうながした。

ケイトが明かりから顔をそむける。

「きみが経験豊かだとでも？」マルコの唇があざけるような笑みを描く。「社会の薄汚い現実を知っているようには見えないがね」

彼女ははっと目を見開いた。しかし傷ついたように見えたのはほんの一瞬で、マルコは自分の見まちがいかといぶかった。

「好きに考えればいいわ」ケイトはかたい声でつぶやくと、スカートをつかんで背を向けた。

「酔っていないなら、帰り道は自分でわかるわよね」

「ちょっと待ってくれ」マルコは彼女の腕をつかんだ。「そんなにあわてるなよ」

せまい通路は体を動かすのもままならなかった。上からは植物の枝や葉が垂れ、そばの作業台にはまだ弱々しい苗木がぎっしり並んでいる。ケイトは身を引こうとして、オークの厚板に腰をぶつけた。

彼女がうっと声をあげる。

「まだ痛むのかい、お嬢《ベ》さん《ラ》」マルコは問いかけた。からかわずにはいられない。ケイトは怒ると魅力的なのだ。「次に無茶をしたくなったら、心の手綱をしっかり引きしめることだね」

彼女は拳を握りしめた。「あなたって、本当にいやみったらしい人ね」

「よく言われるよ」

「なんとも思わないの?」

「自分を変える気はないからね」

「変えようにも手遅れだからでしょう」ケイトが言い返す。「さあ、そこをどいてちょうだい。さもなければほうりだすわよ」

「へえ、そいつはおもしろい」マルコは彼女の体をぐいと引きよせた。ケイトの胸が彼の体にぶつかる。マルコは両手をさげてヒップをそっと包んだ。

ふたりの太ももがこすれ、彼の体のなかで熱い血がたぎりはじめた。体が触れあうと、ケイトが小さく息をのんだ。

「さあ、やってごらん」

「このひざが睾丸《テスティコロス》にめりこんだら、笑ってなんかいられないわよ」

それはたしかだ。「男の急所のことはレディには秘密のはずだぞ」

「わたしがレディだと誰が言ったの?」

ケイトがわずかにあごを上げると、その先にうっすらと傷跡が見えた。マルコは一瞬、舌先で触れたい衝動に駆られた。普通、上品な若いレディには、肌にナイフの傷などありはしない。顔に苦労がにじみでてもいなければ、疲れた険しい目をしてもいない。

たいていの女性はわかりやすいが、ケイト・ウッドブリッジはちがっていた。彼女は謎だ。どうしてもピースの合わないパズルのように。そんな彼女にマルコはどうしようもなく惹きつけられていた。

だからこそ、口説きがいがあるのだろう。

「なにをそんなに見ているの？」葉陰に隠れるように、ケイトは顔をそむけた。

「きみの……鼻の上にはそばかすが散っている。目尻には日焼けのあともある」それに肌からはスパイシーな香りが漂っている。ぼくの記憶をくすぐる香りが。

「見てのとおりよ。わたしは完璧なロンドンのレディとはかけ離れているの」ケイトは体を振りほどこうとした。「お願いだから放して。それとも、本当にひざをめりこませてほしいの？」

「それは遠慮する。男としての機能を失いたくないからね」それでも、彼女を行かせるのはいやだった。「ひとつ教えてほしいな。きみの香水だけど、そのにおいをかぐとイタリアを思いだす。ネロリとワイルドタイムの――」

ケイトにどんと胸をつかれ、マルコはふらついた。

「おいおい《ディオ・マドレ》、猫みたいに爪を出さないでくれ」体を支えようと彼女の腕をつかみ、ふたりはそのままバランスを崩した。

マルコの腰が作業台にぶつかり、テラコッタの鉢ががたがたゆれた。公爵の大事な植物を傷つけないよう、彼は身をひるがえして、ケイトの体を抱きとめた。そのまま通路をよろよろとさがり、なんとか転ばずに踏みとどまる。

「危なかったな」マルコはそっと息を吐いた。ケイトの耳にかかった巻き毛が彼の吐息でふわりとゆれる。薄暗がりのなかでもその輪郭は見まちがえようがなかった。完璧な弧を描く、貝殻にそっくりなこの耳は……。

なんてことだ。この耳。この香り。どうりでなつかしいはずだ。ケイトは以前お目にかかった、あのレディじゃないか。記憶が一気によみがえった。

頭を少し後ろに引き、マルコはにやりと笑った。「これはこれは、きみに再会できるとはね、ベラ……」少し間を置いて言葉を結ぶ。「ドンナ」

恐怖がケイトの瞳をよぎった。「なんの話かさっぱりわからないわ」

「いや、わかっているくせに。あれはナポリだ。きみは港の売春宿にいた」

「売春宿ですって？」ガラスのように今にも割れそうな声だ。「あなたは酔っ払っているのよ。それか頭がどうかしたんだわ」

ああ、たしかにこんな話はまともではない。自分はついに正気を失ったかと少しのあいだ頭が混乱したが、正しいのは直感でわかった。

マルコが迷った一瞬のすきに、ケイトが体を引き離した。彼女の姿は暗がりに消え、ゆさゆさとゆれるヤシの葉音にシルクの衣ずれの音が重なった。

12

ガラス張りの天井から太陽が照りつけ、コンサヴァトリーは熱帯のように蒸し暑かった。シャーロットが汚れた袖をまくり上げ、ランの花弁に虫めがねをかざす。ケイトとともに観察をはじめてから一時間が過ぎ、ふたりともいつしか泥まみれになっていた。

シャーロットにはこの気温と湿度は高すぎるのではと心配になり、ケイトは呼び鈴を鳴らしてレモネードを頼んだ。

「ちょっと見てちょうだい……ずいぶん変わった雄しべだわ！」シャーロットが大きな声をあげた。「ノートをとってもらっていいかしら？　急いでスケッチしておくわ」

ケイトはノートと鉛筆を手渡した。「興味深いわね」彼女も同意する。「メモをとって、ロンドンに帰ったらミスター・ホプキンスに質問しましょう。セイロンの植物標本にも似たような配列があるのかしら」

スケッチに没頭しているせいか、シャーロットはあいまいにうなずいた。

ケイトもランの観察に戻った。このインド南部のジャングル産の花は、色は紫色……いえ、

の不注意がいやでも思い返される。

暗赤色かしら……。

「痛っ！」しゃがみこんだ拍子にお尻がかかとにあたって、痛みに思わず声をもらした。自分の不注意がいやでも思い返される。

わたしったら、どうしてあんなどじを踏んだの？　マルコに近づいてはだめだとわかっていたのに。彼は女たらしの放蕩者だけど、愚か者ではない。正直、彼はほとんどの人より鋭い。なのにどうしてわたしはうかつにも、この顔と香りで彼の記憶を掘り起こしてしまったの？

「あらあら」シャーロットが同情して声をかけた。「部屋に戻って、しばらく横になっていたほうがいいわよ。ずっとしゃがんだままでは腰に悪いわ。ぶつけた場所が場所だし」

「こんな打撲、船の上では軽いほうだわ」ケイトはぶつぶつ言った。「海で嵐に見舞われては、体じゅう痛めつけられたものよ」

「そうかもしれないけど、ここは海の上ではないのよ」

それでもわたしは不安の大波にのみこまれて溺れかけている。それでなくとも、わたしの人生はやっかいごとだらけなのに。マルコに人前でしゃべられたら大変だ。彼がふた言三言ささやけば、わたしの評判は地に落ち、祖父は面目を失うだろう。

マルコは本当にしゃべるだろうか？

ナポリのことは考えないよう、ケイトはぎゅっと目をつぶった。

通常、彼女の一家はナポリへの寄港は避けていた。犯罪と腐敗の巣窟として悪名高い街だからだ。しかし両親の病状は重く、ケイトに選択の余地はなかった。一家はちゃんとした医師の診察と薬を必要としていたが、あいにくそれには金がかかる。もともと生活に余裕はなかったが、よりによってそのときは貯金が底をついていた。

それでも長年にわたって苦しい生活をしのいできたケイトは、創意工夫と機転を身につけていた。港でたまたま売春婦と知りあうと、会計の知識を生かしてその女性と仲間たちに商売のアドバイスをし、売春宿の経営者からより多く支払いを得る方法を伝授した。

そしてその代わりに、ケイトは自分の別の才能を——こちらはよからぬものだが——売春宿で使わせてもらった。スリの腕前とすばやいナイフさばきを駆使して、酩酊《めいてい》した客から金を奪ったのだ。彼女の腕はたいしたもので、治安官の追跡をやすやすとかわす美しい盗人は、〝ベラドンナ〟と名づけられた。

そんなある晩、マルコが宿に現れた。酔いがまわってはいたが、彼の体はローマの神々を思わせるほど美しかった。マルコと抱きあってベッドに転がりこむ寸前で、ケイトは彼の財布だけ盗んだ。あのときは理性が欲望にまさって助かった。

ケイトはふと顔をしかめた。わたしの体はあのときの欲求不満を解消しようとしているの？

「どうかした？」シャーロットが植木鉢から顔を上げた。

「なんでもないわ。このブーゲンビリアを鉢から出したいんだけど、根っこがとれないのよ」

ケイトはスコップで土をさらに奥まで掘り返した。自分の行いは誇れるものではない。それでも両親の命がかかっていたのだから、自分の決断に悔いはなかった。

ただひとつ悔しく思うのは、猛威を振るう熱病に対して、お金はなんの役にもたたなかったことだ。母が亡くなった数時間後に、父も息絶えた。ケイトに遺《のこ》された家族は、一度も会ったことのないクライン公爵ひとりだけになった。

「レモネードでございます、ミス・ウッドブリッジ」従者が作業台の上に銀のトレイを置いた。「ほかになにかご用意いたしましょうか？」

額を袖でふきながら、ケイトは息を吐いた。「いいえ、けっこうよ、ジェニングス」

まったく、人生とは皮肉なものだ。今ではわたしは、ここで生まれ育った令嬢のように召使いにかしずかれている。

「スケッチブックを置いて、冷たい飲み物でひと息入れましょう」ケイトは友人に声をかけた。

シャーロットが顔を上げて眉根をよせた。「えっ？　あ、ああ、そうね、ちょっと暑いわね」

「今日の作業はここまでにしたほうがよさそうね」友人の赤くのぼせた顔を見て、早く気づくべきだったとケイトは心のなかで自分をたしなめた。「昼食後は図書室へ移動しましょう」

シャーロットはまだスケッチし終えていない花々を名残惜しそうに見つめている。

「花なら明日でも大丈夫よ」ケイトはやさしく微笑みかけた。

「だが、あなたが大丈夫かは保証できん。その年にこの暑さは危険だということもわからぬほど、感覚が鈍っておられるようだ」クラインの声がとどろいた。

シャーロットの顔がさらに赤くなった。「なんですって?」肩をそびやかして立ち上がり、つんと顔を上げる。堂々としているが、惜しいことに鼻にちょこんと泥がついていた。

公爵は咳払いをした。笑いをごまかしたように聞こえたが、祖父にかぎってそれはないとケイトは思った。

「それでは言い直そう、レディ・フェニモア。この屋敷の主《あるじ》として、私はお客様の安全と健康に留意している。今日は日ざしが強く、コンサヴァトリーのなかの気温がかなり上昇しているため、これ以上ここを使用することはお控え願いたい」

「そう言っていただくと、科学的根拠のある心配りに聞こえますね」シャーロットはてのひらで顔をあおいだ。「失礼して、昼食の前に着替えてきますわ」それからケイトに言う。「テラスで会いましょう」

「わたしも着替えなきゃ」友人の後ろ姿を見送りながら、ケイトはつぶやいた。

クラインは、シャーロットのドレスがさらさらと衣ずれの音をたてるのに気をとられている様子だった。彼は一瞬間を置いてから口を開いた。「一緒にアーチェリーのゲームに参加してくれ。花を添える女性が少ないのでな」そこで言葉を切ってつけ加える。「それに、ゼーリッヒ大佐もおまえの参加を望んでおる」

今のところ、祖父の要求はそれだけだ。「わかったわ、閣下。でも、シャーロットは無理に誘わないであげて。彼女は読書のほうが好きだから」

「彼女がロビン・フッドのまねごとをするとは思っておらん」

わたしだっていやよ。ケイトは気は進まなかったが、参加すると約束したのだし、プロイセンの大佐は感じのいい紳士だと自分に言い聞かせた。「それでは失礼して、グリーンの服を持っていたか見てくるわ」


ケイトと深夜に出会ったことでまだ少し頭が混乱していたが、マルコは朝早く起きて着替えをすませ、厩舎へ向かった。

「きみが本当にこんな早朝に現れるのか、心配したぞ」タッパンが馬の準備をして待っていた。「よく眠れたか？」

「田舎には慣れてないものですから」マルコは答えた。自分がひどい顔をしているのはわかっている。「妙な夢にうなされましたよ」

タッパンが笑い声をあげる。「石炭の煙や、通りを走る馬車の音がもうなつかしいのか？」

「ぼくがなつかしいのは夜の蝶《ちょう》たちの抱擁とあえぎ声ですね」

「ほう？　朝空に響く鳥のさえずりでは代わりにならんか？」タッパンがからかった。

マルコは小さく毒づいた。

「わがヒルクレスト・ハウス秘蔵の品を見れば、きみも気晴らしができるだろう。先に女性たちのために書物をとってきてから、お見せするよ」湖へとくだる乗馬道を馬でゆっくり進みながら、タッパンは自邸の図書室に所蔵する図版入りの希少本について話して聞かせた。「実に美しい植物書なんだ。だが父が浪費家だったものでね、私の代ではコレクションを増やす余裕がない。むろん、公爵家の莫大《ばくだい》な蔵書とはもともとくらべものにもならんのだが。それでも、あの屋敷にはない書物もいくつかある」

「女性たちは大喜びするでしょうね」マルコは言った。

「ああ。ミス・ウッドブリッジは学問好きで、植物に強い関心を持っているそうだな。どうりで舞踏会やダンディな紳士たちはそっちのけだ」そこでタッパンはひと呼吸置いた。「彼女の生いたちは変わっているらしい。両親を亡くし、公爵のもとへ身をよせてから、まだ一年だそうじゃないか。しかも父親はアメリカ人で、商船の船長だったと聞く。そうそう、彼女はきみのいとこの親友だろう？　だったら、きみのほうが詳しいんじゃないか？」

マルコはただ肩をすくめた。タッパンは明らかに情報を探っているが、教える気はない。

タッパンはしばらく待ったのち、今度は別の方向から探りを入れた。「若い女性にしては、彼女は少し変わっていると思わんかね。社交の場を避けている様子だ。内気で、人前ではおどおどしているようにすら見える」

ケイト・ウッドブリッジを形容する言葉は山ほどあるが、〝おどおど〟はまったくあてはまらないとマルコは思った。

「彼女には社交界は退屈なのかもしれません」マルコはこたえた。背の高い生け垣の奥に門が見える。そこから先がタッパンの領地だ。「ぼくひとりを誘ったのには、なにか理由でも？」

マルコは唐突に質問した。

タッパンは軽く鞭を振った。「ウィーンへ出発する予定が早まったことを、きみに告げておこうと思ったまでだ。明日からきみはひとりになる。なにか緊急事態が起きた際のホワイトホールへの連絡方法は記しておいた」馬からおりて門を開けながら、ちらりとマルコに目をやった。「ところで、リンズリー卿は陸軍大臣の下でなにをしているんだね？　彼は外務省に妙な要求ばかりしてくるが、なぜかどれもすんなり通過する」

マルコは関心なさそうなふりをして答えた。「さあ、ぼくにはわかりません」

「まあなんであれ、きみをここへ送りこんできたのだから、そう深刻なことではあるまい」

マルコはわざとあくびをした。「そう願いますよ。ぼくは深刻になると眠気に襲われるたちなので」

タッパンが大笑いした。

「実はリンズリー卿は、ぼくの父の昔なじみなんですよ」マルコはでまかせを言った。「ゲストの外交官にぼくの知りあいがいると知って、パーティに参加して興味深い話を聞いてくるよう頼んできたというわけです」

「それで、なにか興味深い話は聞けたのかね？」

「ポエツキーはコルセットを着用していますね。彼が背中を曲げるたび、ぎしぎし音がしますから。それから、ラドロウはイチゴジャムを見ると吐き気がするそうです。英国人がアメリカ人を野蛮だと思うのも無理はありません」

「リンズリー卿が首を長くして待つほどの情報ではないな」タッパンはもう一度馬に乗ると、なだらかに起伏する牧草地へと駆けだした。「こっちだ。屋敷までの近道がある」

「シャーロット？」鏡に映った友人の姿に、ケイトははっと振り返った。さっきまで赤くほてっていた顔が今はまっ青だ。「なにかあったの？　幽霊でも見たような顔をしているわよ」

「ええ……そうかもしれないわ」シャーロットは、精巧な革表紙に装飾を凝らした金文字が刻印されている大型本を持ち上げた。「この本が部屋の化粧台に置かれていたの。『オート・サヴォワの高山の花』と一緒に」

「変な話ね。どうしてそんなところにあったのかしら」図書室からの貴重な本の持ちだしは祖父がかたく禁じている。ケイトの顔が不意にこわばった。「心配しないで。祖父がなんと言おうと、召使いが何かとまちがえたのはあなたのせいじゃないわ」

シャーロットは一瞬、声をつまらせた。「それが、まちがいではないようなの」彼女は紋章入りの便せんを手渡した。

ケイトは急いで目を通した。それはまちがいなくクラインの筆跡だった。

レディ・フェニモア
この二冊は、ナイフで切り裂かれるのを見るのがしのびなく、わたしが購入するにいたったものだ。もとの持ち主が判明した以上、良心にしたがい、返却したいと思う。

最後に、Cと頭文字がサインされていた。

「驚いたわ」ケイトがつぶやいた。

「驚いたなんてものではないわよ」シャーロットはどすんとベッドに腰をおろした。

「でも、とり戻したかったんでしょう?」ケイトはたずねた。

シャーロットは、時代を経てつやを帯びた革に箔押しされた文字を指でなぞった。「もしもとり戻せるなら、魂を売ってもかまわないと言いつづけてきたわ。本当に大事なものだった」

「それなら、何が問題なの?」

「問題は、わたしがさしだせるのは本当に魂しかないことよ。クラインがいくら払ったかは見当がつくわ。でも、わたしにはそれを支払う余裕がない」上掛けの上に本を置く。「もう一冊も持ってくるから、あなたからおじい様に返してちょうだい」

「シャーロット、クラインが返してほしいと思っていないのは明らかよ」ケイトはそっと言った。「彼は……正しいことをしようとしているだけだわ」

「それはわたしも同じよ」シャーロットがかすかに口もとをふるわせた。「わたしにだってプライドがあるの」

「祖父はあなたのために、自ら進んで本を手放したのよ」

「わたしが言いたいのは……」シャーロットは引きさがらなかった。「これは信念の問題よ。彼に借りをつくりたくないわ」

ケイトにはその気持ちがよくわかった。自立した女性はつねに戦いつづけなければならない。けれど、プライドや信念を曲げることも、たまには許されていいはずだ。

「借りをつくるわけじゃないわ」ケイトは論理的に話した。「祖父には、盗まれたものを返却する道徳上の義務があるのよ。彼はあなたのご主人が犯した過ちを正しているだけ」

シャーロットのかたくなな瞳がかすかにゆらいだ。本を切望のまなざしで見る。「わたし……なんて言えばいいのかしら」

「〝ありがとう〟でいいのよ」ケイトはささやいた。胸のなかで祖父に同じ言葉を繰り返す。祖父が本を返したのは義務感からだけではない気がした。思いやりの心を示したのだろうか？信じられないことだけれど……。

「ありがとう」シャーロットはおずおずと口にした。「そうね、そう言えばいいのよね」手をのばしたものの、ためらうように本の上でとめる。「本当にそれでいいのかしら？」

「ええ」ケイトはきっぱりと答えた。「さあ、着替えをすませましょう」

「ミス・ウッドブリッジとご友人はきっとこの銅版画集を気に入るだろう」タッパンは希少本を包んで革の旅行鞄にしまった。「さて、戻る前にきみにあるものをお見せしよう。こちらはご婦人方には決して見せられないものだ」

＊　＊　＊

マルコは屋外へ出ると、裏庭を抜けて湖を望む大きな石づくりの別館に案内した。遠目には古典的なギリシャ神殿を模したものに見えたが、列柱が並ぶ入口に近づくにつれ、壁一面が大理石で覆われていて、窓は屋根のへりに沿うように細長い採光窓があるだけだとわかった。

タッパンはポケットから鍵をとりだして解錠した。「このコレクションは、私の祖父がトルコの将軍から買い入れたものだが、その将軍の趣味というのが……」重たい鉄の扉がきしみながらゆっくりと動く。「さあ、その目で見たまえ、ジラデッリ」

マルコは目の前に広がった光景に驚嘆した。「エロスの神殿だな」

「われわれの神の創造物でないのはたしかだ」タッパンが軽口を叩いた。

ここはまさに罪の楽園だ……肉欲という大罪が大理石に彫りこまれている。マルコは快楽の園に足を踏み入れ、室内に飾られた彫像を見渡した。どれも恍惚《こうこつ》たる性のまじわりを表現しているが、その体位はさまざまで創造性に富んでいる。

普段は、露骨な性描写を見ても少しばかり欲望を刺激されるぐらいだ。しかし、どういうわけかこれはちがう。こんなに大きなサイズで迫力をもって性行為を描きだされると、興奮を覚えずにはいられない。

タッパンはマルコの反応を察したようだ。「これを見てもなんの興味も抱かない男は石でできているのだろう。これひとつをとっても……」

「ばかでかい」マルコが言葉を結んだ。

ふたりはにやりとした。

それから黙ったまま室内を見てまわり、ときおり足をとめては、さまざまな角度から彫像を観察した。

「興味深いですね。この方面に関してはぼくはかなり経験を積んでいるが、人の体がこんな方向に曲がるのは見たことがない」マルコは言った。「これで昇天すれば天国へ直行でしょう」

「祖父はたまに、ここで友人たちをもてなしたそうだ」タッパンは話しながら、半人半獣のサテュロスが巨大な男根を屹立《きつりつ》させ、ワインの瓶を奪いあう像へと足を進めた。降り注ぐ陽光を受けて、石像はあたかも生きているように見える。「私が聞いた話では、ここで開かれたパーティでは相当はめをはずしたらしい」

なにが起きたかは容易に想像がついた。

「おかたい英国人も、あそこがかたくなると話は別というわけですか」マルコはちゃかした。

「普段の祖父はまじめで厳格だった。人は皆、なんらかの欲望を秘めているものなのだろう」

タッパンが最後にもう一度部屋のなかを見まわす。「そろそろクライン・クロースへ戻らないと昼食に遅れるな」

「公爵の客もディナーのあとでここに招待したら、もっと盛り上がるのではありませんか？」

「クライン卿の顔を想像できるか？　まったく、彼の反応を見てみたいものだな」タッパンが大笑いする。「ご婦人たちはショックで卒倒することだろう」

ひとり残らずとはいかないが、とマルコは思った。ケイトがふらりと意識を失う姿はどうしても想像できない。彼女のことだ、虫めがねをとりだしてしげしげと見つめ、裸像を丹念に調べ上げたのちに、彫刻家の細かなミスをひとつひとつあげていくだろう。

「それに、プロイセンの大佐はさぞ困惑するだろうな」タッパンがにやにやした。「あれほどの堅物なら、寝るときも軍服を着用していそうだ」

「飾り紐《ブレード》や勲章に想像を刺激される女もいます」

「あれでこすられたら痛いだろう」

「そういうのが好きな女もいるんですよ」マルコは言った。

タッパンはニンフの豊満なヒップに手をすべらせた。「そうだな。人の好みはさまざまだ」

タッパンはその胸にどんな欲望を秘めているのだろう、とマルコはぼんやり考えた。見たところ、男爵は外交官として完璧な資質を備えている。やわらかな物腰、洗練されたマナー、当意即妙の才。だが、大理石をゆっくりなでるタッパンの手にはかすかな緊張が見てとれた。目前に迫った平和会議のプレッシャーは相当なものにちがいない。

「ウィーンは私利私欲の祭典になるでしょうね」マルコはつぶやいた。策略と嘘が横行するはずだ。彼はふと気になり、質問した。「明日からの旅行は楽しみにされているんですか?」

タッパンは彫像の太ももに手を置いたまま答えた。「興味深い滞在になるだろう。私はカスルリー外相の補佐役にすぎんが、交渉がうまくいくよう力を尽くしたいと思っている」

「すばらしい心がけです」マルコはゆっくりと言った。「幸運を祈りますよ」

「きみは大陸がどう切り分けられるか、気にならないのか?」

「べつに。ナイフを振りまわすのは、あなた方政治家にお任せしますよ。ブランデーと娼館のありかさえ書いてあれば、ぼくの地図は完璧です」

13

「これはすばらしい、ミスター・ラドロウ」ロシャンベールが声をあげた。「あなたの矢がいちばん、どまんなかに近い」

レディ・キャロラインがくすくすと笑っている。ケイトの観察では、ハモンド伯爵夫人の長女はまだまともな言葉を発していない。彼女の口からは出るのは忍び笑いとため息だけだ。

「次は誰だい？」アメリカ公吏のラドロウが白線からさがって、問いかけた。

ゼーリッヒ大佐が弓に手をのばした。「ぼくがやろう」

「軍人のあなたが相手では、ぼくたちが不利でしょう」ロシャンベールが口を出した。「的からもっと離れてもらったほうがいいですね」

「プロイセン人が弓矢と棍棒《こんぼう》を手に戦っていたのは百年も前の話だ、ムッシュー」

ケイトは笑みを隠した。初対面の客ばかりのパーティには何も期待していなかったが、大佐と話をするのは思いのほか楽しかった。大佐は昼食のあいだもずっとケイトのそばにいたので、レディ・ダクスベリはすっかりご機嫌ななめだった。今もこちらをにらみつけている。

とげとげしい視線は無視して、ケイトはゼーリッヒに注意を向けた。プロイセン人はみんな退屈でおもしろみがないという先入観に反し、彼は知識欲旺盛で、そのウイットはいやみがない。読書家で、植物に関する知識は特にすばらしい。気候の厳しいバルト海沿岸では、屋外で自由に研究することができないのだろう。

ケイトは芝生が広がる庭園にこっそり視線を走らせ、アーチェリーの順番を待つ客のなかにクラインの姿がないか確かめた。意外なことにどこにもいない。屋外での昼食にも、祖父は顔を出さなかったのだ。

パーティのホスト役としての務めを放棄するなんて、クラインらしくもない。

そのときひゅっとうなりをあげ、矢が空を切った。

「おみごと、どまんなかだ！」マルコがテラスの手すりに腰をのせ、声を張り上げた。「きみの番だ、ヴロンスコフ。プロイセン人の鼻をあかしてやれ」

ヴロンスコフが横柄な顔つきで手を振り、辞退した。「ぼくはコサックではないんだ。この手の原始的なスポーツは遠慮するよ」

「それでは私がやろう」タッパンが上着を脱いで前へ進みでる。

「いよいよイングランド弓兵のおでましだぞ」マルコはおどけて言った。「逃げろ、ロシャンベール、矢の雨が降るぞ。アジャンクールでぼろ負けしたのを忘れるな！」

これにはレディ・キャロラインも声をあげて笑い、フランス人のロシャンベールがむっとしてにらみつけた。

ケイトは笑いの輪には加わらなかった。マルコときたら、本当にばかげている。彼は隙あらば人にいやがらせをするのかしら?

だからこそ、マルコがナポリでの一件をどうするつもりなのかが気になった。ナイフの切っ先で肌をつつかれたかのように、うなじに鳥肌がたつ。どんな騒ぎになるか考えるのも怖かった。マルコがひと言しゃべれば、それでもう……。

「ああ、残念だが的当てゲームはここで打ち切りだな」タッパンはだらりと垂れた弓の弦をまわりに見せた。「弦を引っかける弓弭《ゆはず》が摩耗してつるつるになっている」彼は弓を調べて言った。「これでは弦を結んでもまた外れるだろう」

「簡単に直せると思いますわ」ケイトはスカートの隠しポケットに無意識に手をのばした。ナイフを肌身離さず持ち歩くのは昔からの習慣だ。それは剛健なことで知られるトレド剣で、銀の柄にはきれいな石がはめられていた。美しく危険なそのナイフは、父からの誕生日プレゼントだった。父はナイフさばきも自ら娘に教えた。いかなる危険からも身を守れるようになれ

——それが父の教えだった。

ケイトは立ち上がった。「ちょっと拝見してよろしいかしら?」

きらめくナイフを見て苦笑いを浮かべ、タッパンは弓を渡した。「きみに逆らう気はないよ」

彼女は手際よく溝を削り、ささくれをきれいにそぎ落とした。「これでやってみてください」

「きみはナイフの扱いにずいぶん慣れているんだな」タッパンが言った。「たいていの女性は刃物の握り方も知らないものだが」

いけない、またやってしまった。ケイトは心のなかで自分をたしなめた。こんなまねをしては、変わり者だというわさに輪をかけるだけだ。「父とよく船に乗っていたので、いろいろな道具の扱いに慣れているんです」

「実に上手にできている、ミス・ウッドブリッジ」タッパンが言った。「めずらしいデザインのナイフだが、見せてもらってもいいかね？」

「父がわたしのためにスペインでつくらせたものです」ケイトはしぶしぶナイフを渡した。

「これは美しい」ゼーリッヒがやってきて、感嘆の声をあげた。「柄のデザインが独特だ。素材は銀だね？　それに石はきわめて高品質のターコイズのようだ」

「ペルシア産で、父がバルセロナの市場で見つけたものですわ。そのデザインも父が自分でスケッチを描いて、銀細工師につくらせたんです」

「ミス・ウッドブリッジのお父上は芸術家だったのですか？」大佐がたずねた。

父はむしろ海賊に近かったと思い、ケイトは心のなかで苦笑いした。だけど、それは人前で言えることではない。「父は多才な人でしたわ」

「そのようだな」タッパンはてのひらにナイフをのせて重さを調べ、その完璧なバランスに感嘆してから、彼女にナイフを返した。「扱いにはくれぐれも気をつけてくれ。刃先が剃刀のように鋭い。私は血を見るのが苦手でね」

ケイトはナイフを革の鞘《さや》におさめた。「武器の扱いは心得てます。ごらんのとおり、きちんと管理していますわ」

タッパンは紳士らしく一礼し、弦の具合を見てから矢を放った。矢は的の端をかすめ、女性たちからまばらな拍手が上がった。

マルコは大笑いしてはやしたてた。「アングロサクソン人の名折れですよ。もう一度ミス・ウッドブリッジにお願いして、弓を削ってもらったほうがいい」

「ジラデッリ卿、きみが弓を引くところはまだ見ていないぞ」ヴロンスコフが声をあげた。「さっきからやじを飛ばしているきみが、矢も上手に飛ばすか見せてくれ」

マルコはシャンパンのボトルを振って辞退し、グラスにお代わりを注いだ。「おほめにあずかり恐縮だが、やめておこう」女性たちにウインクする。「美しい花々に囲まれていては、ゲームに集中できないからね」

レディ・キャロラインがまたくすくす笑い、レディ・ダクスベリは妖艶《ようえん》な微笑みを返した。

そのあと何人かが交代で矢を放つと、客たちはそれぞれ次の予定へと向かいはじめた。女性たちが馬車で近くの町へ行くあいだ、男性陣は馬で湖畔をめぐってライチョウの猟場を見てまわることになっている。

ケイトは買い物に出かけるのは遠慮した。これでひとりきりの時間が持てると思うと、ほっとした。シャーロットは夕方までひと休みしたいからと先に部屋へさがっている。関節炎が痛むせいでもあるだろうが、きっと手もとに戻ってきた本たちとゆっくり過ごしたいのだろう。

痛っ。生け垣の角を急ぎ足で曲がったとき、ケイト自身の体が悲鳴をあげた。立ちどまってお尻をさすりながら、彼女はふと気づいた。庭園のまんなかで、わたしはレディらしからぬ格好をしているわ。

すでに客たちが出払っていて本当によかった。

ケイトとしては、いまいましい馬のそばに近よるつもりはなかった。騎手顔負けの手綱さばきで馬を駆るマルコに、これ以上笑いものにされるのはごめんだ。

ケイトはあたりを見まわして、コンサヴァトリーのガラスに反射する日の光に目を細めた。あたたかい風がそよぎ、開け放たれた扉から装飾庭園《ノット・ガーデン》の刺激的な香りが漂ってくる。薬用、香味用、観賞用と、さまざまなハーブがかもしだす芳香に彼女はうっとりとした。

まだ筋肉がずきずき痛んでいる。シャーロットの言うとおり、あたたかいお風呂にゆっくりつかれば痛みはやわらぐだろう。せめて心の緊張を解きほぐしたい。昼食のあいだじゅう、マルコの心のうちを読もうとその表情をうかがっていた。

なのにケイトの目に映ったのは、その彼の姿だけだった。今この瞬間を楽しく生き、よく笑い、よく遊び、よく飲む男。たまに彼の瞳が陰るような気がしたが、目の錯覚だろう。彼はあれこれ思いわずらうタイプではないはずだ。

一方、わたしは、湯気がたちのぼるお風呂に体を沈めても、ゆうべのことをくよくよ考えてしまうにちがいない。

ケイトはため息をついてナイフを出し、湯船に浮かべるアルニカの花とローズマリーを切りとると、鉢植えのクローブが並ぶほうへ移動した。つぼみをつんで乾燥させ、小袋につめたものが作業台に置いてあるのを見て、それもかごに入れる。香りは心を癒《いや》してくれる。クローブの甘いにおいは、地球の裏側にある緑豊かでのんびりとした島々を思いださせた。

わたしの人生はすっかり変わってしまった。気ままな船乗りから貴族のレディへの道のりは、数字ではかれるものではない。昔は自由だったけれど、今は何をするにもルールにしばられる。ルールなんて、どうだっていいわ。ケイトはオレンジを栽培する温室へと続く砂利道を進んだ。たまにスカートをひざまでまくり上げ、裸足で走りたくなる。

鉢植えの木が通路に沿ってずらりと並んでいた。青葉が天蓋のように頭上を覆い、ゆらゆらゆれる影を落としている。庭師が霧吹きで葉に水を与えたばかりらしく、湿った空気が肌にまつわりついた。ここにいると、ジャワ島の海岸に広がるジャングルを思いだす……。

何かが背中を這うような感覚に、ケイトは思わずよろめいた。変だわ。誰かの視線を感じる。獲物をねらうまなざしに行動を監視されている気配だ。

ばかね、とケイトは自分をたしなめた。ここはモルッカ諸島ではない。わたしがいるのは英国で、世界で最も文明的な都市……。

「足もとがふらつかないようエスコートしようか？」

へビ《イル・セルペンテ》。肌がぞくりとしたのはそのせいだ。

マルコは返事を待たずに彼女の腕をつかんだ。

ケイトはそれを振り払った。「みんなと一緒に馬で出かけなかったの？」

「めずらしい植物を観察するほうが楽しそうだと思ってね。ここならあのまぼろしの毒草にもお目にかかれそうだ」

彼女は声を殺して毒づいた。「どういうつもりか知らないけれど、あなたの話につきあう気はないわ、ジラデッリ卿」

「へえ？」傾きはじめた太陽がマルコの顔に照りつけ、あざ笑う唇の輪郭をくっきりと際だたせる。「男と一対一でも、きみなら平気だろう」

恐怖がケイトの喉を締めつけた。

「悪女のほまれ高い〝ベラドンナ〟が言葉を失ったなんて言わないでくれよ。きみの口はナポリではずいぶんせわしなく動いていたじゃないか」

一瞬、言いがかりだと否定しようかと思ったが、無駄だとあきらめた。マルコは放蕩者のろくでなしだが、愚か者ではない。

「驚いたわね。あの夜のあなたは、自分がいる街どころか、国すらわからない様子だったの

「に」ケイトは言い返した。

マルコのしなやかな長い指が彼女の手首をとらえた。「きみのことは忘れようもない、美し《べ》い人《ラ》」そう言うと、彼はケイトに覆いかぶさるように身をかがめた。長い黒髪がまっ白な襟にかかっている。張りだした葉っぱから水滴がしたたり、ひげをそったばかりのあごを伝い落ちた。ああ、あのしずくをなめてあげたい。そんな正気とは思えぬ衝動がこみ上げた。

「不思議な目をしているね。男を溺れさせるオーシャンブルーの瞳だ」マルコはささやいた。

「あ、あのときはすっかりブランデーに溺れていたくせに」自分の声がふるえているのにケイトは驚いた。

「ああ。かなり飲んでいたが、いくつかのことは記憶に焼きついている。きみの瞳の色、肌に触れた感触……そう、ここだ」彼は喉のくぼみに手を触れた。「そしてここも」肩先へと手をすべらせる。

ケイトの体がわななないた。

「だけど、なによりも忘れられなかったのは、きみの香りだ」マルコは小鼻をふくらませてゆっくり息を吸いこんだ。極上のワインを楽しむかのように、息をとめてから吐きだす。

吐息が彼女の頬をなで、爪先から甘い戦慄《せんりつ》が駆け上がった。

「この香りで、どこにいてもきみだとわかる」

「さぞ鼻がいいのね。トラブルのにおいをかぎつけるのもお得意なんでしょう」ケイトは口を開いた。「そうよ、わたしは別の人生を送る別の人間だった。あのことを誰かに言おうものなら、わたしは、わたしは……」

「どうするんだい？　そのきれいなナイフでぼくの舌を切り落とす？」

彼女は手がふるえないよう、かごを握りしめた。「一度でいいから紳士らしくしてほしいわ」

「なぜ？　きみだってレディらしくはなかったじゃないか」

ケイトは体を引いて逃れようとしたが、マルコはさらに強く握りしめてきた。濡れた葉が彼女の頬を打ち、ほてった肌にひんやりとした感触が広がる。

「あなたは獣《けだもの》よ」

「そう言うきみは、ナポリ治安当局の追跡をひと月かわしつづけ、その後忽然《こつぜん》と姿を消した大胆不敵な女スリ、〝ベラドンナ〟だろう」

「男たちから逃げるのは笑ってしまうぐらい簡単だったわ。酔っ払っているうえに、おろしたズボンが足にからまっていては、すぐには動けないわよね」そう言うケイトの目の前で、彼の引きしまった体がすばやく動いて逃げ道をふさいだ。マルコの広い肩が陽光をさえぎり、暗がりへと彼女を追いつめる。

「あのときは油断した。だけど今度はどうかな。ぼくは同じへまはしない」

危険だとわかっているのに、ケイトは彼を挑発せずにはいられなかった。「へまをしたのがそんなに悔しい？」

マルコの顔は陰になっていたが、トパーズ色の瞳に灼熱の炎がきらめいているかのように見える。「きみにはやられたよ」

「あら、わたしはただお財布をちょうだいしただけよ」

「お返しはさせてもらう」

怒りのあまり口を開けても言葉が出ず、ようやくケイトはかすれた声を出した。「財布の中身はたいして入っていなかったわ。だけど、いいわよ。口どめ料にいくらほしいか言ってちょうだい」

「ぼくがほしいのは金ではない」彼がじりじりとつめより、ふたりの太ももが触れあった。

「じ、じゃあ、何が望みなの?」腹だたしいことに声がつまった。緊張した空気が張りつめ、マルコのかたく引きしまった体に力がみなぎるのが感じられる。「あいにく、宝石や南海の真珠は持っていないわよ」

「へえ? だったら何がいいか考えなくては」

「信じられないわ。伯爵ともあろう人が恐喝するつもり?」

「ぼくのような男はなんだってするよ」

ケイトがあとずさりした。ああ、彼女の言うとおり、女性を脅すなんて最低だ。いとこのアレッサンドラがいたら、厳しくたしなめられただろう。だが今マルコの耳に響くのは、心臓が激しく打つ音だけだった。

彼女が怒りにふるえて唇を開くと、鼓動はますます大きくなり、任務に集中しろと厳命するリンズリーの声をかき消した。

「ケイト、きみはぼくに借りがある」

親密なその口調に、ケイトは目を見開いた。愛称で呼んでもいいのは、親友か恋人だけだ。マルコはそのどちらでもなかったが、喉の奥から音がすべりだし、舌先で甘い息となって吐きだされる感じが気に入った。

「ケイト」その音を味わうように繰り返す。

「なれなれしく呼ばないで！」体に火がついたかのように、ケイトの頬は怒りで赤く染まった。

「よそよそしいのはきらいでね」マルコは手の甲で彼女のあごをなぞった。

ケイトがびくりとしたのが手に伝わる。「いったい、何をしたいの？」

「キスをするだけさ」逃げられないよう立ちふさがり、マルコは彼女の顔を手で包んだ。「男とキスしたことがないとは言わせないよ」

「さっさと終わらせなさいよ、このろくでなし」ケイトが歯をくいしばって言った。

「わかった。きみがそう言うなら……」

それでも急ぐ気はなかった。唇をよせ、ケイトの唇に触れんばかりのところで静止する。彼女のほてった肌が熱気を放ち、ナイフの切っ先でつつくようにマルコの体を刺激した。オレンジと地中海のタイムの香りが感覚を惑わせる。目をつぶると、甘さとスパイシーな刺激、そして海の塩気が口のなかに広がった。

「な、何を待っているの？」ケイトがささやいた。

ああ、まったく。衝動に負けて彼女の唇にしゃぶりついてしまいそうだ。だが自制するのは自分の性分ではない。もう限界だ。

マルコは抗うのをやめた。欲望か、情熱か。自分を襲うこの衝動が、なんなのかすらもうわからなかった。

ケイトが声をふるわせてたずねた問いに答えて、ふっくらした唇をそっと噛む。

「獣《けだもの》」彼女がそう言って、仕返しをするようにマルコの唇を噛んだ。

彼は笑い声をあげた。「短気な女だ」マルコはケイトの頰にキスをした。それが意外だったらしく、彼女は抵抗をやめておとなしくなった。彼はケイトの耳にキスをして、輪郭を舌でたどった。

彼女の口からせつなげな声がもれ、かごが手からすべり落ちる。

マルコの血が熱くたぎった。罪にまみれたこの体は、いずれ地獄の業火で焼かれることとなるだろう。だが、今この瞬間、そんなことはどうでもよかった。

「美しい人《ベラ》」舌先でケイトの肌を愛撫しながら、耳から口の端へと唇を這わせる。

ケイトは両手を上げて彼の髪に細い指をからませ、夢中でまさぐった。マルコはテラコッタの鉢を足で蹴ると、彼女を抱え上げて鉄の支柱に押さえつけ、むさぼるようにキスを浴びせた。割れた鉢をブーツで踏みしだき、腰を突きだす。冷たい鉄柱と熱い鉄のような彼の高まりで、ケイトの体をはさみつけた。

「ああ」マルコがゆっくり唇を引き離すと、彼女は息をのんだ。彼の張りつめた高まりがケイトの下腹部に押しつけられている。「なんて汚らわしい人なの」

彼女は背中をそらしたが、それは逃げるためではなかった。ケイトは革のブリーチに包まれた高まりに腰をこすりつけた。

ドレスをつかんで腰までまくり上げたい衝動を抑えながら、マルコはつぶやいた。「なんて汚らわしい女だ」

ケイトの表情がこわばり、一瞬、子どものように無防備に見えた。ためらいと一抹の不安が胸をよぎったかのようだ。だが、すぐにまた、あの不敵な顔に戻った。

「今さら驚くことではないでしょう、ジラデッリ卿……」

礼儀正しい口ぶりとは対照的に、ケイトの声は低くかすれている。マルコの耳にはぞくりとするほどセクシーに響いた。

「……わたしのみだらな秘密をあなたは知っているんだから」彼女が言葉を結んだ。

秘密。マルコは英国公爵の孫娘がイタリアの売春宿でスリを働いていた理由をきこうとした。だがキスで腫れた唇が小刻みにふるえる様はあまりに狂おしく、なにも考えられなくなった。

官能的な愛らしい唇を味わいたいという渇望がこみ上げる。

マルコはうめき声をあげて唇を重ねた。ケイトの口をそっと押し開くと、舌をさし入れ、彼女の舌とからませる。ふたりの激しいキスに木々がゆれ、オレンジの香りを振りまきながら、濡れた葉から露が降り注いだ。荒々しい興奮が彼の体をつらぬく。

壁がガラス張りなのも忘れ、マルコは彼女の胸のふくらみをてのひらでゆっくりとなでた。

ケイトが体をふるわせた。ひざの力が抜けて彼の肩にしがみつき、こわばった筋肉に指をたてる。

彼女は鉄の支柱から、植樹前のヤシの木々が影を落とす奥へとマルコを導いた。

ふたりの体の上で、ヤシの葉の細長い影がゆれ動いた。コンサヴァトリーのなかを飾る古びた大理石の柱に、ケイトの背中がぶつかる。鮮やかな緑色の葉が幾重にも重なり、ふたりの姿をすっぽり隠していた。それでも誰かがやってきて、この衝撃的な場面を見る危険はつねにあった。

ああ、だけど危険こそがぼくに生きている実感を与えてくれる。マルコはそう胸のなかでつぶやきながら、彼女のドレスを太ももの上までまくり上げた。

ケイトは短く息をあえがせた。マルコは一瞬手をとめて、彼女に〝ノー〟と言うチャンスを与えた。

「お願い」ケイトはそうささやいて、彼の首筋をそっと噛んだ。

誘惑の言葉に逆らうことはできなかった。下着のスリットを探りあてて手をもぐらせると、指で秘部を開き、奥深くへと沈める。マルコの愛撫にこたえて、彼女はしたたり落ちるほど熱く濡れた。

神よ、助けたまえ。マルコはそう何度も繰り返した。しかし、マルコのなかの悪魔はブリーチの前へと彼の手を導き、むしるようにボタンを外させ、かたく張りつめたものを露わにした。

ケイトがうめき声をもらして彼の肩にしがみつく。

マルコの手が引きしまったヒップへとおり、彼女を体ごと抱え上げた。石柱にケイトの背中を押しつけ、熱い深みの入口にかたくなったものをあてがった。

「ぼくの腰に脚をまわすんだ」湿った土とセックスのにおいがあたりに渦巻いている。マルコとしては、早くすませたかった。ジャングルのような緑に埋もれ、獣じみた欲望をほとばしらせることができればそれでいい。

ケイトも欲望を露わにして彼にこたえた。彼女がひざで腰をしっかりはさんだとたん、マルコは一気に根もとまでねじこんだ。ケイトの口からすすり泣きがもれると、彼は腰を引いてふたたび突き入れた。さらに何度も腰を突きだす。

マルコの腰が刻むリズムに合わせて、ケイトのヒップがゆれた。快感のきわみへと追いつめられ、彼女の体がこわばるのがわかった。

「かわいい人《カーラ》」熱い血潮が体を駆けめぐるなか、マルコはかすれた声でささやいた。飢えたように彼女の唇に唇を押しつけて絶頂の叫びをふさぐ。のぼりつめたケイトがぐったりと彼の腕にもたれかかった。

果てる寸前で理性が働き、マルコは腰を引いて黒土の上に解き放った。ガラス張りの天井から、夏の強い日ざしが照りつけている。

彼は苦しげに大きく息を吸うと、ケイトの体をそっと下におろして、彼女を腕に抱きよせた。ケイトがマルコの肩に頭をもたせかける。彼はケイトの乱れた呼吸がおさまるまで、そのままじっとしていた。

今まで数えきれないほどの女にキスをしてきたが、心をかき乱されたのはケイト・ウッドブリッジが初めてだ。相反する衝動がマルコの胸をざわめかせる。それは危険なざわめきだった。ぼくの心をぐらつかせ、不安にさせるざわめき。

そのとき、水を運ぶ荷車がれんが敷きの通路をがたがたと進む音が響き、マルコの物思いをさえぎった。

ケイトも物音を耳にして、あわててドレスの胸もとを整え、スカートをなでつけた。その手は小刻みにふるえていたが、顔を上げたときには冷ややかな表情になっていた。

「満足した？　ジラデッリ卿」彼女が問いかけた。「これで貸し借りなしね」

不意を突かれたマルコは、思わず冷たく言い返した。「中身はたいして入っていなかっただろうが、あの財布は高級なフィレンツェ・レザーでね。これではまだ帳消しにはできないな」

ケイトは目を見開いた。「じゃあ、これで終わりと誰が決めるの？」

マルコは袖口を引っぱった。「もちろん、ふたりでじっくり決めればいいさ」

庭師の陽気な口笛がだんだん大きくなり、彼女は急いで後ろを確かめた。「ひとりで勝手に決めないで」そうつぶやくと、マルコを押しのけ、低く垂れる葉の下にもぐりこんだ。

見渡すかぎりの緑のなかへ、ケイトの姿は消えていった。

バケツの音ががたがたと響き、庭師たちが水まきをはじめた。

割れた鉢を踏みながら、マルコは彼女が落としたハーブとかごを拾い上げ、作業台に置いた。

そしてドアを開け、コンサヴァトリーをあとにした。

14

ばか、ばか、ばか!

頭のなかで自分をののしる声に合わせ、磨きぬかれた床を踏み鳴らす。ケイトはレディらしからぬ勢いで階段を駆け上がると、寝室のドアを押し開け、内側からドアを蹴とばした。

死人も飛び起きそうな音を廊下にとどろかせてドアが閉まると、彼女はようやくわれに返った。口もとへとおそるおそる手を持っていき、キスでうずく唇を指先で押さえる。鏡を見る勇気はなかった。きっとそこに映るのは、見たこともない他人の姿だろう。

本物のケイト・ウッドブリッジは、マルコみたいなろくでなしに身も心も骨抜きにされたりしない。

つまりわたしは、心まで奪われてしまったの?

ケイトはふらふらと窓辺に近づき、遠くに広がる丘に目をやった。その問いに、どう答えればいいかわからない。ロンドンに来てからずっと自分が迷子になったように感じていた。羅針盤を失った船のように。昔は雷鳴がとどろく海でも、船の針路を定めて荒波をのりこえられた。

ハリケーンや台風にも自信がゆらいだりしなかった。貧しさや借金で苦境に陥っても、座礁することなく切り抜けた。それなのに今は、舵《かじ》のない船に乗っているかのようだ。

そんな自分が腹だたしかった。そんな自分が怖かった。

彫刻を施された天蓋つきのベッドに腰をおろし、ケイトは自分の体を抱きしめた。公爵家の富と特権で守られた、このきらびやかな砦《とりで》が港となるはずだったのに、上流社会という逆流や暗礁に満ちた海は大海原よりも恐ろしい。実際、メイフェアの高級住宅街よりも、インド洋の吹きすさぶモンスーンのほうがよほど簡単にのりきれる。

ここでのわたしはとまどってばかりで、ひとりぼっちがつらいときも……。

ケイトは目をしばたたき、指先で目をぬぐった。泣くもんですか。現実的で強い意志を持つキャサリン・カイリー・ウッドブリッジは、網に通す針のように強くて、メインマストのように折れることがなく、ロープのように柔軟だ。

ひとりぼっちがつらくて、誰かの肩にもたれたいなんて思うのは、ばかな女学生だけよ。

くすん、とはなをすする音が響いた。

放蕩者の胸のなかに安らぎを求めるのは、どうしようもないロマンティストぐらいだわ。

くすん、とまた音がした。

「お風邪ですか？」アイロンをかけたドレスを手に持ち、アリスが部屋に入ってきた。「ハーブティーをご用意しましょうか？」

「ちがうの、ちがうのよ。どこも悪くはないの」ケイトは鼻をこすった。「アデニウム・オベスムのせいね。花粉が目に入ったみたい」

メイドは疑わしげに目を細めた。ドアを閉めてから口を開く。「花のせいではないみたいですね。植物とは別の生き物のしわざです」

「どうしてばれた……」ケイトはしゃべりかけて、あわてて口をつぐんだ。

「唇に蜜蠟《みつろう》を塗ってください」アリスがすすめる。「ディナーまでには腫れも引くでしょう」

「まあ、そんなに腫れている?」ケイトは思わずベッドから飛び上がって鏡をのぞきこんだ。

「それほどめだちはしません」メイドが答えた。「でも、わかる人にはひと目でばれます」

ケイトは急いで目をそらした。「二度とこんなことはしないわ」

アリスが疑わしげに鼻を鳴らした。「それには一ペニーだって賭《か》けることはできませんね。お嬢様と伯爵様のあいだには、何か力が働いているみたいです」エメラルド色のドレスをていねいに払って衣装だんすにかける。「一度見せていただいた科学実験みたいなものです。磁石と鉄くずのあれですよ」

「ジラデッリ卿とわたしが引かれあっていると言いたいの?」

アリスはうなずいた。

ぐすん、ともう一度音が響いた。

「残念だけど、そうかもしれないわ」ケイトはベッドに戻って枕に背中をあずけ、頭の後ろで腕を組んだ。すると飛びだしたヘアピンやもつれた巻き毛が手にあたり、自分の愚かなふるまいがいやでも思いだされた。彼女はしかたなく体を起こして、レディらしくきちんと座った。

めそめそするのはやめなさい、と自分をしかりつける。なにも初めてだったわけではないのだから。ケイトの初体験は数年前で、相手はアンティグアで出会ったアメリカ海軍の士官だった。だが彼との関係は長くは続かず、ベッドをともにしたのも一度だけだ。それでもケイトは自分のことを世慣れた女だと思っていた、瞳をうるませる女学生とはちがう。

ケイトは長々とため息をついてから、鼻をこすった。「ああ、翼があれば、空高く舞い上がって逃げだすのに」

「どこへ逃げるんです？」アリスがやさしく問いかける。

その答えはケイトにもわからなかった。家と呼べる場所はない。「月まではばたこうかしら」

アリスはしばらく無言でケイトを見つめていた。「男性のせいで悩むことはよくありますけれど……」

ですが、悩むほど価値のある男性はそういません」

「悩んでいるわけじゃないわ」ケイトは言い返した。「仮にそうだとしても、あんな横柄で自堕落な放蕩者のせいじゃない」あんなに荒々しくわたしを抱きしめ、情熱をほとばしらせた男のせいではない。

「そうですね」メイドがぼそりと言った。

うまい反論の言葉が頭に浮かび、それを言おうと口を開けたが、なぜか涙があふれでるばかりだった。「やっぱり風邪かも」しばらくしてから、ケイトはようやく言った。「わたしはこんな泣き虫じゃないもの」

ケイトの目の前にハンカチがさしだされた。「さあ、はなをかんでください、お嬢様。あたたかいお風呂を用意させましょう。落ちこんだときはゆっくりお湯につかるのがいちばんです。公爵様には、お嬢様は具合が悪くてディナーに出られないと伝えておきます」

臆病者みたいにこそこそ隠れるの？　ケイトはもう一度はなをすすると、ハンカチをかたく握りしめた。キャサリン・カイリー・ウッドブリッジは困難から逃げたりしない。たとえそれがどれほど大きな困難でも。借金とりの矢のような催促だってうまくかわしたし、中国の海賊船からも機転をきかせて逃げた。ナポリのごろつきがナイフをちらつかせようと、わたしは決してひるまなかった。

このままベッドにもぐって、マルコにおじけづいたと思われるのはいやだ。

「いいえ、わたしは大丈夫」

ケイトは空元気を出して胸を張った。元気がないときは、いつもそうやってごまかしてきた。今では自分すらごまかせる。

〃お客様は七時きっかりに客間にお集まりください〃鏡台に置かれた金縁のカードにはそう書かれていた。マルコは最後にクラヴァットを整えると、従者をさがらせた。これまで田舎での集いは伝染病のように避けてきたが、それも無理はない。公爵の屋敷では、連日、軍事演習さながらに時間厳守で予定が組まれていた。ほとんどの客たちは厳密に管理された活動を楽しんでいたが、号令に合わせて足並みをそろえる行進はマルコの性に合わなかった。

だが、命令は命令だ。

任務を引き受けたからには、自分を律してうまくたちまわる必要がある。

要は紳士たちから気をそらさないことだ。マルコは客間に足を踏み入れ、日に焼けた金色の髪を目で探しそうになるのをこらえた。ケイト・ウッドブリッジをからかうのは、初めは楽しかったが、しだいに抑えがきかなくなりつつあった。

「馬上からの湖畔のながめは楽しんでいただけたかな、ジラデッリ卿?」クラインはお仕着せ姿の従僕になにか告げると、戸口にいたマルコに声をかけた。ドアの横にはエリザベス朝様式の飾り棚が置かれ、巨大な銀の燭台《しょくだい》が飾られている。客が登場するたびにろうそくの炎がかすかにゆらぎ、灯影がつややかな板にさざ波を打った。

「ぼくは代わりに庭園を散策したんですよ」マルコは答えた。「朝方乗馬をした際に、湖を望む景観は拝見しました」

「伯爵は植物にご関心がおありなのかね?」クラインが問いかける。

「いや、残念ながら。雑草とスパニッシュラベンダーの区別もつきませんが、その美しさには感嘆しましたよ」

クラインがシェリー酒をすすった。「だが、果樹園の舗道沿いに咲いているのがスパニッシュラベンダーだとはわかったようだ」淡々と言う。

「母がガーデニングをこよなく愛していたんです。土をいじるのが好きだと言いまして」不意に思い出がよみがえり、マルコは胸を締めつけられた。観葉植物やラベンダーの茂みで兄とかくれんぼをした初夏の昼さがり。せっかく咲いた花を踏みつけないでねと声をかける母の笑顔。ダニエッロは母に似て、植物を育てるのが大好きで……。

「息子のぼくは、別の楽しみを求めていますがね」マルコはぎこちなく笑った。

クラインが小さくうなった。コンサヴァトリーでケイトと一緒のところを庭師に見られたのだろうかと、マルコの胸を不安がよぎった。

「もちろん」彼は急いで言い足した。「ぼくがクライン・クロースに来たのは、美しい田園風景のなかでゆっくりくつろぎ、会話を楽しむためですよ」

「ふむ」公爵は今度ははっきりとうなった。「きみの名前を招待客のリストに加えるようタッパンが要請したのには、何か理由があるはずだが」

マルコは肩をすくめて質問をかわした。「大陸から来ている外交官のなかには、昔の知りあいもいます。見知った顔があればくつろげるだろうとの男爵の配慮じゃありませんか」

クラインは銀色の眉をわずかにつり上げた。近くで見るとケイトとよく似ている。あごの線、高い頬骨、とがった鼻——とりわけ、すべてを見抜くようなアクアマリン色の瞳はそっくりだ。

甘く見るとまずい相手だとマルコは感じた。公爵は年をとってはいるが、老いぼれてはいない。その目には鋭い知性が宿っている。

「なるほど。それでは私は失礼して、お客様の相手をしばしきみに託していいかね」公爵が小さく合図して、オーク材のドアの外に控えていた執事を呼びよせる。「そのあいだに、私はダイニングルームの花飾りを確認してくるとしよう」

こんな知的な男でも、プライドにこだわって娘を勘当するものだろうか。マルコは壁の肖像画を見上げた。豪華な金縁の額のなかから、代々の公爵がむっつりと見おろしている。

もっとも、このぼくが家族の関係についてあれこれ言うとは笑止千万か。ジラデッリ家の肖像画は、ぼくのせいで永遠に変わってしまった。

マルコが視線をめぐらせると、客間の入口でケイトと公爵が鉢あわせしたところだった。彼女は頬をかすかに染め、息を切らしている。

「どうぞ」シルクのドレスがさらさらと音をたて、ケイトが道を譲った。

クラインは躊躇《ちゅうちょ》し、それから彼女の連れを鋭く見すえた。

「コンサヴァトリーにとりそろえられたユリの品種はみごとなものですね」ゼーリッヒが熱っぽく言った。「遅れたようでしたら、申し訳ありません、閣下。最近到着した植物をミス・ウッドブリッジに少しだけ見せていただいていたんです」

「階段でばったりお会いしたの」ケイトが口を開いた。「大佐が興味をお持ちのようだったので……」語尾は小さく消えたが、反抗的な表情はそのままだった。英国の上流社会では、結婚前のレディが男性とふたりきりになるのは御法度だ。大佐はそれを知らなかったのだろうが、ケイトがマナー違反を承知していたのは明らかだ。

おそらく、マナーを気にすることもなかったのだろう。マルコは唇をかたく引き結んだ。熱帯の植物の奥深くで、またも熱い逢瀬《おうせ》を楽しんでいたのだろうか？　ケイト・ウッドブリッジ――悪名高きベラドンナは――ぼくの想像をしのぐ悪女かもしれない。

「キャサリン」クラインが言いかけた。

「わたしもぜひ拝見したいと思っていました。それでみんなで一緒に行ったんです」廊下の奥からシャーロットが急いで現れた。「かまいませんでしたわよね、閣下」

マルコは、この年配の女性がコンサヴァトリーとは逆の方向からやってきたことを見逃さなかった。公爵の目をごまかせたとも思えない。

クラインは剣《つるぎ》のようなまなざしでシャーロットを見すえたが、彼女は動じなかった。

シャーロットは扇を開いて、ひらひらと顔をあおいだ。「あそこは本当に暑かったわね。シャンパンをいただきたいわ」

公爵が機嫌を損ねているのを察したゼーリッヒは、何も言わずに腕をのばし、シャーロットとケイトをエスコートした。「ぼくがご案内しましょう」

戸口にたたずむクラインを残し、三人は部屋の奥へ去っていった。公爵はケイトの毅然とした背中を一瞥《いちべつ》し、廊下へと踵を返した。その横顔からはなんの表情も読みとれない。

家庭内のいざこざはどうでもいいと、マルコは自分に言い聞かせた。リンズリーがぼくをここへ送りこんだのは、はるかに大きな戦いに備えるためだ。剣と知性をとぎ澄ませ、ちゃんと務めを果たさなければ。

マルコはレディ・ダクスベリとその兄を見つけて歩みよった。アレナムはそつなく挨拶をしたがどこかうわの空で、しきりに目をきょろきょろさせていた。「馬に乗れるいい機会だったのに。ここの厩舎にはすばらしい馬がそろっているぞ」

「たまには自分の脚を運動させようと、散歩に出かけたんですよ」マルコは言った。

レディ・ダクスベリがマルコの足のつま先から脚のつけ根まで視線を這わせた。「ジラデッリ卿は激しい運動がとってもお好きだと、わたしもお聞きしています」上目づかいに見つめ、そっとささやく。「おっしゃってくだされぱよかったのに。馬車でちっぽけな町に出かけたけど、退屈でしたのよ。わたしもご一緒に森のなかをお散歩したかったわ」

わたしもご一緒に草むらで乳繰りあいたかったわ――マルコの耳にはそう聞こえた。

屋敷の暗い廊下は避けようと彼は自分に言い聞かせた。レディ・ダクスベリが飢えた雌ライオンのように飛びかかってくるかもしれない。

「庭園をひとめぐりしたんですよ」マルコは明るく言った。「すばらしい景観を楽しみました。公爵は植物にかなりの情熱を注いでおられるようだ」

レディ・ダクスベリは顔をしかめた。「公爵家には風変わりな血が流れているのかしらね。孫娘も泥遊びがお好きなようだし。昨日、彼女が泥まみれでコンサヴァトリーから出てくるのを見ましたのよ」

マルコはいらだちを覚えた。「彼女は名の知れた植物学者です。研究のためには実際に植物標本をじっくり観察する必要があるんでしょう」

「研究ねえ」レディ・ダクスベリは褐色の巻き毛をそっと払った。「やっぱり変わっているわ。ミス・ウッドブリッジってお高くとまっていませんこと？　それにずいぶんと不作法でしょう。先日の夜だって、仲よくしようとおしゃべりに誘ったら、そっぽを向かれたわ」

「声を小さくしなさい、ジョスリン」アレナムが注意する。

だが、レディ・ダクスベリは鼻であしらった。そして人さし指をたて、シャンパンのお代わりを持ってくるよう従僕に合図する。「彼女が上流社会で不愉快なインテリ女だと思われていることはみんなご存じでしょう」

「シャンパンを飲みすぎたようだな」彼女の兄がうなった。

「たっぷり楽しんでも、もっとほしくなるものってあるでしょう」レディ・ダクスベリが色っぽく唇をとがらせる。「そうじゃなくって、ジラデッリ卿？」

「レディに反論することはできませんよ」マルコは言った。

「ほらね」レディ・ダクスベリがアレナムのクラヴァットを得意げに指でこづく。

アレナムは妹の手から空のグラスをとり上げ、やってきた従僕にパンチを注文した。

レディ・ダクスベリは頬をふくらませた。「それならミスター・ラドロウとタッパン卿とおしゃべりすることにするわ。あの方たちと話すほうが、ずっと楽しくってよ」マルコに対する挑発なのか、あざけるような口ぶりだった。「じゃあね《チャオ》」

妹が去っていくと、アレナムは息をついた。「ジラデッリ卿、きょうだいはいるかい?」

「いいや」遠い昔の呪われたあの日からは。

「運のいいやつだ」アレナムの肉づきのいいあごがぴくりとふるえる。「はめを外してばかりの弟と、浅はかで人目をはばかりもしない妹に振りまわされながら、よく自分の仕事ができるものだとわれながら感心するよ」

話の糸口を見つけ、マルコはさりげなくたずねた。「ウィーン平和会議は、ヨーロッパでの貿易に多大な影響を与えるでしょうね。あなたの会社が取り引きするバルト海沿岸の国々には特に」

男爵がうなずいた。「国境線を引き直し、それぞれの取り分を決めることになる」

「分け前にありつけなかったら?」マルコは探りを入れた。

「その心配はない」

興味深い返答だ。マルコは続きを待ったが、男爵はそれ以上言わなかった。

暖炉の前にいた紳士たちの輪から離れ、ヴロンスコフがこちらへやってきた。「ロシャンベールが邪魔になりそうだ」彼は苦りきった顔でぼやいた。「フランスはポーランド問題に断固として干渉すると言って――」

アレナムがすばやく眉根をよせ、ヴロンスコフに黙るよう合図した。

マルコは気がつかないふりをした。レディ・キャロラインに流し目を送り、にこやかにウインクしてみせる。

ロシア人は一瞬口をつぐんだが、声をひそめて先を続ける。「ジラデッリはわれわれのビジネスにはなんの関心もない。オーストリアの大使館員はわれわれの申し出を受け入れるよう説得ずみだ。だが形勢を確実にするには、ゼーリッヒを丸めこむ必要がある」

アレナムはしいっと言って相手を黙らせた。体をひねってマルコに背を向け、指示を出す。

「その話はディナーのあとだ」

マルコは懐中時計の鎖につけたゴールドの飾り《フォブ》を指でいじり、小さく毒づいた。「くそっ。新調したてのベストなのに、フォブが引っかかってしまった」シルクの生地をぐいとのばし、豪華な刺繍を手でなでつける。「めだつと思うかい?」

ヴロンスコフは首を振った。「どこも引きつれているようには見えないが」

アレナムは見ようともしなかった。「ぜんぜんめだたんよ」

「よかった」マルコは大げさに胸をなでおろした。「特別に仕立てたものなんだ。ロンドンで店を開いているイタリア人のテイラーはおすすめするよ。彼の店の奥には部屋があって、インドからとりよせたさまざまな生地が並んでいる。どれもとても興味深い柄で、裸の女性がさまざまなポーズで……」ほのめかすようにウインクをする。「まあ、あれを着て社交界に出るわけにはいかないが、紳士が楽しむ場所では会話が盛り上がること請けあいだ」

ヴロンスコフがにんまりと笑った。「きみにお願いしたリストに、そのテイラーの住所も書き加えておいてほしいね」

マルコは含み笑いをもらした。「喜んで」

そのあと、マルコはふたりから離れ、南ヨーロッパの大使たちに弁を振るっているロシャンベールにさりげなく近づいた。イタリアからの旧友の顔もあった。情報を収集するには、ヴィンセンツィはもってこいの相手だ。

マルコはヴィンセンツィをわきに引っぱっていった。思ったとおり、ヴィンセンツィは相変わらずのおしゃべりで、ミラノの著名な貴族のうわさ話などをぺらぺらまくしたてたが、利用価値のある政治情報もついでに教えてくれた。ミラノ在住のオーストリア官吏がザクセンの使者と秘密会談を持っていたという話には、リンズリーも興味を持つことだろう。

ほかに注意すべき客を忘れてないか？　マルコはグラスを掲げて、カットクリスタル越しに客間に目を走らせた。グラスの切りこみ模様に光が屈折し、客の顔は皆ぼやけて見える。だが、ひとつの顔だけは浮き彫り模様のようにくっきりとしていた。

ケイトから目をそらせ。

理性の声がはっきりと耳に響く。だが、そんな声は昔から聞き流してきた。今さら耳を貸してどうする？

マルコがそのまま見つめていると、ケイトはアーチ形の入口から、光のあたらない奥のアルコーヴへと姿を消した。紳士なら、ここはひとりになりたいというレディの気持ちを尊重するだろう。

けれど、ぼくは紳士ではない。

ゼーリッヒの笑い声があたりに響き、マルコの神経を逆なでした。ケイトは大佐にも体を許したのだろうか？　一日のうちにふたりの男といちゃつくようなレディには、少しばかりおしおきが必要だ。

15

ケイトは美しい彫刻が施された書架の前にまわった。ここなら少しのあいだひとりになれる。アリスの言うとおり、気分がすぐれないことにしてディナーには出ないほうがよかった。

自分の体を抱くようにして、むきだしの腕をこする。暑いのか寒いのかよくわからない。

「もしかしたら、本当に具合が悪いのかも……」小声で言って、両頬に手を押しあてる。

客間に行く途中、偶然ゼーリッヒに会ったせいで、いっそうわけがわからなくなっていた。大佐は一緒にいて楽しい人だ。最近届いたユリ科の植物を見せてもらえないだろうかと頼まれたとき、礼儀作法に反しているからといって断りたくはなかった。

あくまでも冷静に考えてそう思ったのだ。大佐が植物に興味を持っていることに、ケイトは好感を抱いていた。率直なところも。彼女が知るほかの軍人たちとはちがって、ゼーリッヒは金モールや真鍮の記章で飾りたてた、プライドの高いおしゃべりな気どり屋ではない。

でも、ただそれだけ……。ケイトは眉をひそめた。どうして大佐には友情しか感じないの？マルコがそばに来ると全身がかっと熱くなるのに。ゼーリッヒはまじめで信頼できるけれど、マルコは奔放でよこしまな男だ。

　まったくわけがわからない。彼女は歯を嚙みしめ、あごを引きしめた。でも、〝罪深き者たち〟の一員であるわたしは、謎を解くのはお手のものだ。理性を働かせさえすればいい。けれども、マルコがそばにいると理性はどこかへ行ってしまう。

　ケイトは手で顔をあおぎながら、グラスが触れあう音や笑い声に耳を澄ました。このまま隠れていたかったが、みんなのところに戻らなければならないのはわかっていた。

　ドレスの裾をまとめて書架の陰から出ようとしたとき、前方に人影が落ちた。

　ためらっていると、クラインのかすれた咳払いが聞こえた。「おや、誰かと思ったら。こんなところで何をこそこそしているのかね？」

　一瞬、ケイトは自分に向けられた言葉だと思ったが、すぐにシャーロットの声がした。

「こそこそなんてしていませんわ。少しひとりになりたかっただけです。人ごみは苦手で」

　ケイトが書架の陰からのぞくと、アーチ形の入口のそばにある柱の陰にクラインとシャーロットが立っていた。祖父の黒い夜会服は壁と区別がつかなかったが、燭台のろうそくが放つやわらかな光を受けて、その横顔が浮かび上がっている。

　クラインはシャーロットのにべもない返事にむっとして唇を引き結んだものの、すぐに話題を変えた。忘れてくれていればいいのにとケイトが思っていた話題に。「うちの孫娘と一緒にコンサヴァトリーにいたというのは嘘だろう。どうしてそんな嘘をついたんだ？」

「ケイトがあなたに怒鳴られないようにするためですわ」シャーロットが答える。「どうしてそんなに口やかましくなさるのですか?」

「く、口やかましいだと?」クラインは口ごもりながら言った。「私はただ、キャサリンが……まちがいを犯して社交界から締めだされないようにしているだけだ」

「あら、まちがいを犯しているのは閣下のほうですわ」シャーロットは率直に言った。「ケイトは独立心の強い女性です。まだ若いのにとても聡明ですし」

「独立心が強すぎる」クラインがうなるように言う。

「そうかもしれません。それでもケイトはこちらの生活になじもうとしています。何かというと怒鳴ったりにらんだりする代わりに、ほんの少しやさしく理解を示しておあげになったら、ケイトも社交界にもっとなじめるようになるはずです」

クラインは口を開きかけたが、またすぐに閉じた。

「そう難しくはありませんよ。あなたは根は悪くない方のようですから」

公爵は顔をしかめ、恐ろしい形相になったが、ケイトが驚いたことに、ふと表情をゆるめて苦笑いした。「ほめられているのか、けなされているのか、わからないな」

シャーロットの口もとに小さな笑みが浮かぶ。「おそらく、両方ですわ」

ぎこちない沈黙が流れたあと、公爵が脚をもぞもぞと動かした。「私が客のもとに戻る前に、何かほかに言っておきたいことはあるかね?」

「お孫さんをキャサリンではなくケイトとお呼びになったほうがいいと思いますわ。関係を修復する糸口になるのではないかしら」

「ふむ」クラインはそっけなくうなずいて、踵を返そうとした。

「もうひとつだけよろしいでしょうか、閣下?」

公爵は動きをとめた。

「例の本のことです。その……なんて言ったらいいのか……言葉が出てきませんわ……」シャーロットは大きく息を吸いこむと早口で続けた。「だから、率直にお礼を申し上げます。どうもありがとうございました。とても寛大で……思いやりのあるお申し出に感激しております」

公爵は荒々しく咳払いをして言った。「正当な持ち主に返しただけのことだ、レディ・フェニモア。少なくともきみは、ほかの誰よりもあの本を大事にしてくれるだろうからね。よもや切り刻んだりはなさるまい」

「もちろんよ」シャーロットが息せき切って応じる。「そんなことをするわけがないわ」

シャーロットが女学生のような浮ついた口調で話すのを、ケイトは初めて聞いた。すかさず祖父に目をやると、彼は奇妙な表情を浮かべていた。

あれは恥じらいの表情かしら?

そんなまさか。シャンパンのせいで頭がどうかしてしまったのよ。

目をしばたたいてからもう一度見ると、案の定、祖父はいつもの険しい表情だった。

「よかった」クラインはそう言うと、踵を返して歩き去った。

シャーロットは握りしめていたショールから手を離し、しわをのばしてからあとに続いた。

ケイトは本棚に背中をあずけた。クライン・クロースに棲《す》むいたずら好きな幽霊が、いにしえの魔法をかけてパーティを混乱させようとしているにちがいない。彼女は顔をしかめた。

正反対のふたりを惹きつけている不思議な力を、科学では説明できそうにない。

「何かいい本はあったかい？」

いたずら好きな幽霊のことを考えていたら、悪魔が現れたわ。ケイトはマルコの顔を見上げた。「錬金術の本を探していたの」

「卑金属を金にでも変えるつもりか？」マルコはおもしろがっているような目をしている。

「派手なアクセサリーをきみが好むとは意外だな」

「よこしまな悪党を完璧な紳士に変えるのよ」

彼が低い声で笑う。「それは黒魔術でも無理だろう。でも、試してくれてかまわないよ」

せまいアルコーヴにいるせいが、マルコの存在がいつも以上に強く意識される。彼の肩はいっそうたくましく、笑みは官能的に、香りは……。

男性的に思えた。

たばことブランデー、そして石鹸《せっけん》の白檀《びゃくだん》が入りまじったにおいを表す言葉はほかにはない。

「わたしは科学者だから、現実的なの。あなたを変えようとするのは時間の無駄だわ。成功する見込みがないことは明らかだもの」

マルコが近づいてきて、ふたりの太ももが触れあった。「科学者はすぐに結論に飛びついたりしないものだと思っていたが」

ケイトのひざから力が抜けた。

「仮説が正しいことを示す証拠を集めるんじゃないのか?」マルコが言い募る。どういうわけか、彼の魅惑的な唇が彼女の唇のすぐそばまで迫っていた。

「もうたっぷり観察したわ。論理的に結論を導きだすにはじゅうぶんよ」ケイトは言った。「あなたは骨の髄までふまじめな、救いようのない女たらしだわ」

「ぼくの骨の髄まで語れるほどには、きみはぼくの体を知らないと思うけど」

ケイトは、リネンの下にあるたくましい胸の感触を思い浮かべずにはいられなかった。「あなたはわたしの思ったとおりの人だと、あなたはすでに証明してくれたわ」

マルコの唇が彼女の唇をかすめたが、ほんの一瞬のことだったので、本当にキスされたのかどうかわからなかった。「ぼくが証明したのは、ぼくがきみを怒らせると、きみの頬が魅力的なピンク色に染まるということだけだ」

背筋を熱いものが駆け上がる。これは怒りよ、とケイトは自分に言い聞かせた。怒りのせいでこんなふうに胸がどきどきしたことはこれまでなかったけれど。

「美人《ベラ》」マルコがささやく。

「そんなふうに呼ぶのはやめて」彼女は小声で言った。

「どうして？　過去のよこしまな自分を思いだすから？」

ええ、そうよ、わたしはよこしまな女だわ。

「それとも、今のよこしまな自分を思いだすからかい？」

頭がくらくらし、耳鳴りがしはじめた。

「おや、ベルが鳴っている。ディナーの用意ができたようだ。ダイニングルームまでエスコートしようか？」

「わたしは……」一瞬、マルコの腕をとって、たくましい肩に頭をあずけたいという誘惑に駆られたが、まるで彼女の思いを読みとったかのように彼の目が罪深く光るのを見て、そんなふうに思ったことを後悔した。「ひとりで行くわ」ケイトは自尊心をかき集め、マルコの脚に押さえつけられていたドレスの裾を引っぱると、客たちのもとへ急いだ。


ディナーは果てしなく続くかに思えたが、マルコは両隣のスペイン大使館員と礼儀正しく会話をし、彼らの長たらしい意見に辛抱強く耳を傾けた。その気になれば、少しは自制心を働かせることができるのだ。

だが、簡単ではなかった。

マルコの視線は、ゼーリッヒ大佐とタッパンにはさまれて座っているケイトに絶えず向けられていた。彼女の顔は大きな銀の花器に活《い》けられたエキゾティックな花にほとんど隠れていたが、どうやらふたりとの会話を楽しんでいるようだ。だが、その穏やかな笑みの下に暗い影――秘密や嘘――がひそんでいるのがわかる。過去にいったい何があったのだろう？

ケイトには謎めいたところがある。そしてぼくは放蕩者ではあるものの、謎解きは得意だ。本気さえ出せば、英国政府の秘密情報機関で最も優秀な諜報部員だとリンズリーも認めている。

ワイングラスを口もとに運びながら、焼いたアヒルの肉をケイトがあざやかな手際で切り分けるのを見守る。ナイフの刃がきらめいた瞬間、おかしなことに、ナポリの情景が脳裏によみがえった。悪名高いポン引きが路地で刺殺体となって発見された日。それとときを同じくして、〝ベラドンナ〟と呼ばれる女スリもなぜか姿を消したのだ。

いや、彼女が殺しに関係しているはずはない。だが、偶然だと片づけることもできなかった。いずれにしても、今はヨーロッパの外交官たちに注意を向けなければならない。ケイトの過去にどれほどいまわしい秘密が隠されていようと、自分には関係ないことだ。マルコは椅子の背にもたれたが、そのとき、ケイトをこっそり見つめているのは自分だけではないと気づいた。クラインの視線が絶えず孫娘に向けられている。その顔には、困惑と深い懸念が浮かんでいた。なるほど、ケイトには謎めいたところがあると公爵も思っているのか。

食後の口直しが饗《きょう》され、皿が片づけられると、女性陣がいつものようにいっせいに席を立ち、部屋を出ていった。

クラインがあごに手をやりながら、残った男性陣を見まわした。「今宵《こよい》はテラスでポートワインと葉巻を楽しもうではないか。気持ちのいい晩だし、空もよく晴れておるから、ご婦人方にも一緒にお茶を楽しんでもらおう。満月に照らされた庭は特に美しいですからな」

客たちが口々に賛成の意を示し、従者たちがテーブルと燭台の準備をしに行った。

しばらくして客たちは庭に集い、女性陣にはお茶が、男性陣にはすばらしいヴィンテージワインやブランデーがふるまわれた。

「今ごろウィーンでは豪勢なパーティがいくつも開かれていることでしょうな」タッパンが言った。「ウィーンの人々はパーティ好きですから」

「ダンスをするのも大好きだとうかがっておりますわ」レディ・ダクスベリが空を見上げて、芝居がかったため息をつく。「想像してごらんになって……月の光を浴びてきらめくドナウ川や、満天の星のもとでワルツを踊る人々を」

「ワルツはとてもみだらなダンスだと母が言っておりましたけど」レディ・キャロラインが小声で言った。

「何をばかげたことを」レディ・ダクスベリは手を振って、その言葉を退けた。「オールマックスに来る口うるさいお目付け役でさえ、今ではワルツを認めているのよ」

「そうなんですか……わたしは、その……踊っているところを見たことがないので」レディ・キャロラインが言った。

ロシャンベールが微笑んで声をかけた。「いくつか壺を動かせば、このテラスでもじゅうぶん踊れます。即席の舞踏会を開くことを閣下が許してくだされば、レディ・ダクスベリとぼくとでワルツを踊ってさし上げましょう」

クラインがうなずく。「せっかくの楽しいひとときを台なしにする理由はない」

ハモンド伯爵夫人も反対しなかったが、娘に言い渡した。「見ていていいけど、それだけよ」

レディ・ダクスベリはうれしそうに手を叩いて、あたりを見まわした。「それに音楽室のドアを開ければ……どなたかピアノでワルツを弾ける方はいらっしゃらない？」

「わたしが弾けますわ」シャーロットが申しでた。ケイトの問いかけるような目を見て説明する。「ほら、夏の初めにヘレン・ゴスフォードのお宅にうかがったでしょう？　ヘレンのところにはウィーンのお友だちから送られてきたワルツの楽譜があって、夜のあいだ、ふたりで代わりばんこにピアノを弾いて楽しんでいたの。簡単な曲なら思いだせるはずよ」

「ありがとうございます」ロシャンベールはシャーロットに向かってていねいにおじぎをした。

「音楽があればなおいい」

そして何人かの男たちとともに大理石の壺をすばやく一方によせると、レディ・ダクスベリの手をとってテラスの中央へ導いた。開け放たれた音楽室のドアの向こうから軽快なメロディーが聞こえてくる。

とてもロマンティックな状況だとマルコも認めざるをえなかった。炎がゆらめき、そよ風が吹いて、穏やかな月の光を浴びた湖面が真珠のように輝いている。

彼は手にしていたブランデーグラスを置いて、ケイトのところへ向かった。「踊る人が多ければ多いほど盛り上がる」反論する間を与えずに腕をとり、即席のダンスフロアへ連れだす。

「わたし……ステップを知らないわ」ケイトが彼の耳もとで抗議した。

「ぼくは知っている」マルコは言った。「リラックスして、ぼくのリードに任せればいい」ドレス越しに彼女の腰の手を置く。そのとたん、ケイトは体をこわばらせた。「リラックスするんだ」彼は繰り返した。「ワルツというのは曲のリズムに身を任せる踊りだ。ふたりがひとつになって動かなければならない」

「いっそのこと、糊でくっつけたほうがいいんじゃないかしら」ケイトは言ったが、その声はかすかにふるえていた。

「そうかもな。たいていの英国人は、男女が人前で体をぴったりくっつけるこのダンスに衝撃を受けるようだ。きみはどうだい、ケイト?」

「わ、わたしは……」

ケイトが答えるより早く、マルコは彼女をリードしてステップを踏みはじめた。「ぼくを信じて」小声で言いながら、ゆっくりとターンする。ケイトのほっそりした体が彼の体にぴったりとより添い、彼女の息づかいが速くなるのが薄い布地を通して伝わってきた。

マルコは石のテラスの上をすべるように動いていった。ケイトが彼を見あげる。その顔にためらいがちな笑みが浮かんでいるのを見て、彼の心臓が早鐘を打ちはじめた。いや、これは彼女の心臓の音だろうか？

なんてことだ。たいていのことでは驚かない放蕩者のぼくが、単なるダンスで自制心を失いそうになっている。

「しっかりつかまっていろよ、ケイト」マルコはささやいた。「これから何分間か空を舞うぞ」

両足がテラスから離れ、気づくとケイトはマルコの力強いリードによって宙に舞っていた。そよ風が頬をなで、体のなかから笑い声が湧き上がってくる。一瞬、海の上を飛ぶ海鳥になったかのような自由を感じた。

ふたたびテラスに足がついたあとも興奮は続いた。優雅なマルコのステップがわずかに変化したのがわかった。ケイトの腰に添えられている彼の手の熱が、体の芯に伝わってくる。

ワルツが入ってくるのを英国の社交界がいやがったのも無理はない。実際のところ、ワルツは不道徳なダンスだった。そして同時にとてもすばらしいダンスだ。ケイトは、月夜の狂気に誘われて踊る妖精の王女になったような気がした。

ターンのたびに、マルコの長い黒髪が彼女の頬をかすめた。ケイトは手袋を脱いで、そのなめらかな髪に指をからませたくなった。彼の官能的な口を引きよせて、唇に残る強いブランデーの味を味わいたい。

ワルツというのは、本当に罪深くて魅惑的な踊りだわ。

曲が終わり、客たちが拍手をしていることに気づくのにしばらくかかった。ケイトは少しぼうっとしたまま、後ろにさがって息を整えた。

「なんて楽しいのかしら！」レディ・ダクスベリが声をあげ、シャンパンを飲んだせいかきらきら輝いている目をマルコに向けた。「今度はわたしと踊ってくださいな」

「シャーロットのところへ行ってくるわ」ケイトは急いで言った。「食事を恵んでもらうためにピアノを弾いているなんて思ってほしくないもの」

「たしかに」クラインが言った。「われわれがこうして夜を楽しんでいるのに、レディ・フェニモアひとりが室内にいなくてはならないのは不公平というものだ。ダンスはやめて、みんなで庭を散歩するほうがいいのではないかな」

「すばらしいご提案ですわ、閣下」ハモンド伯爵夫人が応じる。「豪勢なお食事をいただいたあとですもの、軽い運動は大歓迎です。夜のお散歩なんて、とても心を惹かれますわ」

「レディ・フェニモアは私が呼びに行こう」公爵は続けた。

ロシャンベールがレディ・キャロラインに慇懃《いんぎん》に腕をさしだした。「ぼくと一緒に散歩してくださいませんか、マドモワゼル」そう言ってから、ハモンド伯爵夫人に向かってウインクをする。「もちろん、お母様の目の届くところにいますから」

ゼーリッヒが自分のほうを見ているのがケイトにはわかったが、不意にマルコがその視線をさえぎった。「ミス・ウッドブリッジ、このままふたりで踊りながら彫刻の庭まで行かないか？　星空のもとでながめる湖は、さぞ美しいにちがいない」

ケイトはマルコに問いかけるような目を向けただけで、反対するのはやめておいた。

ゼーリッヒがハモンド伯爵夫人に礼儀正しくエスコートを申しでる。そのあとタッパンがすかさずレディ・ダクスベリを誘った。「本当にすばらしいご提案ですな、閣下」タッパンは、シャーロットと腕を組んで戻ってきたクラインに言った。「仕事に戻る前に、このすばらしい庭を散歩できるとはありがたい」

「なんですって？　もうお発《た》ちになるの？」レディ・ダクスベリが驚いたような声を出す。

「パーティは今週いっぱい続くんですのよ」

「公爵には何週間も前にお話ししてあったんだが、皆さんが発たれるより早く、ウィーンに向かわなければならないんです。先ほど外務省から連絡があって、明日には出発しなければならなくなりました。わが代表団の多くはすでに向こうにいるし、会議がはじまる前に交渉しなければならないことがたくさんあるのです」タッパンはみんなに向かっておじぎをした。「ですから、ここでお別れの挨拶をさせてください。今夜のうちに屋敷に戻って、旅の支度が整っているかどうか確かめなければならないので」

レディ・ダクスベリは顔をしかめたが、残りの客たちはタッパンに向かって気をつけて旅をするよう言葉をかけた。

「さて、このすばらしい晩を月夜の散歩で締めくくろうではありませんか」ロシャンベールが言った。「ご婦人方は全員、殿方の腕をおとりになっていますか?」

クラインがシャーロットに何かささやくのをケイトは目の端でとらえた。シャーロットはためらったのち、短くうなずいた。

「お仲間の〝罪深き者〟は暗い場所で公爵とふたりきりになるのが、いささか不安なようだね」ケイトをエスコートして庭に続く階段をおりながらマルコが言った。

「言いよられるんじゃないかと心配しているわけではないと思うわ」彼女は応じた。「欠点はあるけれど、祖父は申し分のない紳士だもの」

「レディ・フェニモアが公爵に言いよられるのをいやがると、どうして決めつけるんだい?」

「ばかげたことを言わないで」

「キスや愛撫をいやがるとはかぎらないだろう? レディ・フェニモアは未亡人で、妹さんも結婚した。孤独を感じるときもあるんじゃないかな」

ケイトは顔をしかめた。「たしかに……そうかもしれないわね。そんなふうに考えたことはなかったわ」眉をひそめて続けた。「ここのところ、何もかもまともに考えられなくて」

マルコは皮肉を言いかけたが、思いとどまったようだった。「それはどうしてだい? 何か特別な理由でもあるのか?」やさしくたずねる。

ケイトは驚いた。「ど、どうしてそんなことをきくの?」

一瞬、彼を信じて、胸にひそむ不安や恐怖を打ち明けたくなった。しっかりしなさい、と自分をしかりつける。マルコのような男に打ち明けても、弱みにつけこまれるだけよ。

「わたしの秘密をまた握れるかもしれないから？」彼女はたたみかけるように言った。「わたしを苦しめるのがどうしてそんなにおもしろいのか、さっぱりわからないわ、ジラデッリ卿」

マルコはバラ園へ続く小道に入った。「きみをいじめたいと思ったことはあっても、苦しめたいと思ったことはないよ、ケイト」

「あら、そうなの？　残念ながら、わたしにはそのふたつが区別できないわ」虚勢をはってはみたものの、ケイトは声がふるえるのをどうすることもできなかった。

「今日の午後にあったことのせいで気が動転しているなら――」

「まさか」彼女はさえぎった。「お気づきかもしれないけど、わたしは初めてではなかったの。だから騒ぎたてたりしないわ。心配しないで」

マルコは何も言わず、陰りを帯びた目でケイトをじっと見つめた。

「お願いだから……ひとりにしてちょうだい」彼女はショールを肩に巻きつけ、ツゲの生け垣のあいだを大股で通り抜けて、屋敷とは反対の方向へ足を進めた。

16

青白い月明かりの下、ケイトのほっそりした姿は小さくはかなげで、今にも闇にのみこまれそうに見えた。マルコは一瞬ためらったのち、少し距離を置いて彼女のあとを追った。

小道は庭の端までのびている。木の枝のあいだから、コンサヴァトリーの後ろ側が見えた。夜の闇のなか、ガラスの壁が真珠のような輝きを放ちながらぼんやりと浮かび上がっている。

木立のなかでマルコはケイトに追いついた。彼女は御影石《みかげいし》でできた小さなベンチに座り、風雨にさらされた座面に両手をついて空を見上げていた。空には星がまたたいている。それはまるで黒いベルベットの上に散らばるダイヤモンドのように見えた。

マルコが隣に腰をおろしても、彼女は何も言わなかった。

「きみは星の位置から方角がわかるんだろうな」しばらく黙って星を見つめてから彼は言った。

「クロノメーターと六分儀があれば、どんなに遠くからでも目的の港にたどりつけるわ」ケイトがかすかにふるえる声で応じる。「それなのに……陸に着いたとたん、自分がどこにいるのかわからなくなってしまうの」

「見てごらん」マルコは空を見上げて言った。「あれはカシオペア座だ。Wの字の端の二辺を延長してまじわった点と中心の星を結ぶ線をのばしたところにあるのが北極星。北極星をはさんで反対側にはおおぐま座がある」少し間を置いてから、静かな声で続ける。「つまり、世界じゅうどこにいようが、空を見上げればなじみの友がいて、きみを導いてくれるんだ」

ケイトは黙ったままだった。

マルコは身じろぎもせずに座っていた。兄とふたりで星をながめた幼い日の思い出が、鋭い胸の痛みとともによみがえる。自分たちの未来には何が待っているのだろうと、心を躍らせたものだ。あれからかなりのときがたち、ぼくはすっかり道に迷ってしまった。

また自分の道を見つけられる日が来るのだろうか？

「とても賢い方法ね」ようやくケイトがささやくように言った。「あなたの言うとおりだわ……そんなに難しくなさそう。それでも、ときどき道に迷ったような気分になるの」

「そんなふうに感じるのはきみだけじゃないよ、ケイト」マルコは彼女の手をとった。「誰でも一度は、この世に居場所がないと思ったことはあるんじゃないかな」

「あなたもあるの？」

「ああ。あるよ」

「とても想像できないわ」ケイトは苦笑いして言った。「あなたはいつだって自信たっぷりに見えるもの」

「きみだってそうだ」マルコは指摘した。「ぼくたちには共通点が多いのかもしれないな」

彼女が顔をしかめる。「そうは考えられないけど」

「じゃあ、考えなければいい。ただじっと座って、この瞬間を楽しむほうがいいときもある」

ふたりの指がからまりあい、革の手袋を通してケイトの肌のぬくもりが伝わってきた。奇妙にも落ち着く感触だった。草地からコオロギの鳴き声が、スイレンの葉が浮かぶ池からはカエルの鳴き声が聞こえてくる。ふたりの鼓動が自然界の夜のリズムと調和した。ネズの木の葉のあいだを風が吹き抜け、マツの木の香りがケイトの甘い香りとまじりあう。

これまで女性に求めてきたのは肉体的な歓びだけだった。つかの間、肌と肌を合わせることだけ。だが、ケイトにはなぜか惹きつけられる。理由は説明できないが。

それでいいのかもしれない。

放蕩者で女たらしのぼくが、女性の手、それも手袋をした手を握って感傷的になっていること自体、今夜はまともに頭が働いていない証拠だ。

マルコはケイトの手を放して立ち上がった。「公爵が捜索隊をよこす前に戻ったほうがいい。いや、捜索隊というより、ぼくを銃で撃つよう命じられた狩猟隊かな」

彼女は革の手袋のよじれをゆっくりと直した。「そのほうがよさそうね。クラインはわたしが礼儀作法に反してばかりなのを嘆いているわ。これ以上、失望させないようにしないと」

ケイトの表情が曇り、繊細な心のうちが露わになる。

「ケイト――」マルコが言いかけると、彼女が冷ややかな口調でさえぎった。

「そんなふうに呼ぶのはやめてちょうだい。ケイトと呼ぶのを許した覚えはないわ」

仲間意識が芽生えたと思ったのもつかの間、すぐに消え去った。

「あれだけ親密なひとときを過ごしておいて、堅苦しくするのもどうかと思うな」マルコはいつもの皮肉っぽい口調に戻って言った。「ぼくのことはマルコと呼んでくれてかまわない」

「あなたを賞賛してくれる女性は何人もいるんでしょう?」ケイトは手についた塵を払って立ち上がった。「わたしがあなたの虚栄心を満足させる必要はないはずよ」

「虚栄心なんて一秒ごとにしぼんでいってるよ」

彼女は唇をゆがめて笑った。「おやすみなさい、ジラデッリ卿」

少なくとも、ふたたび笑わせることはできた。「散歩道まで送るよ」

「ケント州には女をとって食う者はいないわ」ケイトが指摘する。「この庭は安全よ」

「ここでけしからんふるまいにおよぶのは、紳士として良心がとがめるからね。でも、テラスが見えるところまで送っていくよ。ぼくはあとに残って葉巻を吸っていると言えばいい。誰もが少しはめを外して楽しんでいるようだ。公爵もきみを怒鳴りつけたりはしないだろう」

「どうかしら」彼女はつぶやいた。「クラインはいつもわたしのやることなすことに文句をつけてばかりしているから」

ケイトが声をつまらせるのを聞いて、マルコの決心がゆらいだ。彼女とは距離を置いて、深くかかわらないようにしようと思ったのに。もしかするとこんなふうに気持ちがゆれるのは、漂ってくる香水の香りのせいかもしれない。

理由はどうあれ、気づくと彼は言っていた。「公爵がきみにそれほど厳しくあたるなんて、とても信じられないな。きみほどの孫娘がどこにいる？　きみは美しくて知的で思いやりもある。それに公爵と同じように植物が大好きだ」

ケイトの顔になんらかの感情がよぎったが、光のかげんが絶えず変わるなかでは読みとることはできなかった。「クラインがわたしをよく思わないのには深い理由があるのよ。わたしの母はクラインの意に沿わない結婚をして勘当されたの」深く息を吸い、あごをこわばらせて続ける。「クラインにとって、わたしは娘の裏切りを思いださせる存在なのよ」

「もしかすると公爵は、お母さんを勘当したことを後悔しているのかもしれない。そのことについて話しあったことは――」

「祖父はわたしと話しあったりしないわ。ただ頭ごなしに命令するだけ。だから絶望的な状況なの。拒まれるのがわかっているのに手をさしのべても、意味はないでしょう？」

「きみには鋭い洞察力があるが、この件については状況がよく見えていないのかもしれない」

ケイトの唇がふるえ、真一文字に結ばれる。

「人というのは変わるものだ」マルコはやさしく言った。ぼくがいい例だ。

「本当にそう思っているの？」

「ああ、思っている」

一瞬、マルコは踏みこみすぎたのではないかと思った。ぼくと同じように、ケイトも自分の心のうちを隠し、他人をよせつけない傾向がある。だが、一、二歩足を進めてから、彼女はためらいがちな笑みを浮かべた。「ご忠告どうもありがとう。うまく生かせないかもしれないけれど、ありがたくうかがっておくわ」

ふたりはなごやかな沈黙のなか、歩きつづけた。西から雲が湧いてきて、あたりが暗くなりはじめる。風が強くなり、木の葉のざわめきがふたりの足音をかき消した。茂みから銀色のもやが細くたちのぼっている。

「コンサヴァトリーのわきを通りましょう。小道を行くより早いわ」ケイトが言った。

コンサヴァトリーに近づくと、暗い建物のなかで光がきらめくのが見えた。だが、すぐに消え去った。

「変ね」ケイトは足をとめてなかをのぞこうとしたが、内部は高温多湿に保ってあるためガラスが曇っていた。「夜は閉められているはずなのに」

「誰かが逢引《あいびき》を楽しんでいるのかな」マルコは言った。「ロマンティックな場所だから」

彼女が心配そうに眉をひそめる。「コンサヴァトリーは遊び場じゃないのよ。とても繊細で貴重な植物がたくさんあるの」

「心配することはないと思うよ。たぶん従者が鍵をかける前に点検しているんだろう」

「そうかもしれないわね」ケイトはそう言って袖でガラスをふいたが、曇りは少しもとれなかった。「屋敷に戻ったらすぐに確認してみるわ」

ふたりがふたたび歩きはじめようとしたちょうどそのとき、コンサヴァトリーの横のドアが開く音がしたかと思うと、なかから出てきた人物がすばやくシャクナゲの茂みの陰に入った。

「誰かしら？」彼女は首をのばしたが、黒っぽい人影はすでに見あたらなかった。

「わからないな。顔は見えなかったから」マルコは答えた。「もしかしたらタッパン卿かもしれない。もしそうなら、あんなに急いでいたのもうなずける。ぼくだってレディ・ダクスベリからは大急ぎで逃げるだろう」くすりと笑って続ける。「彼が貞操を守れたとは思えないが」

ケイトは彼をにらんだ。「どうして男の人は、エデンの園で原罪を犯して以来ずっと、肉欲に負けてしまう自らの弱さを女性のせいにするのかしら？」

「アダムにリンゴをすすめたのはイヴだ」

「悪魔がヘビに姿を変えてイヴをそそのかしたことは都合よく忘れてしまったの？　いちばん悪いのは誰かしら」彼女が反論する。

「それもそうだ」ヘビ《イル・セルペンテ》はにやりとして認めた。

ケイトは笑みを浮かべたもののすぐに引っこめると、生け垣のあいだを抜けて砂利敷きの散歩道に出た。テラスに立てられた燭台のろうそくが白い煙を上げている。「おやすみなさい、ジラデッリ卿」ケイトはふたたび言った。断固とした口調だった。

「おやすみ。いい夢を見ろよ、ケイト」マルコはつぶやくように言った。

いい夢を見ろよ、ですって？

まったく、いい気なものね！　頭のなかをさまざまな考えが乱れとび、ケイトは一睡もできそうになかった。ずっと自分は知的な女だと思ってきたのに。

でも、もしかするとわたしはそれほど賢くないのかもしれない。

散歩道から目を上げると、クラインがテラスの手すりに沿って歩いていた。物思いに沈んでいるようだった。金色の炎に照らされ、いかめしい顔に刻まれたしわがさらに深く見える。

自分の見方に固執するあまり、クラインの本当の姿が見えなくなっているのかしら？　不意に自信がなくなり、喉が締めつけられた。クラインとシャーロットについてマルコが言ったことのせいで、自分の欠点が明らかにされたような気がした。

怒りやすく、判断を急ぎすぎるということが。

クラインがわたしを強情なやっかい者と思っているのはまちがいない。もしクラインや……友だちの誰かが、わたしのしたことを知ったら……。

わたしがナポリでしたことをマルコに全部知られていなくてよかった。

「キャサリン」

「閣下！」思いのほか甲高い声が出た。「戻るのが遅くなってごめんなさい。ジラデッリ卿とお散歩していたらコンサヴァトリーのなかに明かりが見えたものだから、ふたりで調べていたの。そのあとジラデッリ卿がスイレンの池のそばで葉巻が吸いたいとおっしゃったので、案内してさし上げたのよ」

クラインは表情を曇らせた。「なにもしかろうとしていたわけじゃない」

「まあ、そうなの」ケイトは祖父の目が見られなかった。

「ただ……気持ちのいい晩だと言おうとしていただけだ。実際、そうだろう？」

「ええ、本当に。とても気持ちのいい晩だわ」ケイトは口ごもりながら言った。見まわすと、フレンチドアのそばでゼーリッヒとスペインのふたりの外交官がブランデーを飲みながら静かに話をしているだけで、テラスにはほかに人がいなかった。「シャーロットはどこかしら？」

「レディ・フェニモアは今夜は疲れたからもう部屋にさがると言っていた」クラインが答えた。

「長い一日だったものね」ケイトは言った。頭のなかが混乱しているときに祖父とふたりきりでいると少し緊張する。「わたしもそうしたほうがよさそうだわ。でも、その前にコンサヴァトリーのドアがきちんと施錠されているかどうか確かめないと」

クラインが顔をしかめる。「シンプソンが毎晩ちゃんと施錠している」

「それはわかっているけれど、テラスに飲み物を準備するのに忙しくて、忘れたのかもしれないから」コンサヴァトリーのドアから誰かが出てくるのを見たことは言わなかった。客のひとり――かふたり――に、ばつの悪い思いをさせることになるかもしれないからだ。それに、ケイトとマルコがどうして小道から外れたのかと、疑念を抱かせることにもなりかねない。

「従者に見に行かせよう」クラインが申しでた。

「いいえ、わたしが行くわ」早くひとりになって考えたかったので、ケイトはフレンチドアに急いだ。「通り道だし、そう時間もかからないから」

クラインが数歩歩いたところで足をとめた。「じゃあ、そうしてくれ」

「ぼくもちょうどなかに入ろうと思っていたところです、ミス・ウッドブリッジ」ゼーリッヒが空のグラスを置いて言った。「どうかお供させてください」

ケイトは歯を嚙みしめていらだちをこらえた。「それはどうも」そっけなく言って、歩調をゆるめることなく彼のわきを通り抜ける。

ゼーリッヒはすぐに彼女に追いついた。「何か気にさわることをしたかな?」落ち着いた声でたずねる。

「いいえ!」そう遠くないところにふたりのスペイン人がいることに気づいて、ケイトは声を落とした。「ごめんなさい。あなたは何も悪くないわ。疲れているだけなの。大勢の方のおもてなしをするのに慣れていないから」

ゼーリッヒは微笑んだ。「わかるよ。それはともかく、ぼくも一緒に、ドアの施錠を確認しに行ってもいいかな? 何か問題があったときに力になれるかもしれない」淡いブルーの目をきらめかせて言う。「そのあとはきみをひとりにしてあげると約束するよ」

声を荒らげてしまったことを後悔していたので、ケイトはすぐに承知した。ゼーリッヒは申し分のない紳士だし、とてもいい人だ。実際、ケイトは彼のことを友人のように思いはじめていた。「一緒に来ていただけると助かるわ」

ケイトはゼーリッヒとともに客室へ続く階段の前を通りすぎ、コンサヴァトリーへ向かった。スペイン政府の官吏たちが大理石の階段をのぼって、それぞれの部屋に向かう足音が聞こえてくる。

「あなたはまだウィーンに行かなくていいの？」大佐が予備のろうそくに火をともそうと足をとめると、ケイトはたずねた。

「ああ。来週、ロンドンで英国海軍本部と会合があるのでね。それがすんだら発つ予定だ」

「ウィーンの様子について、ぜひ手紙に書いて教えてくださいね。これから何カ月かウィーンは活気に満ちていると新聞には書かれていたわ」

「きみも来られるといいのに」ゼーリッヒは応じた。「ウィーンは魅力的な街だよ」

「そうでしょうね」もしかするとクラインが大陸への旅行を考えているかもしれない。それにシャーロットを誘うのはどうだろう？

でも、今はそんなことを考えている場合ではない。

ろうそくの明かりでコンサヴァトリーのドアの真鍮の掛け金が浮かび上がった。

ケイトは鍵がかかっているかどうか確かめた。最初にゆすったときには掛け金は動かなかったが、やがてかちりと音がして外れた。

　ふたたび掛け金をかけようとしたが、きちんとかからない。

「ねじがゆるんでいるんじゃないかな」ゼーリッヒが言った。ケイトにろうそくを一本渡してから、床にひざをつき、手にしているろうそくの明かりで掛け金を確かめる。「やっぱりそうだ。このままではいけない。道具があれば直せるんだが」

　ケイトは首を振った。「まあ、そんな、どうかお気になさらないで。とりあえずはこのままにしておいても大丈夫だと思うわ。明日の朝いちばんに、庭師頭に直させるから」

「本当にそれでかまわないのかい？」

「ええ」

　ゼーリッヒは立ち上がって、ズボンのひざを払った。「まあ、夜中に公爵のお屋敷に侵入する者などいないだろうしね」

「ええ」ケイトはあくびを噛み殺しながら、ドアから離れた。心がひどく乱れている今、ゆるんだねじのことなどどうでもよかった。「一緒に来てくださって、ありがとうございました」

　ゼーリッヒはケイトがそのまま廊下を進めるよう、後ろにさがった。「シュラーフェン・ズィー・ヴォール、ミス・ウッドブリッジ――よく眠れるように、という意味だよ」

「おやすみなさい《グーテ・ナハト》」ケイトはドイツ語で言った。「また明日」

17

朝の紅茶を持ってきたメイドがシャーロットの部屋のドアをノックするのを聞いて、ケイトはガウンをはおり、友人の部屋をのぞいた。

「入ってもいい？」顔にかかる髪をかき上げる。きっとひどい顔をしているにちがいない。

「よく眠れなかったの？」シャーロットがたずねた。「なんだか疲れた顔をしているわよ」

「ええ、そうなの」ケイトは認めた。「ちょっと……考えごとをしていて」

シャーロットは紅茶のカップに砂糖とミルクを入れてから言った。「何を考えていたの？」

頭のなかに渦巻く不安や疑問をどう言い表せばいいのだろう？　自分は強い人間だと、ケイトはつねに思ってきた。しっかりしていて恐れを知らない人間だと。けれども、その認識はまちがっていたのかもしれない。

「自分自身や、このところわたしが犯してきた愚かな過ちについて。自分の世界がめちゃくちゃになっているような気がするの。どうしてなのかわからないけど」ケイトは目をしばたたいた。「知的だと思われている人間がこんなことを言うなんて、ばかげているわよね」

シャーロットはカップを置いて隣の椅子を叩いた。「ここにお座りなさい。カエルやマンゴーの実とちがって、感情は解剖したり、顕微鏡でのぞいたりできないの。たいていの場合、理性でどうにかしようとしても言うことを聞かないんだから」

ケイトは笑みを浮かべた。「実際にナイフで切り刻めたらどんなにいいか」

「何か特に気になっていることがあるの？」

「まず、マルコのことね」ケイトはうっかり口走った。「その、つまりジラデッリ卿のことだけど。どういうわけか……彼に惹かれるの……いえ、わたしの一部が彼に惹かれていると言ったほうがいいかしら。残りの部分はもっと分別があるんだけど」マルコと情熱的に抱きあったことを思うと、体にふるえが走った。「残念ながら、頭はその一部に引きずられているわ」

「実際、彼は罪深いほどにハンサムだものね」シャーロットがつぶやく。

「罪深い……ね」ケイトは顔をしかめて繰り返した。「そんな生やさしいものではないわ。彼は悪党よ。放蕩のかぎりをつくしているならず者だわ」吐きだした息がため息となってあたりに響く。「まったく、額に黒い文字で〝危険〟とタトゥーを入れるべきよ」

「そうすれば、上流社会のとり澄ました若いレディは、恐れをなして近づかないでしょうね」シャーロットがさらりと言った。「でも、そんなタトゥーはあなたをますます惹きつけるだけではないかしら」

「わたしってそんなに悪い女？」ケイトは小声でたずねた。

「あら、非難しているわけじゃないのよ。あなたは知的で想像力の豊かな女性だわ。彼に惹かれるのももっともよ。たいていの男性よりはるかに魅力的だもの。あなたと同じように、人とちがっていても気にしないし」

ケイトは、ひざの上でぎゅっと握りしめている手を見おろした。「でもわたしだって、自分がみんなと同じならいいのにと思うときもあるのよ」

「そんなふうに思うのはおよしなさい」友人はきっぱりと言った。「ときにはつらいこともあるかもしれないけど、個性的なほうが、型にはまった退屈な人間でいるよりはるかにいいわ」

不意にケイトは罪悪感を覚えた。「ああ、わたしったらなんて自分勝手なのかしら。わたしの泣き言にあなたはもう何カ月も辛抱強く耳を傾け、いつも賢明なアドバイスをしてくれた。それなのにわたしは自分や、自分が抱えている小さな問題のことばかり考えていて、あなたの気持ちなどたずねようともしなかったわ」

「あなたはわたしにとってかけがえのない宝物よ」シャーロットが言う。

「でも、例の本のことも知らなかった」ケイトは言い募った。「あなたが幸せなのか、それとも孤独を感じているのか、たずねてみようと思ったことさえなかったわ」

銀のスプーンで紅茶をかきまわす音が響き渡る。

「どうしてそんなばかげたことを考えるようになったの？」シャーロットがカップからたちのぼる湯気を吹いてたずねた。

「マルコの影響よ」ケイトは答えた。「彼に言われて、このところ自分のことしか考えていなかったと気づいたの」

「そんなふうに思うなんて自分に厳しすぎるんじゃ――」

廊下を走る足音がシャーロットの言葉をさえぎった。メイドの甲高い悲鳴が聞こえる。

「まあ」ケイトははじかれたように椅子から腰を上げた。「いったいなにごとかしら?」

ケイトが戸口へ行くより早く、アリスがドアを開けて言った。「人が殺されました!」


マルコは手綱を引いて馬のスピードを落とした。早朝から公爵領の広大な牧草地で馬を走らせたことで、いくらか気分が晴れていた。運動したら、体の筋肉がほぐれ、心の緊張も解かれた気がする。

「今この瞬間を楽しむんだ、ネロ」そう声をかけて、汗で光る馬の首を叩く。

馬は鼻を鳴らした。

「わかっている、全速力で荒野を駆けぬけたいんだろう? でも、ぼくたちには仕事がある」

集中するのが難しくなる一方の仕事が。

だからといって、それでおおいに困っているというわけではないが、と顔をしかめて考える。今回ばかりはリンズリーの懸念はあたっていないように思えた。報告する価値があることはまだ何もつかめていない。それでも油断せず、引きつづき注意を怠らずにいようとマルコは自分に言い聞かせた。

そうすればケイトのことを考えずにすむかもしれない。彼女はどの客よりも危険な存在だ。なんてことだ。これまで、たわむれの恋はゲームにすぎなかったのに。女性と体を交わすのは、罪のない気晴らしにすぎなかった。だが、いたずらな小悪魔《ディオ・マドレ》が赤く熱された三つ又の先をぼくの尻に突き刺したのだ。

胃がよじれるのを感じて、マルコは歯をくいしばった。なんてことだ。この手の気持ちには縁がないと思っていたのに。恋なんてやっかいごとを招くだけだ。そして苦痛も。

ぼくに必要なのは、剣や銃弾から身をかわすことを求められるような任務だけだ。肉体的な脅威になら対処できる。だが、今回みたいな心理戦にはほとほとまいっていた。

もしかしたらリンズリー卿の言うとおり、とうとう焼きがまわってきたのだろうか。

厩舎のそばから聞こえてきた叫び声に、マルコははっとわれに返った。目を上げると、従者のひとりが屋敷から敷地の外へ続く道を駆けていくのが見えた。

マルコは馬を走らせて急いで厩舎まで戻り、馬からおりた。「いったいどうしたんだ?」手綱を馬丁の少年に渡してたずねる。

「人が殺されたんです!」少年が答えた。興奮した様子で目を大きく見開いている。「紳士がひとり死体で発見されました。ジェムが検死官を呼びに行っています。治安判事も」

人が殺された、だって?

きっと何か勘ちがいしているにちがいない。マルコは馬丁頭を見つけて呼びよせた。「屋敷で人が死んだと聞いたんだが」

「殺されたんです」馬丁頭も言った。「ここでこんな事件が起こったのは初めてです。公爵様も運が悪い」

被害者もな。マルコは乗馬用の手袋を脱ぎながらたずねた。「誰が殺されたんだ?」

「いいえ、存じません。従者のジョンは、コンサヴァトリーで紳士が上等な銀の柄がついたナイフで胸を突き刺されて死んでいると言っていただけでしたから」

マルコは革の手袋をてのひらに軽く打ちつけて眉をひそめた。公爵はいやおうなしにまたスキャンダルの渦に巻きこまれてしまうだろう。

公爵の孫娘も。

「どうか落ち着いてちょうだい、アリス」ケイトは言った。「きっと何かのまちがいよ。不確かなことを声高に言って、みんなを怖がらせてはいけないわ」

「信じてください。まちがいじゃありません」アリスはそう言って、息をついた。「この目で死体を見たんですから。小間使いたちがひどくおびえたので、ミスター・シンプソンと一緒に死体をシーツで覆ったんです」

脚から力が抜けていく。ケイトはあわてて椅子に腰をおろした。「殺されたのは誰なの?」

なんとかたずねる。

「あの外国の武官の方です」メイドが答えた。

「ゼーリッヒ大佐？」ケイトはあえいだ。

「ええ、ミスター・シンプソンがたしかそう言っていました。ブロンドで左の頬に傷跡がある、たくましい方です。死体はコンサヴァトリーで発見されました」

「なんてこと」シャーロットが声をあげた。「でも、殺されたはずはないわ。きっと事故よ」

「いいえ、殺されたにちがいありません……ご自分で胸にナイフを突き刺したんじゃないかぎり」アリスが応じる。

「まあ、そんな」ケイトはささやくように言った。

「でも、それよりさらに悪いことがあるんです」アリスが険しい口調で言った。「そのナイフはお嬢様のものなんですよ。だからこうして急いでお知らせに来たんです」

「わたしのナイフですって？」不意に頭がくらくらした。まるで肺からすべての空気が抜けてしまったかのようだ。「そんなはずはないわ」

「それがまちがいないんです」アリスが言う。「それともお嬢様のほかに、ペルシア産のターコイズがはまった銀の柄のナイフを持つ人間がここにいると思われますか？」

「いないでしょうね」シャーロットが答える。つねに現実的な彼女は、身をのりだしてテーブルに両ひじをついた。「それで、あなたのしわざなの？」

「そ……そんな質問に答えろというの?」ケイトは応じた。

「ええ」シャーロットは言った。「あなたが彼を刺したのなら、何か正当な理由があるはずよ。あなたの弁護をするために事実関係を整理しなければならないわ」

ケイトはショックを受けているにもかかわらず、笑いがこみ上げてくるのを感じた。「ああ、シャーロット、あなたの支えやユーモアがなかったら、わたしはどうしていたかしら。あなたは世界一すばらしい友人だわ」

シャーロットは目をしばたたいてから、めがねをそっと外して、ガウンの袖でぬぐった。

「あなたはわたしにとって特別な人なのよ、ケイト。〈罪深き集い〉はわたしの人生の晩年に与えられた神の恵みだわ。でも、今は感傷的になっている場合じゃないわね」

「そうですよ」アリスが甲高い声で言う。「すぐに治安判事がやってきます。わたしと一緒にお部屋に戻って着替えをすませてください」

「わたしたち全員が治安判事の前に呼ばれることになりそうね」シャーロットも同意した。

予想は現実のものとなった。三十分後、客たち全員にすぐに居間まで来るよう告げられた。

クラインは大理石の柱のように身をこわばらせて居間の戸口に立ち、ケイトがわきを通っても目を合わせようとしなかった。その表情はまるで石に彫られたかのように動かなかった。

全員がそろうと、クラインは咳払いして口を開いた。「遺憾ながら、このクライン・クロースで不幸な出来事が起こったことを皆様にお知らせしなければならない。昨夜、ゼーリッヒ大佐が……」公爵はためらった。死をどういう言いまわしで表現しようか迷ったらしい。

だが、治安判事はそんな気づかいはしなかった。「殺されたんです」大声で告げる。「まだ検死官から正式に発表されてはいませんが、殺されたと見てまちがいないでしょう」

集まった人々の口からいっせいにあえぎ声がもれる。

「治安判事のレジナルド・ベクトン卿が捜査にあたられる」クラインがかたわらに立つ判事を紹介した。「当然のことながら、われわれ全員が判事の質問に答えなければならない」

女性たちがとまどいや恐怖の表情を浮かべていることにケイトは気づいた。だが、レディ・ダクスベリだけはシャーロットとケイトを悪意に満ちた目で見つめている。

ナイフの件がすでに広まっているのだろう。

男性陣が重々しい口調ながらも、矢継ぎ早に質問を口にした。

「犯人はすでに逮捕されたのですか？」ロシャンベールがたずねる。

「英国は文明国だとばかり思っていたのに……。いったいどうやったら人殺しが公爵の屋敷に入れるんだ？」ヴロンスコフが問いただす。

「彼がどうして殺されたのか、心あたりがある方は？」アレナムが言う。

ベクトンが片手を上げてみんなを制した。「ゼーリッヒ大佐は、今朝早くコンサヴァトリーで、胸にナイフを突きたてられた状態で発見されました」

ハモンド伯爵夫人がうめき声をあげて、レティキュールのなかの気つけ薬を探しはじめた。

「犯人とその動機を明らかにするのが私の仕事です。必ず明らかにしてみせますよ」ベクトンは一同の顔を険しい目で見まわした。「手はじめに、ゆうべ遅く何をなさっていたか、皆さんおひとりずつにうかがいたい。朝食の間を使うことを公爵が許可してくださいました。そちらでまずはご婦人方からお話をうかがいましょう」

「その必要はありませんよ」ヴロンスコフが言った。「ご婦人方をそのような目にあわせてはいけない。女性はとても繊細なのですから」

治安判事はさげすむように唇をゆがめた。「それを判断するのは私です。あなたのお国では女性が暴力的な罪を犯すことなどないのかもしれませんが」

ヴロンスコフはむっとした表情を浮かべたが、何も言わなかった。

「レディ・ハモンド、よろしければ、まずはあなたからお話をうかがいたい」

ハモンド伯爵夫人は気つけ薬をかいで気持ちを奮いたたせ、ソファから腰を上げた。暗い色のドレスをひるがえし、ショールをはためかせて歩くその姿は、戦いに向けて出港する船を思いださせた。伯爵夫人のふたりの娘がそのあとに続く。

ベクトンは目を細めたが、しかたないというようにうなずいた。「まあ、いいでしょう。お三方から一緒に話をうかがいます」

室内にぎこちない沈黙がおりた。暖炉のそばに椅子が並べられ、客たちは用心深く互いに目を合わせないようにしながら座って待った。従者たちがテーブルに軽食を用意したが、食欲がある者はいなかった。

ケイトは窓際に立って待つことにした。クラインは室内を行ったり来たりしている。マルコだけは衝撃的な知らせにまったく動じていないように見えた。どうやら退屈しているらしく、背中で両手を組み、くつろいだ様子で美術品を鑑賞している。

それとも、平静を装っているだけだろうか？

彼女はマルコを頭のなかから追いだして、ゼーリッヒが殺されたことに意識を集中させた。大佐を殺した犯人を別にすれば、おそらく、生きている彼を最後に見たのはわたしだろう。治安判事がそれを探りだすまで、長くはかからないはずだ。それに、わたしのナイフが凶器に使われたというのが本当なら、わたしが犯人でないと証明するのは難しいにちがいない。

ケイトの頭のなかはまっ白になった。

「キャサリンお嬢様」執事がケイトの番が来たことを告げた。

尋問は通り一遍のもので、治安判事はナイフがケイトのものであることを確かめたほかは、彼女の行動や、昨夜ゼーリッヒと別れた時間について、いくつか質問してきただけだった。そして手帳にケイトの回答を書きとめると、短くうなずいて彼女を解放した。

長い時間をかけて全員の話を聞いてから、ベクトンはふたたび居間に現れた。「皆さんのご協力に感謝します。この憎むべき犯罪を一刻も早く解決できるよう全力をつくしますので、どうかご安心ください」ベクトンは告げた。「ですが、ことの重大さを考えますと、追ってご連絡をさし上げるまで、皆さんには屋敷内にとどまっていただかなければなりません。公爵にはすでにその旨をお伝えしました」冷ややかな目でクラインを見つめる。「公爵はご親切にも、必要なだけ皆さんをここにお泊めくださると言ってくださいました。それでは私はそろそろ失礼して、捜査にあたることとします」

だが、治安判事はすぐには部屋を出ていかなかった。「ですがその前に、ミス・ウッドブリッジにさらにいくつかうかがいたいことがあります」

マルコはアルコーヴの入口に肩をもたせかけて立っていた。少し体の位置を変えると、ケイトの顔がよく見えた。

クラインが治安判事に反論しかけたが、ケイトがすばやく彼をさえぎった。「ええ、もちろんかまいませんとも。なんでもおききください」

「さらにおまえの話を聞きたいというなら、朝食の間に行ってもらう」公爵は怒った声で言い、挑むような目をベクトンに向けた。「今回は私も同席しよう」

「その必要はないわ。何も隠すことなどないもの」

治安判事がかすかに勝利の笑みを浮かべたのを、マルコは見逃さなかった。それにこたえるようにクラインのあごがこわばったのも。このふたりが敵対しているのは明らかだ。そして、身分の差があるにもかかわらず、今この瞬間、優位にたっているのはベクトンのほうだった。

「どうもありがとうございます、ミス・ウッドブリッジ」治安判事は大げさなまでに礼儀正しく言った。「皆さんからお話をうかがいまして、いくつかはっきりさせておきたいことが新たに出てきたものですから」間を置いて続ける。「生きている大佐を最後にごらんになったのは、あなたなんですか？」

「いいえ、ちがいます」ケイトはためらうことなく答えた。

ベクトンがいぶかしげに目を細める。「それなら誰なのか教えてくださいますか？」

「それができたら、あなたはとっくに犯人をつかまえていらっしゃるでしょう」

おみごとだ、美《ベ》しい人《ラ》。ケイトの冷静な受け答えを見て、マルコは微笑んだ。ケイト・ウッドブリッジは簡単におじけづくような女性ではない。

「ごもっともです」ベクトンがむっとしたように言った。唇をすぼめて、手帳に書いたメモを確かめる。「ですが私のメモによると、あなたが被害者と最後に会った人間であることはまちがいない。あなた方ふたりは言い争っておられたとか――」

「そんなことはありません！」ケイトが声を張り上げる。

「そんなことはない？」治安判事は繰り返した。

スペインの官吏が咳払いをして言った。「ゆうべ、ミス・ウッドブリッジと大佐が言い争っておられるのを聞いたのはたしかです。おふたりとも、かなり大きな声を出しておられた」

もうひとりのスペイン人もうなずいて同意を示す。

「何を言い争っておられたんです？」治安判事がたずね、手帳をゆっくりとめくった。「ゼーリッヒ大佐はあなたに特別な関心を抱いておられたと、多くの方が証言されている。執拗《しつよう》に言いよられたりしたのですか？」

「わたしたちは楽しく話をしていただけです」ケイトの声が甲高くなる。

その言葉にまったく説得力がないことは彼女もわかっているだろう、とマルコは思った。

「実にけしからん」クラインが割って入った。「まさかきみは私の孫娘が――」

治安判事は公爵の言葉をさえぎった。「私はなんの判断もくだしておりませんよ、閣下。今のところは。たとえ誰がかかわっていようが、真実を明らかにするのが私の仕事です」

レディ・ダクスベリが兄のアレナムに身をよせて、なにごとかささやいた。マルコが見守るなか、アレナムは目を細め、懐中時計の金の鎖をいじりながら待っていた。

しばらくしてアレナムは咳払いをして言った。「ミス・ウッドブリッジ、こんなことを申し上げるのは心苦しいのですが、あなたのお父様はボストンのジョサイア・ウッドブリッジですね？　商船ハヤブサ号の持ち主で船長だった？」

「ええ」ケイトがこわばった声で答えた。

「ウッドブリッジ船長はたしか、アントワープで不愉快な事件に巻きこまれたのでは？　なんでも莫大な修理費を払わずに逃げたと聞きましたが」

「法外な金額を吹っかけられたからですわ」ケイトが小声で言う。

「では、リスボンでの一件は?」アレナムはくいさがった。「聞いたところでは、ハヤブサ号の女性乗組員が、追ってくる船に銃弾を浴びせて追い払ったそうですが」

「銃弾ですって?」ベクトンが繰り返した。その声は磨きこまれた羽目板に大きくこだました。

なかなかうまいな、とマルコは思った。治安判事はたったひと言発しただけで、ケイトを危険な人物に仕立てあげた。対立が深まるなか、マルコは第三者的な態度をとりつづけた。ブーツをはいた足を足首のところで組んで、客たちの言葉に注意深く耳を傾け、態度に目を配る。

「それではアルヘシラスでの出来事は?」アレナムが続ける。どうやら彼も、みんなにケイトは悪者だと思わせたいらしい。「支払い期限の過ぎた金を払ってもらうために船に乗ろうとしたら、ウッドブリッジ船長の娘にナイフで切りつけられそうになったと、当局に訴えた商人がいたそうですね」

「ええ、でもそれは……」ケイトは唇を噛んだ。「港町というのは、外国人をくいものにしようとする悪辣な人間がたくさんいてとても危険なところです。危険を避けるために……少々大胆な行動に出なければならないこともあるんです」

「それでは、暴力に訴えたことがあるとお認めになるんですね?」ベクトンが問いただした。

「銃を撃ち、堅実な商人をナイフで脅したと?」

「あの男はわたしたちをだまそうとしたんです」ケイトは声を張り上げた。「わたしはあの男を脅して追い払おうとしただけで、傷つけるつもりなどさらさらありませんでした」

治安判事は手帳をめくって新しいページを開け、鉛筆の先をなめた。

ケイトは、鉛筆をベクトンの喉に突っこんでやりたそうな顔をしている。「あなたが思っていらっしゃるような状況ではなかったんです」重ねて言う。

だが、いくら弁解しようが、ケイト・ウッドブリッジが苦境に陥っているのは明らかだった。実際、ケイト自身もひどく動揺しているように見える。マルコは強く同情したが、第三者的な態度をとりつづけなければと自分に言い聞かせた。リンズリーはきっと一連の出来事について、私情をまじえない報告を求めるはずだ。

ようやく彼女はなにを言っても自分に不利に働くだけだとわかったらしく、口をつぐんだ。だが、そのあごは挑むように高く上げられている。

公爵はケイトを弁護しようとしなかった。いつもの堂々とした態度はどこへ行ったのか、まっ青な顔をして、今にも倒れてしまいそうに見える。

ベクトンが手帳を閉じて言った。「今日のところはこれぐらいにしておきましょう。事件に関係していそうなことを何か……どんなことでもかまいませんから、思いだされた方がおられましたら、明日の朝いちばんにまいりますので、そのときにお聞かせください」

自由の身になった客たちは列をなして部屋から出ていった。

マルコは最後に部屋を出て、ゆっくりと客室へ向かった。

どうして誰もがケイト・ウッドブリッジに疑いが向くようなことを言ったのだろう？

彼女がゼーリッヒを殺したのだろうか？

ケイトにそれだけの度胸があるのはまちがいないし、かっとなったら何をしでかすかわからないのも事実だ。だが、まったく理屈に合わない。彼女はゼーリッヒに執拗に迫られてなどいなかったし、たとえ迫られたとしても、殺さずに逃れることができたはずだ。ほかの動機もまったく思いあたらない。

マルコは客室のある棟へ進みながら、あたりに誰もいないのを確認した。階段のそばで歩調をゆるめ、方向転換して屋敷の奥へ向かう。壁にとりつけられた燭台のろうそくには火がともされていないため、廊下は薄暗かった。途中まで行くと、コンサヴァトリーから従者たちが出てくるのが見えたので、彼は壁に張りついた。従者たちは検死官のもとに死体を運ぶ手はずについて、押し殺した声で話していた。

従者たちをやりすごし、少し待ってから、マルコはまた歩きはじめた。コンサヴァトリーのドアには鍵がかかっておらず、ベクトンは見張りを置いてもいなかった。

自分の目で現場を見ておきたかった。陰惨な殺人現場の様子も詳細に報告したほうがいいだろう。

遺体にはシーツがかけられていた。シーツをそっと持ち上げると、ナイフはすでに抜かれているのがわかった。ゼーリッヒの顔を見ているうちに、気の毒でならなくなった。大佐はとても誠実で立派な、まっとうな男だった。胸にナイフを突きたてられるなどという残酷な目にあっていい男ではない。

そうされて当然の男がいるとしたら、それは誰だろう？

マルコは個人的な感情を抑え、遺体が身につけている血のついた上着とシャツの胸もとを手早く開けて、傷の具合を確かめた。長さ五センチほどの傷が左胸の下にある。彼は身をのりだして、傷の角度を注意深く調べた。大佐の体はすっかり冷たくなっていた。

永遠の救いなど信じていなかったが、故人のために短い祈りの言葉を小声で唱え、争った形跡が残っていないかと大佐の指の爪の裏を調べる。そして、首にあざがないかどうか見てから、頭をそっとさわってへこんでいるところがないか確かめる。

ふうむ。マルコはその場にしゃがんで、風にゆれる葉を見つめた。文明社会においても、ジャングルの掟《おきて》がまかり通る、つまり弱肉強食というわけか……。

頭上のガラス窓が風でがたがたと鳴っている。早くここを出たほうがいいだろう。ゼーリッヒの遺体をふたたびシーツで覆うと、マルコはハンカチで指をふき、静かにコンサヴァトリーをあとにした。

18

「なんていけすかない男！　この手で殺してやりたいわ」シャーロットが怒りをこめて言った。

ケイトは自分の部屋のドアを閉めてベッドに腰をおろした。まるで、自分の魂が肉体から切り離されて、霧のなかを漂っているような気がする。自分の声すらも遠くから響いてくるように感じられた。「治安判事は自分の仕事をしているだけよ」

「治安判事は公平でなければならないのよ！」友人は憤慨していた。「アレナム卿にあんな話をさせて、あなたに疑いの目を向けさせるなんて」

「アレナム卿の言ったことは嘘ではないわ」ケイトは冷静になろうと努めながら言った。やけになってもしかたがない。誰も代わりに戦ってはくれないのだから。やっかいごとに巻きこまれるのは初めてではないし、これまでだってつねに知恵を働かせて切り抜けてきたのだ。

「でも、故意に事実をねじ曲げて、あなたを血に飢えた野蛮人のように思わせたじゃない」

ケイトはあごをこわばらせた。「もっと悪く言われたこともあるわ」

そのとき、ドアにノックの音が響き、アリスが顔をのぞかせた。「夕食はこちらでおとりになりますか？　ほとんどのお客様がご自分のお部屋で召し上がられるようですが」

「誰だって殺人犯と一緒のテーブルでは食べたくないものね」ケイトは言った。

シャーロットが鼻であしらった。「まるであなたが大佐の胸にナイフを突き立てたような口ぶりね」

自分の顔から血の気が引いていくのがケイトにはわかった。

「言いたい人には言わせておけばいいのよ」シャーロットが続ける。「そんな人は、わたしがこっぴどくやりこめてやるわ」

「みんな育ちがいいから、面と向かってわたしを悪く言うことはないわよ。あなたもよく知っているように、上流社会の人々はうわさをたてたり、あてこすりを言ったりするだけ」ケイトは苦々しく思いながら言った。「それだけで、簡単に評判を傷つけることができるのよ」

「このまま黙って見ているつもりはないわ」シャーロットが宣言する。「これまでわたしたちはもっと難しい問題だっていくつも解決してきた。治安判事より早く真実をつかめるはずよ」

「だめよ。あなたを巻きこむわけにはいかないわ、シャーロット！」ケイトは声を張り上げた。夜中にコンサヴァトリーをかぎまわるシャーロットの姿が目に浮かぶ。「ここはあなたの実験室でも図書室でもないのよ。冷酷な人殺しがそばにいるんだから、言動にはじゅうぶん注意してちょうだい」

「わたしは何も怖くないわ」シャーロットがめがねを光らせて言った。

「少しは怖がったほうがいいわよ」不意に鳥肌がたち、ケイトは両腕をさすった。「この件はわたしに任せて。これまで何度も危険をくぐり抜けてきたんだから」

「わたしだってそうよ。みんな、わたしのことを老人だと思って甘く見ているわ。それにわたしは、頭が弱いふりだってできるのよ……」そう言うと、シャーロットは人のよさそうなぼんやりした表情をしてみせた。「無邪気なふりをして、あれこれきいてまわるわ」

「みごとな演技力ね」ケイトは応じた。「でも、どうか無茶なまねはしないと約束して」

シャーロットが小さく鼻を鳴らした。「愚かなまねはしないわ」言葉を変えて言う。

それ以上の約束はとりつけられそうになかったので、ケイトはすなおに引きさがった。「わたしもそう言えたらどんなにいいか」ぼそりと言う。「こんなことに巻きこまれるなんて、どこかで道をまちがったにちがいないわ」

「そんなことを言わないで」シャーロットが言った。「どうしてそんなふうに考えるの?」

「だって……」ケイトは唇を噛んだ。アレナムはリスボンやアントワープでのことを知っていた。ナポリでのことはどれぐらい知っているのかしら?

それ以上にぞっとするような考えが浮かぶ。マルコはどこまで知っているの?

マルコはあれこれ考えあわせて、わたしが神出鬼没の女スリ〝ベラドンナ〟だと突きとめた。もう少し考えれば、わたしがナポリでしたことがすべてわかるにちがいない。

ケイトは上掛けをぎゅっと握りしめた。恐怖がこみ上げる。もしそうなったら、マルコはわたしのいまわしい秘密を人に話すかしら？　わたしたちふたりのあいだには、友情が芽生えているように見える。でも、マルコ自ら認めているとおり、彼には道徳観念などない。彼を突き動かすのは自分勝手な欲望なのだ。

目を上げると、シャーロットがケイトの言葉の続きを待っていた。「だって」ケイトはゆっくりと言った。「わたしはこれまで、とても誇りに思えないようなことをしてきたんだもの」

シャーロットがケイトの横に来て座った。「誰にでも後悔していることぐらいあるわ。別の行動をとっていればよかったと思うことがね。でも、くよくよ考えるのは無駄よ。わたしたちは目の前のことに集中しなければならないわ。あなたがいかなる犯罪にもかかわっていないことを証明するにはどうすればいいか考えるの」あごを叩いて続ける。「手はじめに、コンサヴァトリーへ行って、死体を見てきてはどうかしら？」それからアリスに向かって言った。「わたしもケイトもこの部屋で夕食をいただくわ。さてと、メモをとったほうがよさそうね」

シャーロットの気持ちはありがたいけれど、無茶なまねをさせるわけにはいかない。けれども今、ケイトは疲れすぎていて、やめるよう友人を説得することはできなかった。それに、死体を見るというのはいい考えだ。観察力にすぐれた科学者がふたりがかりで見れば、ほかの者なら見落とすことに気づくかもしれない。

「いい考えね」ケイトは言った。「スケッチブックを持っていくわ」

＊　＊　＊

昨夜コンサヴァトリーから出てきた人物は軽やかに動いたらしく、地面に足跡を残していなかった。マルコは立ち上がり、ズボンについた葉を払いながら、あたりを見まわした。このままっすぐ行っても湖に出るだけだ。ほかの方角へ行ったと考えると、どうして砂利敷きの道を通らなかったのかという疑問が生じる。

きっと、何か理由があるにちがいない。いずれにしろ、あのときはまだゼーリッヒは生きていたのだし。

ふたたび歩きはじめようとしたちょうどそのとき、コンサヴァトリーのドアが開いてまたすぐに閉まる音がした。なかからケイトが出てくる。

「あなたに話があるんだけど、いいかしら?」

マルコはゆっくり振り返った。「両手を上げておいてくれるならね」

「ちっともおもしろくないわ」ケイトが言った。

「そうだな」マルコは譲歩したが、こうつけ加えずにはいられなかった。「それに、とりあえず危険はなさそうだ。きみのナイフは治安判事のもとにあるんだから」

「運がよかったわね。そうでなかったら、きっとわたしは……」ケイトは最後まで言わずに言葉を切った。「ねえ、今だけ皮肉を言うのをやめてもらえないかしら。言いあいを楽しむ気分じゃないし、あまり時間がないの。実は、シャーロットがゼーリッヒ大佐の遺体が発見されたあたりの植物や何かを調べているの。長いあいだひとりにしたくないのよ」

「ならば無駄口を叩くのはやめたほうがよさそうだ」マルコは生け垣のあいだを抜け、いちばん人目につかない小道に入った。「何か理由があってぼくを捜していたのか？」

「ええ」ケイトは足をとめ、胸の前で腕を組んだ。「ひとつ……提案があるの」

「提案だって？」マルコは片方の眉をつり上げた。「興味深いな」

「取り引きがしたいのよ」彼女が言葉を強調して言う。「あなたにお願いしたいことがあるんだけど、わたしは商人の娘だから、人は見返りもなく他人のために動いたりしないとわかっている。お金や代わりになるものと引き換えでないと、ほしいものは手に入れられないと」

「ますます興味深いな。さあ、早く教えてくれ」

「その……」ケイトは目をそらした。まつげが日ざしを浴びてきらめく。「ああ、うまく言えないわ」

マルコは彼女を抱きよせてキスし、その顔に表れた不安をぬぐい去ってやりたい衝動をこらえた。「とにかく言ってごらん。最後まで話を聞くと約束する」

ケイトは大きく息を吸いこんだ。「そうね、失うものは何もないし」彼にではなく自分に言い聞かせるように小声で言う。「わたしの人生はとっくにめちゃくちゃなんだから」

「ケイト……」マルコは反射的に彼女のほうに一歩足を踏みだした。

「だめよ」ケイトが片手を上げて制する。「最後まで話を聞くと約束してくれたでしょう」

彼は足をとめた。

「考えたんだけど」彼女の顔はこわばり、頬骨がまるでナイフの刃のようにとがって見えた。目の下には黒いくまができている。「アレッサンドラがそれとなく言っていたんだけど、あなたは秘密の任務についていたことがあるそうね。剣の達人でもあるそうだし。それにわたしが見るところ、あなたはとても頭がいいわ」

ケイトがマルコの反応をうかがうように見たので、彼はうなずいた。

「結論から言うと、殺人犯を見つけるのを手伝ってほしいの」彼女はひと息に言った。「自分の身が心配なんじゃない。心配なのはシャーロットよ。彼女は自分で犯人を見つけようと決めているわ。あれこれきいてまわって、危険な目にあうんじゃないかと心配でたまらないのよ」

「ぼくは――」

「待って！　最後まで聞いてちょうだい」ケイトは声を張り上げた。「さっきも言ったように、わたしは、白馬に乗った王子様が助けに来てくれるのを夢見る世間知らずの小娘ではないわ。だから、あなたの力を借りるには見返りが必要だとわかっている」声がかすかにふるえていた。「でもあなたは裕福だから、お金は必要としていない。そこで、ほかにあなたがほしがりそうなものを考えたんだけど……あなたはわたしがスリをしていたことを黙っている代わりに肉体的な接触を求めてきたから……今回も……セックスで返せばいいんじゃないかと思ったの」

からまりあうツタのあいだから、そよ風が吹いてきた。一瞬、マルコは自分の耳を疑った。

「なんだって？」

「セックスよ」ケイトが繰り返した。「力を貸してくれたら、またわたしの体を好きにしていいわ」伏せていた目を上げて彼の目を見つめる。「これが条件よ。取り引きに応じてくれる?」

「整理させてくれ」マルコはゆっくりと言った。「ぼくの調査能力と引き換えに、きみは自分の体をさしだすというんだね?」

「なにも愛の告白なんて求めていないわ。心配しているといけないから言っておくけど」ケイトは冷ややかに言った。「それにあなたが支払いを求めてきたとき、急に頭痛に見舞われたりしないと約束する」

彼女の顔はまっ青で、その姿はいかにも頼りなかったが、この世でいちばん強い女性に見せようとしているのは伝わってきた。人生はそれほど過酷なものだと思っているのだろうか?ぼくのことをそんなにも非情な男だと思っているのか?マルコは罪悪感にさいなまれた。

「なあ、ぼくは女たらしの放蕩者かもしれないが、悪魔ではないよ、ケイト」穏やかに言う。「きみにつけこむようなまねはしない」

ケイトの喉もとがごくりと動いた。「どちらにしろ、ぼくも調べてみるつもりだったんだ」彼は続けた。「ぼくなりの理由から、犯人は誰なのか突きとめたくてね」

彼女はなおも顔をしかめていた。不安と希望のあいだでゆれ動いているのが見てとれる。

ケイト・ウッドブリッジは世界じゅうを旅してまわるあいだにいろいろなことを経験してきたようだが、どうやら人に助けられるのには慣れていないらしい。マルコはすかさず言った。

「だから、ぼくをベッドに誘いたいなら、別の手を考えてもらわないと」

マルコのねらいどおり、彼女の目が怒りにきらめいた。「わたしがあなたに抱いてくれと頼んでいるというの？」

弱気な表情は消えうせ、頬がかっと赤くなる。マルコはにやりとしそうになるのをこらえた。

「ばかなことを言わないで！」ケイトは大声で言った。「夢見るのは勝手だけど、たとえこの世の終わりが来てもそんな気持ちにはならないわ」

「そんなふうに言いきらないほうがいいぞ」

「世界じゅうの女性が、ひとり残らずあなたに抱かれたがっているとでも思っているの？」

「ああ。ぼくのもとに次から次へと届く恋文のことを考えると……」

「うぬぼれもそこまでいくとたいしたものね」

「まあ、そうかりかりするなよ、ケイト」マルコは手をのばして、風で乱れた彼女の髪を耳にかけてやった。「たとえベッドは別々でも、今やぼくたちはパートナーなんだから。互いに心を許して協力すべきだと思わないか？」

「心を許す、ですって？」ケイトは唇をきつく引き結んでから、ゆっくりと笑みを浮かべた。「いいわ。せいいっぱい努力して感じよくする」

ケイトの心臓は早鐘を打ちだした。頭のてっぺんから爪先までがふるえはじめる。彼女はなんとかとめようとしたが、体は言うことを聞いてくれなかった。

わたしのひざは本当にがくがくしているの？　こんなふうになるのは小説のなかの愚かなヒロインだけだと思っていたのに。顔色ひとつ変えずに、世界じゅうの卑劣きわまる悪党たちと戦ってきたケイト・ウッドブリッジが弱気になるなんて。

いったいわたしは何を怖がっているの？　自分でもわからない。ケイトは目をしばたたいた。

「それはどうも。最大限の歩みよりだな」マルコが皮肉っぽく言った。「さて、基本的なルールも決まったことだし、さっそく事件の調査にとりかかるとしよう。先ほどの話からすると、ゼーリッヒを殺したのはきみではないようだね」

「ええ、わたしじゃないわ」ケイトはあごをきっと上げた。「信じてくれるの？」

彼は重々しくうなずいた。「ああ、信じるよ」

自分でも驚いたことに、彼女はマルコがそう言うのを聞いて心からほっとした。

「実を言うと、運よく遺体を調べられたんだ」

「シャーロットとわたしも調べたかったんだけど、すでに検死官のもとへ運ばれていたわ」ケイトはためらいながら言った。「解剖で、わたしの無実が証明されるかしら？」

「いや、無理だろう」彼は率直に答えた。「それを証明できる材料は出てこないと思う。とはいえ、ぼくが見たところ、犯人はきみではないと示すちょっとした事実が見つかった」

「そうなの？」科学的好奇心が不安に打ち勝った。「どんなこと？」

マルコが低い声で笑う。「たいていの女性はショックで気絶するところだぞ。遺体の話なんか事細くきいたりしない」

「どうやらわたしはたいていの女性とはちがうようね」

「そうだな」マルコがまぶたをなかば閉じてケイトの顔を見つめる。彼の表情は読めなかった。彼女の体はかっと熱くなった。この人の目に、わたしはどう映っているのかしら？　風変わりなインテリ女？　癇癪持ちのやっかい者？　ずうずうしい泥棒？

それとも、進んで自らの身をさしだす、下品なあばずれ？

どう思われようと関係ないわ。ケイトはあごをいっそう高く上げて言った。「これまでわたしがしてきたことを軽蔑しているんでしょう？」

「ぼくにそんな資格はないよ」マルコが静かに言った。「きみはみごとに機転をきかせ、勇気を奮い起こして、困難をのりこえてきただけだ」唇をゆがめて続ける。「ぼく自身、社交界のルールに逆らってきた。きみが同じことをしたからといって責めるのはおかしいだろう」

「たいていの男の人はそんなふうには思わないわ」ケイトは言った。

マルコの目がおもしろがっているように光った。トパーズ色の瞳に日ざしがきらめく。「どうやらぼくはたいていの男とはちがうようだね、ケイト」

そのとおりだわ、と彼女は思った。こんなに美しいブランデー色の瞳をしている男の人はほかにはいない。ああ、なんて官能的で神秘的なのかしら。

「それはそうと」ケイトはわれに返って言った。「ゼーリッヒ大佐の遺体を見て、あなたが気づいたという事実を聞かせてちょうだい」

「第一に、大佐はきみのナイフで殺されたのではない」

彼女は眉をひそめた。「でも、大佐の心臓にナイフが突きたてられていたと治安判事は言っていたわ。そんなことをまちがって言うかしら」

「たしかにナイフは胸に突き刺さっていた」マルコが認める。「でも、傷口からはたいして血が出ていなかった。ナイフで刺されたとき、大佐はすでに死んでいたんだろう」

ケイトは驚いた。「それなら、どうしてわざわざわたしのナイフを盗んだりしたのかしら?」

「きみはかごにナイフを置き忘れたんじゃないかな。どうしてきみのナイフが使われたのかは、きみみたいに頭がいい人には一目瞭然だと思うがね」

「でも、どうしてなの?」感覚が麻痺《まひ》したようになり、話すのが難しくなった。「どうしてわたしに殺人の罪をかぶせようとするわけ?」

「いい質問だ。ぼくたちでその質問の答えを突きとめよう」

ぼくたち。そのなにげない言葉が嵐の海に投げこまれた命綱のように思えた。わたしはひとりではないんだわ。

「ありがとう」ケイトは思わず口にした。「白状するけど、あなたが力を貸してくれることになって、とてもありがたく思っているの、ジラデッリ卿。あなたは……とても高潔な人だわ」

マルコが身をよせてくる。彼女はキスされるのではないかと思った。けれども、彼の唇はケイトの唇のすぐそばでとまった。「そんなふうに思うのはやめてくれ。ぼくは高潔なんかではない」マルコの体から土のような香りが漂ってくる。「ぼくは道徳観念など持っていない放蕩者だ。それを忘れるな」

彼女は指先でマルコの頰に触れた。彼がたじろいだような顔をしたが、ケイトは手を引かなかった。「でもね、ヘビさん《イル・セルペンテ》、あなたの牙《きば》は、あなたが思わせたがっているほど鋭くないような気がするの」

「ヘビは本能にしたがって生きる冷血な生き物だ」マルコがかすれた声で言った。「突然襲いかかる」片手で彼女の手を振り払う。「それ以上近づくな、ケイト。ぼくには毒がある」

ケイトは手首をゆっくりとなでた。

「なかに戻って、レディ・シャーロットを部屋に連れていってくれ。少しコンサヴァトリーのなかを調べたい。できれば、ぼくひとりで」マルコは返事を待たずに踵を返し、芝生の上を歩きはじめた。

風に躍っているマルコの髪を見ていると、ケイトはヘビの髪をのたくらせているメドゥーサを思いだした。あの男は危険よ、とまわりの空気がささやいているような気がする。

やがて雲が太陽を覆い、彼の姿は影に包まれて見えなくなった。

19

「いったい全体、こんなところで何をしているんだね？」

コンサヴァトリーの通路にしゃがみこんでいたシャーロットは、はじかれたように立ち上がった。虫めがねを危うく落としそうになる。「まあ、閣下！」彼女は怒りに頬を赤らめて言った。「そんなふうに、こそこそ近づいてくるのはやめてください！」

「ここは私の屋敷なんだ。こそこそ近づくな、などと責められる筋合いはないと思うがね、レディ・フェニモア」クラインが堅苦しく言う。

「そのお屋敷には今や殺人犯がひそんでいるんですよ」シャーロットは指摘した。

公爵は鼻をふくらませて、鋭く息を吸いこんだ。「それならなおさらのこと、安全な自分の部屋におられたほうがいいのではないかな。ひとりで歩きまわって、災いを招くのではなく」

「災いを招く、ですって？　わたしはケイトの無実を示す証拠を探しているだけですわ」

クラインは鼻筋をつまんだ。「するとあなたは……孫娘のしわざではないとお思いなのか？」

「もちろんですとも！　どうしてケイトのしわざだなんてお思いになるんです？」

「大声を出さないで、シャーロット」ケイトは木陰から進みでた。「どうか閣下を責めないでちょうだい。閣下がそう思うのもしかたないわ。わたしのことをよく知らないんだから」

「いったい誰のせいかしら」シャーロットがにらみつけると、クラインは顔をしかめた。

「私は……」公爵は自信なさそうに口ごもったが、シャーロットが眉を動かすと、前に進みでてケイトをぎこちなく抱きしめた。「レディ・フェニモアが私を責めるのももっともだ。何もかも私のせいなんだから」ケイトの髪に向かって言う。「許してくれ、キャサ……ケイト。全部、私が悪いんだ」

ケイトは祖父の腕のなかで身をこわばらせていたが、やがて体の力を抜いた。「いいえ、そんなことはないわ」弱々しく言う。「わたしはこれまで礼儀作法を無視してばかりいた。ひどい話を聞かせることになって、本当に申し訳なく思っているの」

「もっと早く、おまえを人生の荒波から守ってやるべきだったのに、くだらないプライドに邪魔されてできなかった」クラインが後悔に顔を曇らせた。木々のあいだからさしこむ光に照らされて、目のまわりのしわがまるでのみで彫られたかのように深く見える。「おまえが許してくれるなら、今度こそ力になりたい」

いまいましいことに、ケイトの頬を涙が伝った。涙はとめどなく流れ、とめられそうにない。

「もちろんケイトもそう望んでいますわ」ケイトがなおも口がきけずにいるのを見て、シャーロットが言った。「愛をはぐくむのに遅すぎることはありません」きっぱりした口調で続ける。

「最近めっきり涙もろくなってしまって」ケイトははなをすすりながら言った。

「このあたりの植物には当分水をやらなくていいと、庭師に言っておかなくちゃ」

クラインがケイトにハンカチをさしだした――自分の目をそれでぬぐったあとで。

「ありがとう」ケイトはハンカチではなをかんだ。「ごめんなさい。わたしのせいでぐちゃぐちゃになってしまったわ」

「クライン・クロースにあるすべてのリネンを湿らせてくれてかまわない」公爵は声に涙をにじませて言うと、咳払いをして続けた。「その……いつの日か、おまえが私を〝閣下〟以外の呼び方で呼んでくれるのを待っているよ」

「おじい様」そう口に出すのはおかしな感じだが、そのうち慣れるだろう。「ありがとう、おじい様」

公爵の表情がやわらぎ、ぎこちない笑みが浮かぶ。

「感傷的になるのはけっこうだけど、そろそろ終わりにしてもいいかしら」シャーロットが虫めがねを振りまわしながら、きびきびした口調で言った。「わたしたちは殺人事件を解決しなければならないのよ」

「ボウ・ストリートに人をやって、最も優秀な捕り手を雇え――」

「それはだめよ!」ケイトは祖父の言葉をさえぎった。「そんなことをしたら、パンドラの箱を開けることになりかねないわ。昔のことをあれこれ探られたら……」最後まで言わずに言葉を切る。「お願いだから、わたしに事件を解決させてちょうだい」いったん間を置いて、考えをまとめてから続けた。「わたしは無実よ。それを証明する方法がきっとあるはずだわ」

「あなたが心配するのもわかるけど、ひとりで調べてまわるのは危険だわ。評判なんかよりあなたの命のほうが大切よ」シャーロットが言った。「過去のスキャンダルなんて、いくらでものりこえられる」

公爵がうなずく。

「いいえ、あなたにはわからないの。のりこえられないスキャンダルもあるわ。でも、どうしてわたしがそう思うかは、お願いだからきかないで」言わずにおいたほうがいいこともある、とケイトは思った。「危険なのは百も承知よ。だからジラデッリ卿にお手伝いをお願いしたの。真相を明らかにするのに力を貸すと約束してくださったわ」

クラインが鼻を鳴らした。「そう聞いても少しも安心できないな。あの男は酒と女にしか興味がない。どう力になってくれるというのかね?」

「たしかにジラデッリ卿は女たらしの放蕩者よ」ケイトは認めた。「でも、わたしとシャーロットの友人で彼のいとこでもあるアレッサンドラによると、彼は隠しているけれど、どうやら意外な一面があるみたいなの」

「そうみたいね」シャーロットが考えこみながら言う。「彼は政府のために数々の極秘任務についてきたらしいわ」

公爵はなおも納得しかねた顔をしている。「ふむ。すると、自分を愚かなまぬけ者に見せるのがたいそううまいんだな」

「彼はすでに、ゼーリッヒ大佐がわたしのナイフで殺されたのではないことを突きとめたわ」ケイトはそう言ってから、その理由を説明した。

「そんなことに気づくなんて、なかなか鋭いわね」シャーロットが感心したように言う。

「顔がいいだけでなく、ちゃんと脳みそもあるようだな」クラインも認めた。「だからといって、それで犯人の特定に近づいたというわけではないが」

「わたしはまだ現場の調査を終えていないわ」シャーロットは言った。

「調査はもうやめたほうがいいと思うの」ケイトはシャーロットに反論する間を与えずに続けた。「〝料理人が多ければスープはまずくなる〟ということわざがあるでしょう？　みんなで手がかりを探してクライン・クロース内をかぎまわっても、犯人を警戒させるだけだわ。とりあえず今のところは、捜査は治安判事に任せているように見せたほうがいいんじゃないかしら」

シャーロットは顔をしかめたが、公爵はしぶしぶうなずいた。「私もそれが理にかなっていると思う。ベクトンがこの事件を公明正大に処理してくれると信じているわけではないがね」

「ベクトン判事は閣下に恨みを持っているようですね」シャーロットが言った。「普通なら準男爵は公爵にもっと敬意を払うものです。何か心あたりでも？」

「実はあるんだ」クラインは認めた。「一年前、ベクトンが自分の甥《おい》をダービーシャーの私の領地にある教区で聖職につかせてもらえないかと頼んできた。だが、当の若者と実際に会ってその人柄を見たところ、不安な要素がいろいろ出てきて、とうていその職にはつかせられないという結論を出した。ベクトンはそれをずっと恨みに思っていて、この機会に乗じて私に復讐《ふくしゅう》しようとしているのだろう」公爵は片手を顔にあてて、悲しげにため息をついた。「私のごう慢な態度のせいで、またしてもおまえを傷つけることになってしまった」

「おじい様は正しいと思ったことをなさっただけよ」ケイトは言った。

「過去のことを悔やむのはもうやめましょう。昔の過ちも忘れたほうがいいわ」シャーロットが言う。「今この瞬間に注意を向けるべきです。それと未来に」

「賢明な提案だ、レディ・フェニモア」クラインが言った。「図書室に行ってはどうかな？　とりあえず様子を見なければならないなら、時間を有効に使おうではないか。手書きの書物のなかに、きみたちが興味を持ちそうな極東の薬草に関する本を何冊か見つけたんだ」

「ええ、そうしましょう」ケイトは同意したものの、約束を守るつもりはなかった。船に乗って冒険の旅に出てすぐに学んだことのひとつが、自分の面倒は自分で見なければならないということだ。

「先に行っていらして」シャーロットが言った。「すぐに追いつきますから」

ケイトは目を細めた。

「そんなに怖い顔でにらまないで。道具を片づけて、スケッチブックをとってくるだけよ。昨日、ブラサボラノドサのそばの作業台に忘れてきたみたいなの」

「遅くならないでくれたまえ」クラインが警告する。「長く待たされるようなら、私はまたここに来て、あなたを抱いて運びだすからな」

シャーロットは怒ったように短く鼻を鳴らした。公爵に向かって移植ごてを振りたてる。

「まあ、おもしろそうですわ。やってみせていただこうかしら」

ふたりのやりとりを聞いて、ケイトは思わず口もとをほころばせた。おじい様とシャーロット？　なんて奇妙な組みあわせなのかしら。けれども〝罪深き者たち〟のひとりで化学者でもあるキアラがかつて言っていたように、揮発性の高い物質を合わせてそこに熱を加えれば、予想もつかない結果が生じることもある。

「行きましょう、おじい様」ケイトはクラインの袖に触れてうながした。「シャーロットならすぐに来るわ」

公爵は鼻を鳴らしたが、素直にケイトに従った。

ケイトは好奇心に駆られ、たずねずにはいられなかった。「シャーロットをきらっているわけではないわよね？」彼女は思ったままを口にするけど」

「そのようだな」

「おじい様が独立心の強い女性をよく思っていないのはわかっているけれど、シャーロットは強くなるしかなかったのよ。亡くなったご主人は夫婦の財産を使い果たして、莫大な借金を遺したの。屋敷を守るためには、機転をきかせて債権者とやりあうしかなかったのよ」

クラインは眉をひそめた。「レディ・フェニモアを悪く思ったりはしておらんよ。たしかに彼女ははっきりものを言うが、知的な女性であることはまちがいないからな」

「そのとおりよ。シャーロットはとても賢くて、分別のある人だわ」

廊下を照らすぼんやりとした明かりのせいかもしれないが、公爵の頬がうっすらと赤く染まったように見えた。「早くコンサヴァトリーから出てきてくれるといいんだが。あんな人気がない場所にひとり残してきたのが、どうにも気になってならない」

うなじがぞくりとした。祖父の言うとおりだ。ケイトは歩調をゆるめ、肩越しに振り返ってコンサヴァトリーのドアを見た。濃くなりつつある闇のなか、ガラスのドアは黒曜石さながらまっ黒に見える。「ここで待っていたほうがいいかしら？」

公爵が返事をする間もなくドアが開き、シャーロットが急ぎ足で出てきた。

「どうかしたのかね？」クラインがたずねる。

「正直言って、よくわからないんです」シャーロットは奇妙な表情を浮かべていた。「なんでもないかもしれませんが……ニューギニア産の希少な熱帯植物も殺されていたんです」

マルコは両手をガラスに押しあててコンサヴァトリーのなかをのぞきこみ、ランプの明かりがともっていないことを確認した。

「やっといなくなったか」生い茂った木々の向こうに動くものがないのを確かめて、小声で言う。念のためにもうしばらく待ってから、庭に面したドアをそっと開けてなかに入った。

空には薄い雲がかかり、三日月の光をさえぎっている。近くで水が落ちる音がするだけで、広いコンサヴァトリーのなかはまるで墓場のように静まり返っていた。

ぴったりの比喩《ひゆ》だな、とマルコは思った。足音を忍ばせながら苔《こけ》むした通路を歩いていくと、足首にもやがまつわりつき、雰囲気がいっそう不気味になる。銀色に輝く三途《さんず》の川を渡って死者を黄泉《よみ》の国へと運ぶ渡し守カローンが、暗がりから今にもぼんやりと浮かびそうだ。

いいかげんにしろ。マルコは足をとめて自分の位置を確かめた。テラコッタの鉢に植えられているうっそうと茂った熱帯植物が、暗闇のなか、襲いかかってくる。

いや、ただの幻覚だ。想像力の産物にすぎない。それでも一瞬、自分がなぜここにいるのかわからなくなった。

苦境に陥った乙女を助けるため?

どうやら体内コンパスがおかしくなっているようだ。東から西、北から南へと、針が大きく振れている気がする。ケイトならきっと、精巧な道具を使えば磁場を乱せると詳しく説明してくれるだろう。

だが、マルコをどうしようもなく引きつけている力がなんなのか、科学的に説明してもらう必要はなかった。どうやらケイト・ウッドブリッジは体内に強力な磁石を持っているようだ。

引きよせられないように必死で抗っているものの、立っているのがしだいに難しくなってきた。もし……。大きく振れるコンパスの針は、マルコが心の奥深くに閉じこめている思いをあざ笑っているように思えた。決して口に出すつもりはない、ばかげた願いを。

「くそっ」ののしりの言葉はまわりの木々の葉にのみこまれた。マルコは踵を返し、来た道を戻って外側の通路へ向かった。コンサヴァトリーをとり巻く通路を行けば、ゼーリッヒの死体が見つかった場所に出られる。

「殺されていただと?」クラインは言った。「冗談のつもりかもしれないが、少しもおもしろくないぞ、レディ・フェニモア」

「冗談なんかじゃありませんわ」シャーロットが顔をしかめる。「見あたらないので探してみたら、根もとからばっさり切られていたんです」

「見まちがいではないのか。植物が枯れたり、だめになったりしたら、庭師が必ず報告してくれる。それが希少な種であればなおさらだ」

「まちがいありません」シャーロットは言い募った。「実を言うと、ケイトとふたりで昨日調べたばかりなんです。なんの問題もなく育っていましたわ」

「あの毒草がなくなったと言っているの?」ケイトはたずねた。

シャーロットがうなずく。

ケイトは思わず悪態をついてしまい、祖父に謝罪した。「汚い言葉を使ってごめんなさい。でも、あれはめずらしいだけでなく、とても毒素の強い、危険な植物なの」

「そうなのか？」クラインが低い声できく。

「ええ」ケイトは答えた。「あまり知られていないんだけれど、莢《さや》からとった豆をアルコールを含む液体に入れて煮つめると、とても毒性の高い蜜ができるの。ニューギニアの原住民は発酵させたココナツミルクを使うんだけど、ブランデーやポートワインでも可能よ」無意識のうちに体がふるえだす。「矢尻に塗る毒として使われていて、とても殺傷力が強いの。口から摂取してもなんの問題もないけれど、それが塗られた刃物でちょっと突かれたり切りつけられたりしただけで、一分もしないうちに死んでしまうこともあるわ。しかもなんの痕跡《こんせき》も残らない……被害者は心臓発作で死んだように見えるから」

公爵の顔はすっかり青ざめていた。「でも、そんなことを知っているのは植物学に詳しい者だけなんだろう？」ゆっくりと言う。

シャーロットが物思わしげに言った。「ゼーリッヒ大佐は植物にたいそう興味をお持ちだったわね」

「まさか、大佐が自ら命を絶ったと言っているんじゃないわよね？」ケイトは言った。思いのほか声が鋭くなる。

「ええ、でも……」シャーロットはかぶりを振った。「どう考えたらいいのかわからないの。

単なる奇妙な偶然だといいけれど」

　奇妙どころではないわ、とケイトは思った。なんだか不吉な感じがする。とはいうものの、めずらしい植物がなくなったことが大佐の死にどうかかわってくるのか、どうしてもわからなかった。こめかみがずきずきしてきたのを感じながら、彼女は壁の燭台に立てられたろうそくの明かりから目をそむけた。

「正直に言って、なんだか不吉な感じがするわ。まだそれほど大きく育っていなかったから豆もたいしてついていなかったけど、少量の毒をとれるぐらいはあったもの」

　三人はその場に立ったまま黙りこんだ。しばらくして、ようやくクラインが口を開いた。

「やはりボウ・ストリートに人をやって、捕り手をよこしてもらったほうがいいのでは？」

「それだけはやめてちょうだい、おじい様。さっきも言ったけど、そんなことをしたらますますやっかいなことに……」ドレスの裾がひるがえるのが視界に入り、ケイトは言葉を切った。

「そこにいるのは誰なの？」そう問いかける。

「まあ、どうかお許しくださいな！　お邪魔するつもりはなかったんです」レディ・ダクスベリが暗がりから歩みでた。ぎこちない沈黙のなか、衣ずれの音が響く。「ちょっと新鮮な空気が吸いたくなったものですから。ここならどなたのお邪魔にもならないと思ったんです」

「私どもも同じです」クラインがそっけなく言った。「許すも許さないもありませんよ。お客様には部屋にとらわれた囚人のような思いをさせたくない」

「まったく恐ろしいことが起こりましたわね。さぞかし気が動転しておいででしょう」同情するような口ぶりだったが、ケイトはレディ・ダクスベリの目が意地悪そうに光ったような気がした。「治安判事が一刻も早く犯人をつかまえてくれるといいのですが」

「まったくですな」クラインは言った。

「それでは、これ以上お邪魔するのもなんですから」レディ・ダクスベリはえくぼを見せて言うと、くるりと向きを変えて、来た道を戻っていった。

足音が遠ざかるのを聞きながら、シャーロットが唇をすぼめて言った。「まったく、何をたくらんでいるのやら」

「というと?」クラインがたずねる。

「レディ・ダクスベリはわざとことを荒だてて楽しもうとしているように見えますわ」

廊下は先ほどより冷えてきたように思えた。ケイトは両腕をさすって、不安をぬぐい去ろうとした。「だとしても、心配はいらないわ。わたしが見るかぎり、レディ・ダクスベリはうわさをたてたり、魅力的な殿方といちゃついたりすることにしか興味がないみたいだから」

「レディ・ダクスベリのお兄さんは、あなたの好ましくない過去についてみんなの前で披露したのよ」シャーロットが指摘する。「どうしてあんなに詳しく知っていたのかしら?」

本当にどうしてだろう? ケイトもそう思ったが、肩をすくめてシャーロットの言葉をやりすごした。「でも今は、レディ・ダクスベリのことなんてどうでもいいわ」

クラインが足もとに危険がひそんでいるかのように、落ち着きなく足を踏み替えた。「どうやらクライン・クロースは毒ヘビの巣になってしまったようだな」

ケイトの全身に鳥肌がたった。

「とにかく図書室へ行くとしよう」ケイトとシャーロットが黙っているのを見て、クラインは続けた。「本を見たいのはもちろんだが、ブランデーも飲みたくなった」

「シェリー酒をいただけたらうれしいわ」シャーロットも言う。

「図書室にはおふたりでいらして」ケイトは言った。すぐにマルコを見つけて、なくなった毒草のことを話さなければならないと思ったのだ。「頭痛がしてきたの。今夜はもう休んだほうがよさそうだわ」

「じゃあ、部屋までわたしも一緒に――」シャーロットが言いかける。

「いいえ、大丈夫だから。できれば、ひとりになりたいの」

シャーロットは不服そうな顔をしたが、結局はうなずいた。「わかったわ。あなたが大丈夫だと言うなら……」

「ええ、大丈夫よ。じゃあ、また明日」ケイトは祖父の腕をそっとつかんでから放すと、廊下を歩きはじめた。屋敷のほかの部分を通ってコンサヴァトリーに戻るつもりだった。

毒草がなくなったことを一刻も早くマルコに知らせなければならないからよ。ケイトはそう自分に言い訳したが、胸の鼓動が速くなっているのはそうした義務感とはまったく別の理由からであることに気づいていた。少しのあいだでもかまわないから、マルコと一緒にいたかった。彼の手で触れられ、笑みを向けられたい。いいえ、皮肉っぽいからかいの言葉をかけられるだけでもいい。そうすれば、長くて暗い夜を落ち着いた気持ちで過ごせるような気がした。

まったく、これではまるで小説のなかのいくじのないヒロインそのものだわ。おとぎ話の王子様を夢見るおめでたい女学生と同じじゃない。

廊下を曲がると、アーチ形の窓ガラスに、苦笑する自分の顔が映った。ケイトは立ちどまって目を閉じ、冷たい窓ガラスに額を押しあてた。そうすれば子どもじみた考えを頭のなかから追い払えるのではないかと思いながら。少しして、本当のケイト・ウッドブリッジを見ようと目を開ける。

けれども息で曇ったガラス越しに見えたのは、ぼんやりした自分の姿ではなかった。すばやく袖で曇りをぬぐうと、湖に続く小道を誰かが駆けていくのが見えた。

ケイトはためらうことなくドアの掛け金を開けて、夜の闇のなかに進みでた。

20

マルコはコンサヴァトリーの通路をガラスの壁に沿って進んだ。動くものはないかと目を配り、異常がないことを確認して、分厚いガラス越しに外を見る。外にはバラがからまった格子状の木製フェンス《トレリス》が立っていた。とげのある蔓《つる》がからみつき、ペンキを塗られた木枠がほとんど見えなくなっている。そよ風が葉をゆらし、淡い色の花びらを散らしていた。

ふたたび歩きはじめようとしたちょうどそのとき、トレリスの向こう側でなにかが動くのに気づいた。身をこわばらせて待っていると、人影が現れた。

実に興味深い。

こんな夜遅くに屋敷の外をうろつくなんて、いったいケイトは何をしているんだ？　次の犠牲者を探しているのか？　いや、彼女は殺人犯ではない。でも、そうなると……。

秘密の恋人に会いに行こうとしているとしか思えない。

恋人。マルコは心のなかで繰り返した。ナポリの売春宿や人気のないコンサヴァトリーででくわしたことを考えれば、ケイトが上流社会のルールを無視していることはまちがいない。それに、なんといっても、彼女はぼくに助けてもらう代償として、いとも簡単に自らの体をさしだしたのだ。

だが、ケイトがいくら虚勢を張ってみせても、男性経験が豊富でないのは明らかだった。だからといって、貞節を奪うのに時間や手間が必要なわけでもないが、と皮肉っぽく考える。ただ、身を引いては深く突き入れるだけなら……。

マルコは音をたてないようドアを閉め、やわらかな芝生の上にそっと足を踏みだした。生け垣の陰に身をひそめながら、ケイトに遅れまいと歩調を速める。もちろん、彼女が恋人のもとへ向かっているのだとしても、自分にはなんの関係もないことだ。ケイトの私生活や秘密の思いを暴くことは取り引きの条件には含まれていない。にもかかわらず、目に見えない磁力がマルコを引きつけていた。

両手を拳にしたのは単にバランスをとるためで、ケイトに触れようとする男を殴りつけてやりたいからではない。マルコはそう自分に言い聞かせ、手の力を抜きながら、芝生からオークの森へ入った。まわりには木々がうっそうと茂っている。逢引にはもってこいの場所だ。

くそっ。マルコは自分が嫉妬《しっと》していることに驚いていた。ケイトが恋人を持つのは自由だ。男の口に舌をさし入れ、ドレスの裾をたくし上げて形のいい太ももを開き、その奥をさわらせるのも……。

枝が折れる音がした。誤って踏んでしまったのだ。

前方で、ケイトが節くれだった木の陰に身をひそめた。

マルコは野バラの茂みの後ろに隠れた。そこから見ると、自分とケイトの前にもうひとり人がいるのがわかった。女性で、足音を気にすることもなく砂利敷きの小道を歩き、湖を望む小さな広場へ向かっている。女性があたりを見まわすと、星明かりがなめらかな湖面に反射して、その顔を照らした。

マルコは一瞬ためらってから、行動に出た。

「うっ!」

すばやくケイトの口をふさいで、驚きの声を封じこめる。「しいっ、静かに」押し殺した声で言いながら、彼女の体を木の幹に押しつけた。

ケイトがうなずくのを見て、マルコは彼女の口からゆっくりと手を離した。

「こんなところで何をしているの?」彼女がささやき声できく。

「それはこっちのせりふだ」

ケイトはマルコに押さえつけられたままで身をよじり、先ほどの女性の姿を視界にとらえようとした。「見ればわかるでしょう。レディ・ダクスベリがこんな時間に、こそこそ動きまわっている理由を突きとめようとしているの」

「レディ・ダクスベリの評判を考えれば明らかだと思うが」マルコは言った。「おおかた、ここで誰かといちゃつくために来たんだろう」

レディ・ダクスベリが小さな円を描いて歩きはじめた。

「それならベッドのほうがはるかに快適よ」ケイトが小声で言う。「それに便利だわ」

「寝室の外で愛を交わすのを好む女性もいる」マルコの股間は彼女のヒップに押しつけられていた。思いがけなく嫉妬を覚えたせいで欲望が刺激され、丸みを帯びたヒップのやわらかな感触が強く意識される。「変わった場所のほうが興奮するんだ」

「教えてくれてありがとう。でも好色な行為について知りたければ、カサノヴァの回想録を読むわ」ケイトのかすれたささやきには皮肉がにじんでいたが、身をこわばらせて小さくふるえていることから、マルコと密接に触れあっているせいで動揺しているのがわかった。

「あれはやたら長いばかりでつまらない本だぞ」マルコは彼女の背骨に沿って両手をゆっくり下にすべらせ、腰でとめた。ドレス越しに熱が伝わってくる。ケイトも興奮しているのだ。

「男の誘惑のしかたなら、ぼくがいくらでも教えてやる」

「や……やめてちょうだい」彼女はかすかにふるえる声で言った。「気が……散るわ」

マルコがすばやく目をやると、レディ・ダクスベリはまだひとりでいた。

「しかたないよ、ケイト」マルコはケイトのうなじに鼻を押しつけて、香水の甘い香りをかいだ。その香りはすでにマルコの意識のなかに入りこみ、彼の一部になっているような気がした。

「ぼくもきみのせいで、おおいに気を散らされているんだから」

マルコがケイトをいっそう近くに抱きよせると、彼女は小さくあえいだ。「それはわたしのせいじゃないわ。たぶんシルクとサテンのせいよ」口ごもりながら言う。「ドレスさえ着ていたら、たとえそれが流し台でもあなたはきっと口説くにちがいないわ」

「たしかにぼくは女性が好きだ。でも、きみは特別なんだよ」彼は言った。「きっとぼくは魔法にかけられているんだろう。きみは――」

「黙って!」

砂利敷きの小道を歩いてくる足音が聞こえてくる。マルコは口をつぐんだ。自然と五感がとぎ澄まされる。任務にあたるときはつねにそうなるのだ。興奮がこみ上げ、血が沸きたつ。彼の前でケイトが身をこわばらせた。彼女もマルコと同じように、戦闘に備えているのだろう。

枝が鳴る音がして、シダの茂みの陰から男が現れた。黒くて丈の長い上着を着て、襟をたて、つばの広い帽子で顔を隠している。

「くそっ」押し殺した声でマルコはつぶやいた。レディ・ダクスベリが男に気づいて大声をあげたが、声を落とすように身ぶりで命じられた。「話の内容までは聞きとれそうにないな」

「もっと近づけば聞こえるかも」ケイトが自由になろうと身をよじりながら言った。

マルコは彼女の体を木に押しつけたまま言った。「いや、そんなことをしたら見つかってしまう」首をのばして、男の顔を見ようとする。

次の瞬間、男がふたりに背を向け、ケイトは低く悪態をついた。「誰だかわかった?」

「いや」

レディ・ダクスベリは動揺しているように見えた。両手を振り上げて後ろに一歩さがり、首を左右に振る。

痴話げんかだろうか？

何を話していたにしろ、話はすぐに終わった。男はレディ・ダクスベリにキスをして落ち着かせると、早口で何か言い、屋敷に戻るよう身ぶりで示した。レディ・ダクスベリは戻りたくなさそうにしていたが、男に軽く体を押されると、ドレスをつかんで、最後にもう一度男を見てから小道をのぼりはじめた。

男は広場の端に立っていたが、レディ・ダクスベリの足音が聞こえなくなると、来た道を引き返していった。その途中で石を乱暴に蹴とばして、湖に落とした。銀色に輝く鏡のように穏やかな湖面にしぶきが上がり、黒いさざ波が広がった。

「正体不明の恋人はロマンティックな逢引のために来たわけではないようね」ケイトが声をひそめて言った。「誰だと思う？」

「わからない」マルコはクラヴァットをほどき、白いリネンのシャツの襟を折った。「でも、突きとめてみせる」

「わたしも行くわ」

彼はケイトを自分のほうに向かせて木に押しつけた。「ばかなことを言うな」荒々しい口調で言う。「きみが来ても邪魔になるだけだ」

「わたしは男の人と同じように、夜の闇のなかをこっそり動きまわることができるわ」彼女はマルコに思いださせた。「いいえ、男の人よりうまいかもしれない」

「言い争っている暇はないんだ」

「お願いよ」ケイトの目が月明かりに照らされ、その表情が露わになる。

彼は必死の思いで目をそらした。「まったく、女ってやつは！」歯をくいしばるようにして言った。「泣いたりしたら湖にほうりこむぞ」

「わたしは泳ぎもうまいのよ」彼女が言い返す。

マルコは危うく笑い声をあげそうになった。ケイトのように恐れを知らない女性は初めてだ。彼女の勇気には感嘆させられるが、同時にぞっとさせられる。自分のような、ろくでなしの放蕩者が命を危険にさらすのとはわけがちがうのだ。ケイトが自らの命も顧みず正体不明の男に突撃するかもしれないと思うと、彼女をこのままずっと腕のなかに抱いていたくなった。

「危険すぎる」マルコは反対した。

「わたしはこれまでの人生のほとんどを、危険と向かいあって過ごしてきたのよ」ケイトは穏やかな口調で言った。「それに、殺人犯の汚名を着せられそうになっているのはわたしなの。人任せにするわけにはいかないわ」

だめだ。彼女の言いなりになってはならない、と理性の声が警告する。

「お願いよ」ケイトが繰り返す。

でも、これまで理性の声にしたがったことがあるだろうか?

「ぼくに紳士的なふるまいを期待するなよ。もし危険な状況になったら、自分の身だけを守ろうとするかもしれない」

ケイトはショールをきつく体に巻きつけた。「べつにかまわないわ。自分の身は自分で守れるもの」


「足をかける場所に気をつけて」地所をとり囲む塀の上からマルコのささやき声が聞こえてくる。「石がゆるんでいるところがあるから」

ケイトは塀の割れ目にかけた手に力をこめて、難なく塀をのぼった。

「もう少し静かにのぼれないのか」彼がうなるように言う。「軽騎兵が門に突撃しているような音がしているぞ」

「ドレスが邪魔になって」くいしばった歯のあいだから言葉を押しだすようにして言う。「あなたが足首にドレスをまつわりつかせたままでもこれだけ高い塀をのぼることができるかどうか、見てみたいものだわ」

「そんなことならとっくに経験ずみだ」マルコはケイトの手をとって、自分のかたわらに引き上げた。「それも何度もね」

「詳しいことをきくのはやめておくわ」ケイトはそう応じたが、本当はききたかった。マルコの過去について、ますます知りたくなっている。女と酒が好きな放蕩者という鎧は、本物の肌よりも彼にしっくりなじんでいるようだ。だが、その鎧の下に傷つきやすい心が隠されている——もしくは抑えこまれている——のかどうかという点については、まだよくわからなかった。

「きくべきだよ」マルコが言い返す。「途方もない話だから」

「あなたにまつわる話はどれも途方もないわ」ケイトは彼のからかうような目を見つめ返した。

「それとも、あなたがそう思わせてきただけかしら」

「想像をたくましくするのはやめたほうがいいぞ。女というのは男はヒーローだと思いたがるが、ぼくは見たままの男だ」

「わたしが何を望んでいるか、あなたにはわかりっこないわ」ケイトは低い声で言った。どうしてわかるはずがあるだろう？　自分でもよくわからないというのに。

「とりあえず今は、今夜ぼくたちがへまをしないことを望んでいてほしいな」マルコは彼女の目から目をそらした。「もう行けるか？」

「あなたが先に行ってちょうだい」

マルコは腹這いになり、幅のせまい塀の上を進みはじめた。

ケイトは彼のあとをついていきながら、暗がりに目を凝らした。生い茂ったツゲの生け垣の向こうにタッパンの屋敷が建っている。あまり立派な建物には見えなかった。その輪郭や玄関は闇に沈んでいたが、下の階の窓のひとつから明かりがもれていた。塀は裏庭に沿って立っていて、かたわらには背の高いネズの木がずらりと並んでいる。マルコはその茂みの陰に軽やかに飛びおり、ケイトもそれに続いた。裏庭はあまり手入れがされていないらしい。木々の根もとには雑草がはびこり、芝生も長いあいだ刈られていないようだ。

「外務省はもっと手当てをはずむべきよ」彼女は小声で言った。

「そうだな。あるいは、タッパン卿が金のかかる自分の欲求をもう少し抑えるべきか」

「あなたがそんなことを言うなんて」

「ぼくには悪徳にふけるだけの金がある」マルコはにこりともせずに言った。「だが、男爵はそうではないようだ」あたりをすばやく見まわす。「この前ここに来たときには、表の庭しか見なかった。そこはよく手入れされていたんだが」

「タッパン卿はほかにどんなことを隠しているのかしら？」ケイトは考えこみながら言った。

「じきにわかる」マルコが彼女のドレスを見おろした。「ここで待っていろと言っても、どうせ聞いてもらえないんだろうな。その格好で走ったら、転んでしまうかもしれないぞ」

ケイトはドレスの裾をめくって、脚につけていた小さな鞘からナイフを抜くと、すばやく手を動かして、ふくらはぎのまんなかあたりでドレスを切りとった。「これでいいかしら？」そう言いながら、切りとった布地を木の枝の下に押しこむ。

「もう数十センチ短くしてもらったほうがよかったな」マルコはさらりと答えた。「出歩くときはつねに武装しているのかい？」

「いつ自分の身を守らなければならなくなるかわからないでしょう」

「今夜はそんなことにならないように祈るとしよう。死体はひとつでじゅうぶんだ」

ケイトは思わずたじろいだが、ありがたいことにマルコは気づいていないようだった。

「とりあえずナイフは、ぼくにあずからせてくれないか？」

自分でも驚いたことに、彼女はすなおにナイフをさしだしていた。「タッパン卿はどうして、今朝ウィーンに発たなければならなくなったと嘘をついたのかしら？　レディ・ダクスベリとそういう仲なら、クライン・クロースで逢引するほうがはるかに簡単なのに」

マルコは答えなかった。

わからないことだらけだわ。ケイトは軽いめまいを感じた。頭のなかが混乱して、霧がたちこめたようになる。顔のすぐそばにマルコの襟もとがあり、息を吸うたびに男らしい麝香《じゃこう》の香りが肺を満たした。引きしまった筋肉からたちのぼる熱のせいで、めまいがいっそうひどくなる。マルコが肩を動かし、それと同時に彼の仮面がはぎとられたことに気づいた。ものぐさな放蕩者からしなやかな筋肉を持つ狩人《かりゅうど》に変わり、獲物の急所をねらって身がまえている。

ケイトは喉が締めつけられるのを感じながら、あえぎ声をのみこんだ。

マルコがわずかに向きを変えた。顔に影が落ち、どことなく恐ろしげな表情になる。けれども、彼を恐れることはないと彼女にはわかっていた。

「ぼくが合図するまでここにいるんだ」マルコは身をかがめて猫のように敏捷な動きですばや

く芝生を横切ると、窓からなかをのぞいた。

ケイトも半分閉められたカーテンのあいだから室内の様子を見ようと目を凝らしたが、家具か何かがぼんやりと見えるだけだった。屋敷はいっそう不気味に見えた。暗闇があたりに重くのしかかり、湿った地面からひんやりとした空気がむきだしの足首にのぼってくる。人気のない暗闇にとり残されるのはごめんだと彼女は思った。

ナイフの刃がきらりと光った。マルコがまたナイフを振る前に、ケイトは芝生を駆け抜けて彼のもとへ行った。

彼は唇に人さし指をあてて首をかしげ、耳を澄ました。話し声が彼女にも聞こえたが、窓が閉まっていたので、その内容まではわからなかった。

なんてこと。ケイトは声に出さずに言った。

マルコはナイフをもう片方の手に持ち替えて、木の窓枠と窓ガラスのあいだにその先端をこじ入れると、たくみに手を動かして窓をほんの少し開けた。

「……面倒なことはごめんですよ、タッパン卿」なまりの強い、かすれた声がした。ロシア人？　プロイセン人？　それともハンガリー人かしら？　ケイトにはわからなかった。「殺人は予定にはなかった」

「まあ、そうおっしゃるな。ときに臨機応変な対応が求められることは、外交官なら誰もが知っているではないか」

グラスが鳴り、液体がはねる音がした。

「あなたは冷酷な方だ」正体不明の男が言った。

「それはあなたも同じでしょう」タッパンが落ち着いた口調で言い返す。「そうでなければ、私の提案した取り引きに興味を持たれるはずがない」

耳ざわりな笑い声が窓ガラスをゆらした。「これは一本とられましたな」

ケイトは両手を握りしめて、てのひらの刺すような痛みをしずめようとした。遺体安置所に横たえられているゼーリッヒのことを思うと、ガラス窓を粉々に割ってやりたくなる。

マルコが足で彼女のひざにそっと触れて、警告するように首を横に振った。ケイトは彼の顔を見ながら目をしばたたいた。涙が怒りに変わっていくのがわかった。

「好奇心からおたずねしますが、どうして大佐を殺さなければならなかったのですか？」正体不明の男がたずねた。

「大佐は都合の悪いときに、都合の悪い場所にいただけです」タッパンが説明する。「彼は壊れた掛け金を直しにコンサヴァトリーに来ました。なにごとにも徹底しているプロイセン人の彼は、引き上げる前に、何か異常がないか、なかを確かめようとしたんです。私はうまく隠れていたが、草を掘り返した跡に気づかれてしまいましてね。大佐は植物に詳しかったから、どの植物がなくなっているか気づいて、すぐに公爵に知らせるのではないかと思ったんですよ」

「大佐を殺すのに、公爵の孫娘のナイフを使ったのは賢明でしたな」正体不明の男が言った。

「どうやって手に入れたんです?」

「ナイフで殺したわけではありませんよ」タッパンがとり澄まして言った。「ゼーリッヒがかがんで地面を調べているあいだに、後ろから忍びよって、金槌《かなづち》で殴ったんです――あくまでも気絶させるのがねらいで、頭蓋骨を割るつもりはなかった。それから頸動脈《けいどうみゃく》を押さえて息の根をとめたんですよ。争った形跡をいっさい残さずに」

大佐を殺害した状況をタッパンが冷静に話すのを聞いて、ケイトは吐き気に襲われた。まるで朝食に食べたものや、自分の従者が考えだした靴の磨き方を説明しているような口ぶりだ。

「ここからが、われながら賢かった」タッパンが続ける。「作業台の下にあったかごのなかにミス・ウッドブリッジのナイフがあるのに気づいたんです。きっと忘れていったんでしょう。私は普段からまわりの人々に関して、のちのち役にたちそうな情報を集めていましてね。公爵のお屋敷にうかがうことになってから、ミス・ウッドブリッジのことを調べて、その両親に関する興味深い情報を手に入れたんです。だから、植物からみんなの注意をそらすにはミス・ウッドブリッジのナイフを使うのがいちばんだと思ったんですよ」

タッパンはそこでいったん言葉を切った。火打ち石がすられる音がして、葉巻の煙がたちのぼるのが見えた。「ゼーリッヒ大佐の胸にナイフを突き刺すのは簡単でした。まわりの植物の位置を変えたり土をよせたりして穴を埋めるのもね。ミス・ウッドブリッジに疑いが向くように、彼女の過去に関する話をレディ・ダクスベリに話し、レディ・ダクスベリがそれを兄に話したんです」

「レディ・ダクスベリは今回の件にどうかかわっているんです?」正体不明の男がきく。「私の情報源によると、彼女はあなたの愛人だということですが」

男がタッパンにゆさぶりをかけようとして言ったのかどうかはわからないが、男爵は笑い声をあげただけだった。「ええ、まあ。レディ・ダクスベリとは、数週間前にそういう仲になりました。そうしておけばパーティのときに何かと便利だろうと思いましてね。そう難しいことではありません。あの女は相手がその気になりさえすれば、どんな男とでも寝ますから」タッパンはふうっと音をたてて煙を吐きだした。刺激的な葉巻の味を楽しむとともに、自らの抜け目のなさに悦に入っているらしい。

「レディ・ダクスベリが今回の件にどうかかわっているのか、ですが」タッパンは続けた。「彼女はうわさ話を仕入れてきてくれますし、私が客室に忍びこんで外国人から口どめ料を引きだすのに使える文書を探すあいだ、客たちに目を光らせていてくれる。でも、それだけです。彼女はゲームを楽しみ、ちょっとしたしたこづかい稼ぎをしている。ゼーリッヒ殺しに私がかかわっているとは夢にも思っていませんよ」

「まちがいありませんね?」正体不明の男が気づかわしげな声で言った。「私たちの取り引きのことは口外しないとあなたは約束した。ウィーンで起こることに私がかかわっているのが公になっては困るんです」

「信じてください。秘密は守りますから」タッパンが応じる。

長い沈黙がおりた。「毒は抽出したんですね?」

「ええ」タッパンは言った。「以前にも言ったとおり、あなたの目的をかなえるのに申し分のない毒です。毒を入れたガラス瓶を運ぶための革のケースも用意しました。ガラス瓶はまずセーム革に包んで――」

前庭から聞こえてくるけたたましい吠《ほ》え声が、男爵の言葉をさえぎった。

「いったいなにごとです?」正体不明の男が言う。寄木細工の床を歩き、窓を大きく開ける。男が顔を引っこめる前に、ケイトはすばやくその顔を見た。

「なんでもありませんよ」タッパンが請けあう。その声はケイトが不安になるほど近くから聞こえた。「用心のために敷地内を見張らせているんですが、念のために私も外に出て、異常がないかどうか確かめてきましょう」

「くそっ《ディアヴォロ》」犬がまた吠えるのを聞いて、マルコが低く悪態をついた。

「見て」ケイトは厩舎に続く小道を指さした。銃を持った男が大きなマスチフ犬をおとなしくさせようとしている。

マルコは彼女の手を引っぱって立たせると、小声で言った。「こっちだ。走るぞ」

21

マルコは生け垣のとぎれたところから反対側に出た。

「クライン・クロースは逆よ」ケイトが険しい声で言った。

「武装した見張りと狂暴そうな犬もそっちにいる」マルコはこたえた。「それに、見張りや犬はもっといるかもしれない。つかまるわけにはいかないんだ。なんとしても逃げないと」

「いったいどこへ――」

「ぼくを信じろ」

ケイトはそれ以上何も言わずに足を速め、彼が大きな石の壺のまわりをまわって駆けだすと、たしかな足どりでついてきた。

マルコは肩越しに振り返って彼女を見た。泣いていないし、気絶しそうな気配もない。ケイト・ウッドブリッジは内心の恐怖などみじんも感じさせない冒険家の顔になっていた。彼女の手を握る手に力をこめる。そのほっそりした感触に、後悔の念がこみ上げてきた。連れてくるべきではなかった。軽率にも、またしても危険を軽く見てしまったのだ。

過去の亡霊が追いかけてくる。果たして亡霊から逃げきれる日が来るのだろうか？

マルコは最後の坂を駆けのぼり、立ち並ぶ木々の奥に入った。葉のあいだからさしこむ月の光に照らされて、数本の大理石の柱が青白く浮かび上がっている。

「いったいこれはなんなの？」ケイトが窓のない建物の前で足をとめてたずねた。

「ぼくたちの聖域だ」マルコはわずかに息を切らして言った。「少なくとも、そうであることを願うよ」ナイフの刃の先端を鉄の鍵穴にさしこんで、なかの金具を動かす。「追っ手は？」

ケイトはドレスをたくし上げて柱に抱きつくと、上までのぼった。「わきのテラスを調べているわ」低い声で言う。「マスチフ犬はそれほど鼻がきくほうではないの。運がよければ、においをたどってこられずにすむかもしれない」

「用心するに越したことはない」マルコはナイフをさらに奥にさしこんだ。かちりという音とともに鍵が開いた。「なかに入ろう……急ぐんだ」

ケイトは勢いをつけて柱から飛びおり、ドアの上の屋根からつりさがる、ランプ用の鉄の輪をつかんだ。

「サーカスで軽業師でもしていたことがあるのか？」マルコはそうたずねて、彼女がかたわらの地面に軽やかに飛びおりるのを見守った。

「いいえ、船上の小猿だったの」ケイトが答えた。「幼いころからマストやロープにのぼっていたのよ」

「どちらにしても、今日のところはもう芸当を見せてもらう必要はない。ここに身を隠そう」

マルコはドアを閉め、もとどおりに鍵をかけた。「追われていないことがはっきりするまで、静かにしているんだ。楽にするといい。長くかかるかもしれないから」

薄暗い室内に目が慣れると、ケイトは大きく目を見開いた。「まあ《マイ》、なんてこと《ゴッド》」

「きみは恋愛の神エロスを信奉しているのか？」

「酒と多産の神ディオニソスかもしれないわよ」ケイトは、屹立したものを露わにして革袋の酒をがぶ飲みする半人半獣のサテュロスの像のまわりをゆっくりとまわった。「なんて……」

「〝罪深い〟？　それとも〝衝撃的〟かな？」

「とてもひとつの言葉では表せないわ」彼女は謎めかして言った。「ここには前にも来たことがあるの？」

「きみとレディ・フェニモアのために植物学の本をとりに来たときに、タッパン卿に連れてこられたんだ。彼の祖父がこれらの像をトルコの将軍から買い求め、ひそやかな楽しみにふける場所としてここを建てたそうだ。タッパン卿の祖父は礼儀作法の権化のように思われていたらしいが、ときにはここでみだらな空想にふけっていたんだな」

「つまりタッパン卿の家族にも、隠しておきたいスキャンダラスな秘密があったわけね」ケイトは裸の体にヘビをからませている女性の像の前で足をとめ、なめらかな大理石をなでた。

もしかすると光のかげんのせいかもしれないが、彼女の手はふるえているように見えた。

マルコは後ろからケイトに近づいて、その両腕をつかんだ。やわらかな生地越しに、肌が石のように冷たくなっているのが感じられる。

「ふるえているじゃないか」彼は言った。「ほら、ぼくの上着をはおるといい」肩をゆすって上着を脱ぎ、ケイトに着せかける。

「ありがとう《グラッツィエ》」

「どういたしまして《プレーゴ》」ケイトの髪は乱れ、風に吹かれてもつれた巻き毛が肩にかかっていた。マルコはその髪をわきにのけ、彼女のうなじに唇を押しあてた。「すまないと思っている」

ケイトは首筋をこわばらせて、ごくりと息をのんだ。「何を?」

「その……いろんなことを。でも、いちばんすまないと思っているのは、きみを危険な目にあわせてしまっていることだ。こうなることは予期できたはずなのに」

マルコの腕のなかで彼女はくるりと振り返った。唇がかすかにふるえているほかは、なんの感情も表れていない。「自分で決めたことには自分で責任を負うわ」金色に輝くまつげを上げて続ける。「それに、あなたには良心なんてないと思っていたけど」

「ああ、ないよ。ぼくは道徳観念のないごろつきだ」彼はケイトを彫像の前に追いつめた。

「よこしまなろくでなしだよ」

「冷酷な放蕩者なのよね?」

彼女がマルコの首に両腕をまわす。やわらかな肌に触れられて、彼の首筋が大きく脈打ちはじめた。マルコ自身の汗のにおいにまじって、ケイトの甘い香りが漂ってくる。

「ああ。最悪のろくでなしだ」彼はかすれた声で言った。

彼女の胸がマルコの胸板をかすめる。

「そうわたしに思わせようとしているの？　それとも、あなた自身がそう思いこもうとしているのかしら？」

マルコはうなり声が出そうになるのを、歯をくいしばってこらえた。「わからないのか？　きみは危険なゲームをしているんだぞ、ケイト」

ケイトの肩から上着がはらりと落ちた。

「危険なゲームをするのはこれが初めてではないわ。もうずっと前からしているから、やり方を体で覚えてしまっているぐらいよ」彼女はあざけるような笑みを浮かべたが、目は笑っていなかった。アクアマリン色の瞳の奥に、読みとりがたい感情が宿っているのが見える。

マルコは顔を近づけた。ケイトはすぐに目をそらしたが、彼女が必死に隠そうとしている傷つきやすい心が垣間見えたような気がした。彼はケイトのあごをつかみ、やわらかな肌に指を押しあてた。指にふるえが伝わってくる。

「ケイト」そうささやいて、彼女の顔を両手でゆっくりと包む。マルコの日に焼けた肌とは対照的に、ケイトの顔は青白く、はかなげに見えた。今にも粉々になってしまうのではないかと心配になる。「ぼくの前で強がる必要はない。本当のきみでいればいいいんだ」

ケイトのまつげに涙が光ったが、彼女はまばたきをしてそれを振り払った。「本当のわたし？」彼の言葉を繰り返す。「本当のケイト・ウッドブリッジがどれだけよこしまな人間か、あなたは知らないのよ」

いったい自分に何が起こったのか、ケイトにはわからなかった。まるで船の上から荒れ狂う海にほうりだされたみたいだ。溺れないためには何か強くて頑丈なものにしがみつくしかない。

彼女はマルコの肩に手をすべらせ、引きしまった筋肉の感触を味わった。まわりに立つ石の彫像とちがい、彼の肌は熱く脈打っている。ブランデーの香りが残る息がケイトの頬をほてらせ、たくましい胸からたちのぼる熱気が、ふたりのあいだに漂う湿った空気を乾かしていく。

「いや、きみはよこしまな人間なんかじゃない、ケイト。ぼくはこれまでによこしまな人間を数多く見てきたから、顔を見ればわかる。きみはそうした人間とは似ても似つかない」

「それはあなたの思いちがいよ」ケイトはつぶやいた。タッパンが人を殺したことを気安く話すのを聞いて、すっかり動揺していた。大佐の命の炎は、まるでろうそくの炎程度の価値しかないように、あっさり吹き消されたのだ。そのことを知った衝撃で、罪の記憶がよみがえった。過去に葬り去ったつもりでいたのに。いいえ、そうした過去の亡霊は決して葬り去られることはないのかもしれない。

「わたしは……人を殺したの」言葉が口をついて出た。「ゼーリッヒ大佐のことじゃないわ。

別の人間よ」

あたりに重苦しい沈黙がおりた。夜空を流れる雲がマルコの顔に影を落とす。遠くで犬が吠える声が、窓のない壁越しに聞こえてきた。

ケイトは衣ずれの音をたてて体を動かし、勇気を振りしぼってマルコの目をのぞきこんだ。わたしは嫌悪のまなざしを避けるような卑怯《ひきょう》者ではない。彼は道徳観念のない放蕩者かもしれないが、こんな告白を聞いたらさすがに嫌悪感を抱くだろう。

「きっと、そうせざるを得ない理由があったんだろう。きみがどう言おうと、きみは冷酷な人殺しなんかじゃない」雲の合間から月光がさし、マルコの顔を照らした。その顔にはやさしい表情が浮かんでいた。「人を殺したことがあるのはきみだけじゃない。ぼくも人の命を奪ったことはある。それできみの気持ちが楽になるなら言うが、それも一度じゃないんだ」彼は身を引き、彫像にもたれて体を支えた。「きみが言っているのはナポリでのことだね」

ケイトは笑いがこみ上げてくるのをこらえてうなずいた。マルコは大理石の巨大な男根によりかかっていた。とんでもなくばかげた状況だ。みだらで挑発的な像に囲まれながら、死について話しているなんて。

「ジラデッリ卿、あなたがよりかかっているのは……」

「男根だ」マルコはあとを引きとって言った。「それもかなり立派なやつだ。そう思わないか？」なめらかな先端をなでる。「だからといって、その手の行為にふけりたいと思ったことは一度もないけどね。女性のほうがはるかに魅力的だ」

ケイトは今度はこらえきれず、低い笑い声をもらした。「ふざけるのはやめてちょうだい」

マルコがふたたび彼女を抱きよせた。やわらかなウールのズボン越しにかたく引きしまった太ももが押しあてられているのを、彼女は強く意識した。

この建物のすぐ外に迫っている危険が、不意に遠い世界のことのように思えた。

「ナポリで何があったのか話してくれ」彼が言った。

ナポリでのことは今まで誰にも話したことがなかった。〝罪深き者たち〟にさえも。それなのに、どういうわけか言葉が口をついて出てきた。蒸し暑い晩に、悪臭のする路地でポン引きが娼婦を殴っているところにでくわしたときのことを、ケイトはとぎれとぎれに話しはじめた。

「悲鳴が聞こえてきて、そのまま歩き去ることはできなかったの。その人でなしは、棍棒で女性を殴りつけていたわ。マグダの……その女性の顔は血だらけになっていた。男がブーツのなかからナイフをとりだしたから、わたしもナイフを出して男を追い払おうとしたのよ」

「ぼくの記憶がたしかなら、ルイージ・ボンナフスコは体の大きさも体重も、きみの二倍はあったはずだ。盛り上がった二の腕とハムみたいに大きな拳をしていた」

「ええ。でも、あの手の男は本当は臆病者のことが多いから」ケイトは応じた。「案の定、逃げていったから、わたしはマグダに手を貸して立たせたの。そうしたらあいつが戻ってきて、ふたりとも殺しやるってわめいたわ。わたしはマグダを連れて路地から出ようとした。するとあいつは猛然と突進してきて、壊れたワインの樽《たる》につまずいて転んだのよ」彼女はそこで言葉を切った。男が倒れてきた恐ろしい数秒間のことがよみがえる。重い体にのしかかられ、バランスを崩した拍子に、手にしていたナイフが相手の体にぐさりと突き刺さったのだ。

男は苦痛に顔をゆがめ、声にならない悲鳴をあげて地面に倒れた。

「それは事故だよ、ケイト。その男は自らそうした事態を招いたんだ」マルコはケイトのふるえる肩に手を置いた。「きみは正しいことをした。立派なふるまいだよ。女性を助けようとしたんだから。誰かを守ったり信念をつらぬいたりするために、場合によっては人を殺さなければならないときもある」

ふたりのあいだに、より強い結びつきが生まれたような気がした。「お願い。わたしを抱いていて。ほんの少しだけでいいから」ケイトはささやいた。「ひとりに……なりたくないの」

マルコの唇が彼女の頬をかすめる。「ひとりになんてしないよ」

そのかすれたささやき声を聞いて、ケイトの全身にふるえが走り、切ないまでに欲望が募ってくる。これまで誰かに身も心もゆだねたことはなかった。ハンサムなアメリカの海軍士官と一度だけ関係を持ったことがあるが、それも情熱に駆られてというより好奇心を満足させたかったからだった。ところがマルコが相手だと、はるかに複雑な感情と燃えるような欲望が引き起こされた。彼の体はケイトの体に焼印を押しているかのようだ。かたく引きしまったしなやかな筋肉が、彼女の肌をじりじりと焦がす。

ケイトの体の奥深くで火花が散った。

マルコは自分とよく似ている、と彼女は思った。ふたりとも心の奥に闇を——鍵をかけて誰にも入らせない秘密の場所を抱えている。マルコは堕落した歓びにふけっているように見せているが、本当は心をさいなまれ、絶望の淵《ふち》に追いやられているように思えた。本人は決して認めようとしないけれど、彼は誠実でいい人だ。

そう、ふたりはどちらも心に秘密と苦痛を抱えているのだ。けれども、ふたりを結びつけているものはもうひとつある。

友情。そう、ただの友情だ。でも、わたしは彼を愛しはじめているのではないかしら？

目を上げると、マルコがケイトをじっと見つめていた。つややかな黒髪が額にかかっている。髪になかば隠れた目は危険な光を発していた。海の底から手招きしている海賊の宝のように。

彼女をじらし、触れてみろと誘いかけている。

ケイトは片手を上げてマルコのあごをなぞった。もちろん、この人は愛を口にしたりはしないだろう。わたしのほうもそんなつもりはない。ほんのつかの間、ふたりの体がひとつになる美しいひとときを味わって、また別の道を行く。

それで満足しなければならないわ。

「きみはまるで魔女みたいだな」マルコは罪深いほどにやさしい声で言った。「ぼくを欲望の海で溺れさせようとしている魔女だ」

ケイトは思いきって片手をマルコの胸にあてた。「わたしのほうこそ魔女にとらわれてしまったみたいだわ。波が荒くて、とても泳ぎきれそうにない」

彼の目に魅惑的な炎が宿った。「自分が何をはじめようとしているのかわかっているのか？」かすれた声で言う。「ぼくが紳士でないことはすでに知っているだろう？　途中でやめてくれと言ってもやめないぞ」

彼女にはそうは思えなかったが、どうでもよかった。途中でやめてくれと言うつもりなんてないのだから。ケイトは答える代わりに、爪先立ちになってマルコの唇を舌でなぞった。

「それなら、ちょうどよかったわ。わたしもレディじゃないから」

マルコは唇をふるわせたかと思うと、次の瞬間にはケイトの唇に激しくキスをしていた。彼は刺激的なスパイスと強烈な欲望の味がした。やわらかな唇に歯をたてられて、思わずうめき声をもらす。

マルコの言うとおりだ。彼の営みには紳士らしいところなどいっさいなかった。情熱に任せて情け容赦なく奪うようなその行為に、ケイトの脚のあいだが熱くなる。

ああ、わたしはなんてみだらなのかしら。彼にさわってもらいたくてたまらないなんて。でもどういうわけか、それはとても正しいことのように思えた。彼女はマルコの腕のなかで背中をそらし、彼の高まりに腰を押しつけた。

マルコが荒々しいうめき声をあげる。

ケイトは彼のシャツの胸もとに手をさし入れて、なめらかな筋肉の感触を楽しんだ。乳首を親指でなぞると、マルコが身をこわばらせた。

彼がケイトの唇から唇を離し、耳の下の敏感な部分にキスの雨を降らせる。あたたかく湿った息が彼女の首筋をくすぐりながら、強く脈打つ部分へと動いていく。ケイトは身をふるわせて、歓びの声をもらした。

「いとしい人《カーラ》……ケイト」マルコの声はかすかにふるえていた。イタリア語と英語がまじった言葉が、次から次へと熱くささやかれる。

自分がマルコの自制心を失わせていると思うと、ケイトは恍惚となった。自分のなかの女の部分が、高価なシャンパンの泡さながらに体のなかではじけていく。彼女はますます大胆になり、ズボンの上からマルコの興奮の証《あかし》をなぞった。そこは熱く脈打ち、上質なウールを強く押し上げている。

彼のうめき声がいっそう大きく荒々しくなった。マルコはケイトのドレスの身ごろに指をかけ、ひと息に引きおろして胸を露わにした。身をかがめ、不精ひげで彼女の肌をこすりながら、熱く湿った口で胸の頂を含む。かたくとがった先端をすばやく舌でなめられると、ケイトの下半身に熱い歓びが渦巻いた。

「マルコ」彼女はささやいた。乳首を執拗に責められるたびに、甘くとろけるような感覚に繰り返し襲われる。ケイトは叫び声が出そうになるのをこらえ、腰を大きくくねらせてマルコの体に押しつけた。

彼はちらりと目を上げて、意味ありげな笑みを浮かべた。「あせらないで、美しい人《ベラ》」マルコは彼女の胸の先端をふたたび舌でなめ、強く吸いはじめた。そこはバラ色に染まり、ぷっくりふくらんでくる。彼はケイトの胸にキスをしながら両手で背中をまさぐり、ウエストをたどって、ヒップのふくらみをなでた。

もう我慢できなかった。マルコとひとつになりという欲求が耐えがたいほどに募っている。心にあいた穴をマルコに埋めてもらいたかった。ふたりとも心のなかにぽっかり穴があいていて、そこがずきずき痛んでいる。体を重ねあわせているあいだは、その穴を互いに埋められるかもしれない。

「ねえ、お願いよ」ケイトはあえいだ。

マルコは低い笑い声をもらしたが、ドレスの裾をつかむ彼の手が小さくふるえているのがケイトにはわかった。マルコも自分を抑えられなくなっているのだ。彼はドレスをひざの上までたくし上げると、ケイトを抱え上げて彫像の上に座らせた。

大理石が肌に冷たい。ケイトは熱に浮かされたかのように頭はぼんやりとしていたが、自分が巨大な高まりの上に座っていることはわかった。おそらく驚くのが普通なのだろう。実際のところ、とても官能的な状況だった。

わたしの突拍子もない空想を超える、夢の世界だわ。

「きみはとても美しい」マルコの指が彼女の太ももの内側をそっとなで上げる。そして、あなたは現在によみがえった古代ローマの神よ。彫りの深い完璧な顔をして、情熱をたぎらせている。

彼はケイトの下着のひもをほどいた。「脚を広げるんだ、ケイト」

マルコの指が湿った巻き毛をかき分けてひだのなかに入ってくると、彼女はあえいだ。

「本当に美しい」マルコがじらすように指を動かしながら繰り返す。その声はぼんやりとしか聞こえなかった。耳のなかで欲望が強く脈打っている。南国の海岸に押しよせる波のように。

ケイトは彼のズボンの前を開けて、欲望の証を露わにした。そしてそれを握り、そのかたくなめらかな感触にはっと息をのむ。

マルコが何かつぶやいたが、彼女にはなんと言ったのかわからなかった。彼が身をよせてきて、ケイトのひそやかな場所に自分のものをあてがうと、理性がとろけ、うめき声に変わった。

マルコが先端を突き入れ、蜜で潤った内部を押し広げる。

「ああ」欲望の渦にのまれて言葉が出ない。「お願い」

彼がかすれたうめき声をあげて、いっそう深く身を沈めてくる。

ケイトは身をこわばらせた。

初めのうち、マルコはゆっくり動いていたが、やがて抑制を解いてテンポを速めた。

ケイトはマルコの背中がこわばるのを感じながら、彼のテンポに合わせた。快感が募っていく。解放を求めて背中を弓なりにし、さらなる高みへとのぼりつめた。マルコがふたたび奥深くに身を沈めた瞬間、数えきれないほど多くの星がケイトに降り注いだ。

マルコは口でケイトの唇をふさぎ、彼女が絶頂を迎えてあげた叫び声を封じこめた。なんてことだ。ケイトの唇はたまらなく甘かった。スパイスの香りと日の光が、闇に包まれた堕落した部分を彼の魂から消し去る。マルコは心に一点の曇りもない人間になったような気がした。つかの間、心に喜びと希望が満ちた。

マルコの体の下でケイトがびくりと身を動かし、彼の唇を噛んだ。マルコはさらに奥へと突き入れ、彼女の体を駆け抜ける情熱の波に身を任せた。ケイトが熱くて甘い蜂蜜のように、彼を包みこむ。マルコは激しく体をふるわせ、彼女のなかに自分を解き放った。

しまった。外に出すつもりだったのに……。

そのとき、けたたましい犬の吠え声が沈黙を破った。吠え声はすぐ近くから聞こえてくる。すぐそこまで来ているにちがいない。マルコは心のなかで悪態をついた。

石のタイルに靴音が響く。

彼は身をこわばらせた。ふたりの体はまだひとつになったままだ。マルコは片手でケイトの口をふさいだ。

ドアの掛け金ががちゃがちゃ鳴らされた。「やはり鍵がかかっている。そして鍵は私がここに持っている一本しかない」タッパンの声にはいらだちが表れていた。「早くその犬をおとなしくさせて、犬小屋に連れていけ。おおかたキツネかアナグマのにおいでもかいだんだろう」

犬を叩く音がして、低いうなり声がそれに続いた。「はい、旦那様《だんなさま》」足音はまたたく間に遠ざかり、やがて聞こえなくなった。

「犬がもっと大きな捕食動物のにおいをかいだのでないことを祈りましょう」次に口を開いたのは、正体不明の男だった。

「心配にはおよびませんよ」タッパンが請けあった。「外務省も含めて、誰もが私はすでにウィーンへ向けて出発したと思っているんですから。私たちの秘密がばれるわけがない」

わずかな間があいた。「植物がなくなっていることに公爵が気づいたら？　あなたに疑いの目が向くことはないんですか？」

「心配無用です」タッパンは答えた。「公爵が詳しいのは英国の野草だけだ。めずらしい毒草のことなど何も知りませんよ。ミス・ウッドブリッジはそうはいかないかもしれないが、毒草がなくなっていることに気づいたとしても、自分が疑われている今、わざわざそのことをみんなに言うとは思えない」低い笑い声をあげて続ける。「今回の計画は、よくできたパズルのように練り上げられています。複雑なピースをすべてはめられる者は誰もいませんよ」

正体不明の男は短くうなった。

「毒といえば、あなたがあれを使うとき、私もぜひその場にいたいものだ。馬上槍《やり》試合が行われるのはスペイン乗馬学校で変わりないんですか？」

沈黙が流れる。

「おやおや、隠すことはないじゃありませんか」タッパンが言った。「私がすべてを知っていたほうが、私たちのどちらにとっても都合がいいはずです。今のところ、誰かが私と殺人事件を結びつけて考える可能性はほとんどありません。この先もそうであってほしいですからね」

「そうですね」ぶっきらぼうな返事が戻ってきた。「答えはイエスです」

「そいつはすばらしい。なんとも皮肉ではありませんか。中世の馬上槍試合を見ているあいだにナイフで突かれて殺されるとは」

「声が大きいですよ」正体不明の男が噛みつくように言った。

「そんなに怖い顔をなさるな」タッパンが応じる。「ご安心ください。あの毒はなんの痕跡も残しませんから。誰もが自然死だと思うはずだ。王座につく者がいなくなれば、お国の代表団もあなたの好きに操れる」

「まさか、そんな」ケイトが目を大きく見開いてささやいた。「国王を暗殺する気だわ」

マルコはうなずき、そっと息をのんだ。

「あなたが悪魔のごとく賢い方であることを祈りますよ」正体不明の男が言う。「すべてがうまくいったら、わが国の民と私のためにもうひと仕事お願いしたいと思っているんです」

「あなたとは末永く、実りあるおつきあいがしたいと思っています」タッパンは応じた。「私のとり分は少々高かったかもしれませんが、それだけのことはあったと思っていただけるでしょう」

「そう願います」

「失望はさせません」タッパンは遠ざかっていった。「戻ってまたブランデーを飲みましょう。十五分もすれば馬車の用意ができますから」

マルコは何分か待ってから、ケイトから体を離した。ふたりはなるべく音をたてずに乱れた服をすばやく直した。彼はケイトが話をする気分ではないらしいことにほっとしながら、床に落ちていたナイフを拾って、彼女についてくるよう身ぶりで示すと、ドアの鍵を開けた。

ふたりは静かに外に出て庭を突っきり、ふたたび塀をのりこえて、クラインの地所へ続く森のなかの小道に戻った。

無言のまま湖のまわりを歩く。足もとの落ち葉が、マルコの心のなかの葛藤《かっとう》を表すかのようにかさかさと音をたてた。ぼくはリンズリーから命じられた任務を遂行しているだけにすぎない。とはいえ、ケイトが窮地に陥っているところに恥知らずにもつけこんだ気がしてならなかった。危険というのは薬物のようなものだ。心に奇妙な作用をおよぼす。

マルコにはそれがいやというほどわかっていた。でも、彼女にはわかっているのだろうか？

「ケイト」彼はためらいがちに言った。「ぼくは……その、つまり、ぼくたちは――」

「タッパン卿のたくらみを阻止しなければならないわ。それも一刻も早く」ケイトが決意に満ちた口ぶりで、マルコの言葉をさえぎった。「あなたはときどきリンズリー卿に命じられた仕事をしているって、アレッサンドラがそれとなく言っていたけど、リンズリー卿と連絡をとる手段はあるの？」

「ああ。緊急の際にメッセージを送る方法がある」彼は答えた。「そのためには少し離れたところまで行かなければならないが」

「この時間なら簡単に厩舎に忍びこめるわ」ケイトがマルコの目を見ないようにして言った。「水桶《みずおけ》の横に馬丁が使う裏口があるから――」

「ありがとう。でも裏口の場所なら知っている」

「さすがね」芝生に入ると、彼女は足を速めた。「あなたは堕落したふりをしているんじゃないかと、ずっと思っていたわ」

「ケイト」マルコはふたたび言いかけた。「さっきのことだけど――」

「さっきのことなんて、今はどうでもいいわ」ケイトが口をはさんだ。「個人的なことよりはるかに大事な問題があるんですもの」むきだしの脚のまわりでドレスが衣ずれの音をたてる。

「いいかげんにしてよ、ジラデッリ。何度も言うようだけど、わたしは貞節を失って気絶するようなうぶな娘じゃないんだから」

ケイトがそう皮肉めかして言うのを聞いてマルコは気が楽になるかと思ったが、実際にはとまどいが深まっただけだった。「きみの言うとおりだ。今は平和会議を脅かす者を排除することを、何よりも優先しなければならない」彼女の腕をとって、自分のほうを向かせる。突風が吹き、木々を雨粒が叩きはじめた。ぎこちない沈黙のなか、雨音が銃声のように大きく響く。

「でも、あとで話をしよう」マルコはつけ加えた。「なんのことかはわかっているね」

ケイトはわずかにあごを上げた。「話すことなんて何もないわ。楽しかったし」

「楽しかった、だって？」彼は繰り返した。

「あなたは評判どおり女を歓ばせるのが上手だったわ」ケイトは自由なほうの手を上げて、マルコの指を一本ずつ腕から引きはがした。薄暗がりのなか、まつげについた雨粒が墨のようにまっ黒に見える。彼女の手は氷のように冷たかった。「だからといって、あなたの能力をたたえる歌を歌うつもりはないけど」

「ああ、そんな必要はない。どこかあたたかくて乾いた場所で歌ってくれるなら別だけどね」

マルコは皮肉を口にすることで心の動揺を隠した。

「あなたは新たな任務を与えられたのよ。急いだほうがいいわ」わき道を指さして続ける。

「厩舎への近道よ。庭はまだ下調べしていないかもしれないから言っておくけど」

彼は落ち着きなく足を踏み替えた。ケイトをひとり残していくのは気が進まない。「ひとりで屋敷に戻れるかい？」

「もちろんよ」彼女は顔をそむけた。濡れた髪が邪魔して、その表情は見えなかった。「忘れたの？　わたしは海賊船の船長の娘なのよ。荒れた海をひとりで進むぐらいなんでもないわ」

22

ケイトは暗い自室にそっと入って静かにドアを閉めた。窓の外では、水平線が灰色に変わり、夜が明けようとしている。陰鬱な一日になりそうだったが、疲れ果て、感覚が麻痺している彼女には、そんなことはどうでもよかった。

今夜のことはとても現実とは思えない。みだらな石の彫像と、情熱に燃えた肌に躍る光と影。まるで人の心をまどわせる麻薬のようなものが大理石からたちのぼってきて、自分をとり巻いたような気がしてならなかった。

ベッドにどさりと座りこむ。ケイトはふるえる腕を組んで、しわくちゃの服を見おろした。セックスのにおいが漂っていそうだ。ロンドンを覆う霧さながらに濃く、退廃的なにおいが。

ケイトはふたたび鼻をひくつかせたが、今度はこみ上げてきた涙をこらえるためだった。

隣室とのあいだのドアがわずかに開き、ろうそくの炎が現れた。「入ってよろしいですか？」

「ええ」落ち着いた声を出したつもりだったが、他人の声のように聞こえた。

メイドはケイトをまじまじと見つめた。汚れたドレスの裾から、よじれた身ごろ、そして肩にだらりとかかるもつれた髪へと、訳知り顔でゆっくりと視線を走らせる。

「きっと安っぽい娼婦みたいに見えるでしょうね」ケイトは冗談めかして言ったが、声がかすかにふるえてしまい、ねらいどおりの効果は期待できなかった。

アリスはろうそくを置くと、何も言わずにケイトを抱きしめた。

ケイトは唇を噛みかけて思わずたじろいだ。キスで腫れた唇はさわっただけで痛かった。

「すぐにあたたかいお風呂を用意させます」メイドが言った。「熱いお茶も」

「朝の四時よ」ケイトは指摘した。

「公爵様は召使いをたくさん雇っていらっしゃるんですよ。そのうちの何人かの手を借りるぐらいなんの問題もありません」

ケイトはそれ以上反論しなかった。あたたかい湯に身を沈めたら、さぞ気持ちいいだろう。

「ありがとう、アリス。あなたに神のお恵みがありますように」

「今、神の助けが必要なのはわたしではありません」アリスが顔をしかめて言った。「でも、守護天使が現れてくれないのなら、メイドで我慢していただかないと」

アリスはいつもどおり静かに手際よく、ついたての後ろに熱い湯の入った浴槽を用意させた。

ケイトは冷えきった服を脱いで、喜びのため息をつきながら、ラベンダーの香りがする湯に身を沈めた。

「お茶の用意ができたか見てきます」メイドはそう言って部屋から出ていった。

ケイトは石鹸で泥を洗い落としながら、少なくとも今この瞬間だけはマルコや彼とのセックスのことを忘れようとした。

そうでなくてもやっかいな状況に陥っているのだから。

けれども、気づくと湯のなかでため息をもらしていた。両ひざをたてて、胸の前で抱きかかえる。水面が波打ち、一瞬、自分の顔が映った。

上流社会の人々から見れば、わたしの行動は非難されて当然だ。でも、もったいぶった気どり屋たちにどう思われようが知ったことではない。それなのに、なぜか涙があふれてくる。

本当にどうかしているわ。ケイトは目をしばたたいた。自分はいろいろなことを経験してきた、世知に長《た》けた女だ。男性とのセックスを楽しんだからといって、何も恥じることはない。あからさまに言えば、セックスはとても楽しいものに思える。

そんなふうに思うのは、わたしが堕落している証拠かしら？

ケイトがみだらな行為をしても、マルコは嫌悪感を抱いていないようだった。実際、彼はセックスにまったく偏見がない。たいていの男は猫をかぶり、みだらな考えを抱いていることを女性に明かそうとしないものだ。けれどもマルコは気にすることなく自分の短所を認める……。

ひと言で言えば、マルコはすばらしい男性だ。男らしくて、この世のものとは思えないほど美しい。

ケイトは目を閉じた。ふたたびため息をついて、熱い湯に身をゆだねる。広い肩に、引きしまった腰、たくましい太もも。そして男らしく盛り上がった魅力的な筋肉。マルコの体の感触を思いだすと下腹部がかっと熱くなり、その熱が渦を巻きながらゆっくりと下におりていって脚のあいだがうずきはじめる。彼女はかすかにいらだちを覚えたが、むなしさのほうが大きかった。自分の核となる部分から、何か大事なものが失われているような気がする。

湯気がたちのぼり、ケイトの湿った頬をなでる。マルコと毎晩ベッドをともにするのは、どんな感じかしら？

とたんに彼女はかぶりを振り、その考えを頭から追いやった。マルコが自分の家を持っていたとしても、そこでゆっくりしているとは思えない。彼はひとところにじっとしていることができそうにないし、しきたりにもうんざりしているから、普通の暮らしを送れるはずがない。彼のような男性は決して落ち着けないのだ。

いったいマルコは何を望んでいるの？　自分は男性の心を読むことができると思っていたが、彼の考えていることはさっぱりわからない。マルコの表情は読めず、目は謎めいている。その目に切望の色がよぎるのを見たような気がしたが、ただの思いちがいかもしれなかった。

マルコの過去の暮らしについて、アレッサンドラにたずねてみようかしら。過去の恋愛についても。若いころにひどい失恋でもしたとか？

いいえ、やめておこう。ケイトはやわらかな海綿で体をこすりながら思った。あまりいい考えとは思えない。そんなことをきけば、わたし自身の心のうちを明かすことになりかねない。

ケイトは浴槽の縁に頭をあずけ、絵が描かれた漆喰の天井を見上げた。なんだか世界を漂っているような、奇妙な感じがした。

マルコへの気持ちは、親しい友人にも隠しておかなければならない。

アリスが戻ってきたので、それ以上物思いにふけることはできなくなった。メイドはタオルでケイトの体と髪をふき、フランネルの寝巻きを着るのを手伝った。

「これを飲んでください」いい香りのする紅茶にウィスキーを少し垂らす。「夕食まで起こさないよう、皆さんにはわたしのほうから言っておきます」

ケイトはあくびをした。「一時間か二時間も寝たらじゅうぶんよ」うとうとしながら言って、上掛けの下にもぐりこんだ。

だが、治安判事が朝早くやってきたせいで、ケイトはすぐに起こされた。クラインが猛烈に抗議したにもかかわらず、ベクトンはふたたび彼女から話を聞きたいと言いはった。

ケイトは何も話すつもりはなく疲れもとれていなかったので、そっけない受け答えは自分のためにならないとわかっていたものの、あいまいな受け答えに終始した。

しかもクラインが癇癪を起こして治安判事に突っかかり、事態をさらに悪化させた。

案の定、ベクトンは腰を上げると、満足そうにふたりを見た。「ミス・ウッドブリッジ、あなたに警告します。あなたにとって、非常に不利な状況です。今日の夜までに新たな証拠が出てこなければ、あなたを勾留《こうりゅう》して次の巡回裁判にかけなければなりません」

「まったくいやな男だ」治安判事が書斎を出ていくと、クラインは両手を拳にして言った。「あの男は、誰も地所を出てはいけないと言ったがかまうものか。ロンドンへ行って、リンズリー卿に――」

「その必要はありません、閣下」マルコが部屋に入ってきてドアを閉めた。「リンズリー卿はまもなくこちらに到着されます」

「手遅れにならないだろうな」公爵がうなるように言った。

「リンズリー卿とは秘密の場所で会うことになっていますが、状況を考えると、閣下にも同席していただいてかまわないと思います。ぼくたち三人で――」

「四人よ」シャーロットがドアを開けながら言った。

ケイトは軽いめまいを覚え、額をさすった。

「年のせいで歩くのがいくらか遅くなったかもしれないけど、見くびらないでね」シャーロットが続ける。「ケイトを救うための計画なら、わたしも一枚嚙ませてもらうわ」

「レディ・フェニモア、馬車を使うわけにはいかないんです。馬に乗って森のなかを進み、人里離れたおんぼろ宿へ行くんですよ」マルコが説明する。「かなり険しい道のりだ」

「馬なら乗れるわ」シャーロットがむっとして応じた。

「シャーロット」ケイトは言った。「あなたが馬に乗っていたのは前世紀の話でしょう?」

「馬はまだ四本足よね?」シャーロットが言い返す。

「言っても無駄だ」クラインがあきらめたように言った。「レディ・フェニモアがいったんこうと決めたら、その心を動かすのはジブラルタルの岩山を動かすより難しい」

シャーロットは喜んでいいのか怒っていいのかわからないような顔をしている。

「厩舎におとなしい牝馬がいる」公爵が続けた。「でも、たとえきみが馬から落ちてぬかるみにはまっても、そのまま置き去りにするからな」

「わたしのことはどうかご心配なく。ぬかるみでもなんでも自分で抜けだせますから」シャーロットは不安に曇る目をケイトに向けた。「心配しなければならないのはケイトのことですわ。逮捕されるのだけはなんとしても阻止しないと」


マルコは宿のすすけた壁にぐったりともたれかかり、ため息をついて、乱れた髪に手をやった。よこしまな男には休息さえ許されないのかと皮肉っぽく思いながら、クライン・クロースの豪華なベッドを思い描く。だが、眠る時間はあとでたっぷりあるはずだ。

ロンドンに緊急のメッセージを送り、夜が明けるのとほぼ同時にクライン・クロースに戻った。ほんの少しでも眠りたかったが、治安判事が朝早くにやってきたせいで、願いはかなえられなかった。ベクトンはひとしきりケイトに質問を浴びせたあと、このままでは彼女を勾留せざるをえないと宣言した。

こめかみに手をやったまま、急展開を迎えた昨夜のことを考える。事態は目もくらむほどの速さで動いている。ウィーン平和会議の成功を脅かす暗殺計画、背信行為を働きながらも野放しにされている英国の外務副大臣、ケイトにかけられた殺人容疑。

奇跡でも起こらないかぎり、任務を無事遂行できそうにない。

だが、リンズリーは魔術師だ。お得意の魔法をかけてくれるにちがいない。

「リンズリー卿はどこだね？」クライン公爵がむさくるしい室内を見まわしながら、嫌悪感も露わに言った。一本しかないろうそくの煙をいらだたしげに払って続ける。「このように不快な場所にあと五分もいさせられようものなら、私はまちがいなく——」

リンズリーがまるで幽霊のように現れた。ふと気づくと、彼はつい先ほどまで煙と影しかなかったところに立ち、縁の広い帽子から雨をしたたらせていた。

「ほら、いらっしゃいましたよ」マルコは言った。「お久しぶりです《ボンジョルノ》」

「いい日です《ボンジョルノ》ねだと？　とんでもない」リンズリーが冗談とも本気ともつかぬ口ぶりで言った。「お得意のユーモアは遠慮してもらえないかね。私は今、この天気と同じように陰鬱な気分だ」

「だが、私ほど気がたってはいないだろう」公爵のうなり声は、いつ怒りが爆発するかわからないことを告げていた。

「このように複雑な事態になったことは私も遺憾に思っているよ、クライン」リンズリーはずぶ濡れの外套と泥のはねた手袋を脱いだ。いつも着ている仕立てのいい洗練された服ではなく、汚れた綿の上着にゆったりしたキャンバス地のズボンという格好だ。

それらの服が発するにおいの正体については、マルコは考えたくもなかった。

「普通なら、まず殺人事件の真相を明らかにすべきだろう」リンズリーは続けた。「だが、あいにく今は、治安判事の注意を引くようなことはしたくないのでね。政府にとってとても大事な時期だから、今回の事件が注目を浴びるのはなんとしても避けなければならない」ケイトとシャーロットに向かってうなずきかける。「本当に申し訳なく思っているよ。特にミス・ウッドブリッジ、あなたには多大な迷惑をかけてしまったね」

「孫娘の危機より政府の都合のほうが優先されるというのか？」クラインが噛みついた。

「ああ、そうだ」リンズリーは率直に言った。「残念ながら」

「よくもまあ、そんなことが言えるな。のらくらしていないで、何とかしたらどうなんだ！」公爵は声を張り上げた。

「落ち着いてくださいな」シャーロットが手をのばしてクラインの袖に触れた。「大声をあげてもどうにもなりませんわ。きっとリンズリー卿は、あらゆる手をつくしてケイトを救ってくださいますよ」

クラインはふんと鼻を鳴らしたが、声を落としてうなるように言った。「孫娘は殺人犯ではない。カスルリー卿が大事な平和会議が台なしにされるのをいやがっているからといって、孫娘が絞首刑になるのを黙って見ているわけにはいかないんだ」

マルコは胃をぎゅっとつかまれたような気がした。政府は、身内の犯罪を隠すためにケイトを絞首台に送るようなことはしないだろう。だが、逮捕されたというだけで上流社会における彼女の評判は地に落ちる。ケイトは上流社会から締めだされるにちがいない。

「今はどうすることもできないが、必ずなんとかしてみせると約束しよう」リンズリーは重々しく言った。ろうそくの炎が放つ弱い光のなか、彼の顔には旅の疲れがはっきりと出ていた。

「こんな危険がひそんでいるとわかっていたら、あなたやご家族を巻きこんだりはしなかった。私は先を読む能力に長けていると自負していたが、今回ばかりは見通しが甘かったようだ」テーブルにもたれて、ため息をつく。「状況に目を配るだけの簡単な任務のはずだったんだ。平和会議で同盟を組みそうな国がないかどうか調べるだけのね」

朝からずっと不自然なほどに静かだったケイトが、身をのりだして言った。「謎の男がウィーンで暗殺に成功したら、ヨーロッパでまた戦争が起こるかもしれないんですよね？」

リンズリーはいかめしい表情になった。「それはじゅうぶんありえることだ」

「では、なんとしても阻止しなければなりませんわ。それも、暗殺計画の存在を誰にも気づかれることなく」

「そのとおり。英国の高官がどこかの国の元首を暗殺する計画にかかわっているなんて、大変なスキャンダルだ。公になれば、ヨーロッパにおけるわが国の評判は地に落ちるだろう」リンズリーは不精ひげののびたあごをなでた。「この件はなんとしても秘密裏に処理しなければならない。だが、いったいどうすればいいものやら。すでに諜報部員のひとりにタッパンを追わせているが、逮捕して尋問するころにはもう手遅れになっているかもしれない」マルコを見て続ける。「タッパンと話していたのが誰なのかわからないのか？」

「声からはわかりませんでした。そもそも部屋の外から聞いただけなので、もう一度聞いてもそれとわかるかどうか。顔は見ていませんし」マルコは答えた。

リンズリーが窓に目を向けて、ガラスにこびりついた汚れをじっと見つめた。

「わたしは見ましたわ」ケイトが静かに言った。


全員の目がケイトに向けられた。

「犬の吠え声が聞こえたとき、男が声のするほうを見ようとして、窓から顔を出したんです。その際、ほんの一瞬でしたけれど、横顔が見えました」彼女は説明した。

「どんな顔だった？」リンズリーがすかさずたずねる。

ケイトは顔をしかめた。「髪はブラウンで、特に長くも短くもありませんでした。口ひげはきれいに整えられていて、ハンサムな顔だちをしていましたわ」わびるように肩をすくめる。

「目の色はわかりません。黒っぽかったような気がしますけど」

「それだけでは容疑者をしぼることはできないな」リンズリーが冷静に言った。「ウィーンにいる男の半数に見張りをつけることはできないからね」

「そうですよね。申し訳ありません」ケイトは言った。「ジェームズ・ピアソン卿のように絵がうまければいいのですが。うまく言い表せませんけど、男の口もとはどこか独特でした。たぶん……もう一度見たらわかると思います」

室内に沈黙がおりた。ろうが垂れる音と、クラインの荒い息づかいだけがあたりに響く。

ようやくマルコが咳払いをして口を開いた。「閣下、われわれが抱えるふたつの問題を一度に解決できる方法を思いつきました」

「なんだって?」クラインが声をあげた。

「聞かせてもらおうじゃないか」リンズリーが言う。「その方法というのは?」

ケイトもマルコに向き直り、耳を澄ました。

「ぼくが結婚するんです」マルコは単刀直入に言った。「もちろん、あなたとではありません」

冗談めかして続ける。「ミス・ウッドブリッジとです」

ケイトはショックのあまり口がきけなくなった。あんぐりと口を開けてマルコを見つめる。

責任をとって結婚するというのかしら? どうしてそんなことを?

声をあげて笑いたくなったが、どういうわけか笑い声が喉につかえて出てこなかった。胸が締めつけられ、肺のなかの空気が押しだされる。

不意にめまいがした。寝不足のせいで、頭に霧がかかったようになっている。きっとマルコもそうなのだろう。ふたりとも、じきに正気に戻るにちがいない。わたしもばかげた願望を振り払えるはずだ。とはいうものの、マルコの申し出は、とても……うれしかった。

けれども、クラインの喉からうなり声がもれてきたところを見ると、祖父がその考えを歓迎していないのは明らかだ。

「最後まで聞いてください」マルコがさらに続けた。「ぼくと彼女が結婚すれば、いわば一石二鳥なんです」

「いいえ、それ以上だわ」ケイトは小声で言った。

マルコは彼女の言葉を無視して言った。「まず第一に、ミス・ウッドブリッジにかけられている嫌疑を晴らすことができます。治安判事と個別に会って、殺人があった夜、彼女はぼくとひと晩じゅう一緒にいたと話すんです。ふたりはひそかに婚約していて、公爵の許しが得られるまで公表するのを控えていたということにするんですよ。ほめられたことではありませんが、そうめずらしい話でもない。ぼくはこう見えても貴族ですから、治安判事もぼくの証言を証拠として採用しないわけにはいかないでしょう」

シャーロットが鼻筋をつまんだ。

「特別結婚許可証があれば結婚できます」マルコが続ける。「許可証がもらえしだい、今日にでも結婚しますよ」

ケイトの心臓が大きく打った。

「そしてすぐにウィーンへ向けて出発します。ぼくがお祭り騒ぎが好きなことは広く知られています。だから、ヨーロッパ一豪華なパーティが催されているウィーンで、花嫁とロマンティックな新婚旅行を楽しむために来たと言えば、誰もあやしまないでしょう」マルコは指摘した。

「そしてミス・ウッドブリッジが問題の男を特定してくれれば、暗殺計画を阻止できる」

リンズリーが唇をすぼめた。「たしかに、いい考えかもしれないな。問題を実にうまく解決できる。とんでもないことをミス・ウッドブリッジにお願いするのは、いささか胸が痛むが」

ケイトは祖父の顔を見た。クラインは冷静な表情を保とうとしていたが、その目に宿る苦痛の色から、難しい選択を迫られて悩んでいるのが見てとれた。このところ、祖父は感情を顔に出すようになってきた。数々の過ちや誤解のせいで、祖父との仲はぎくしゃくしている。結ばれたばかりのもろい絆で、このスキャンダルをのりこえることができるだろうか？

涙と煙が目にしみるのを感じながら、ケイトはマルコに視線を移した。彼の表情は謎めいていて、その心のうちは読めなかった。本当の彼がわかる日がくるのかしら？　マルコについてはわからないことだらけだ。にもかかわらず、彼女は彼の申し出を受け入れたくなっていた。

彼の愛撫や、やさしさや遊び心を思いだす。マルコとなら刺激的な人生を送れるにちがいない。驚きと波乱に満ちた、すばらしい人生を。もちろん、彼はわたしを愛してなどいないし、わたしに忠実でいてくれるはずもないけれど。

でも、そんなことはどうでもいいわ。期待さえしなければいいのよ。

「ケイト――」クラインがかすれた声で言いかけた。

「わたしならかまわないわ」ケイトは祖父の言葉をさえぎった。「実際、とてもいい考えだと思う。すばらしいわ」

「ケイト……」シャーロットが心配そうに言う。

「便宜上の結婚くらい、なんの問題もありません」ケイトは強い口調で言った。「英国の貴族はたいていそうしているんですから。今回のことが終わったら、ジラデッリ卿とは別々に住めばいいんです。わたしはお友だちのいるロンドンに戻りますから、ジラデッリ卿は……どこでもお好きな場所にいらっしゃればいいわ」小さな痛みが背筋を這いおりていくのを感じながら、肩をすくめて続ける。「ですから、わたしはご協力します。国王と英国のために。半分はアメリカ人ですから、そんなふうに思うのは少々おかしな気もしますけど」

マルコが唇をゆがめた。「よかった」それから、リンズリーに向かって言う。「特別結婚許可証はすぐにいただけますよね？」

侯爵は答える代わりにマルコを探るように見たが、その目に映ったものに満足したようだ。

「一時間もあれば手に入る。お茶の時間までにはクライン・クロースで式を挙げられるぞ。そうすれば……」使い古した懐中時計をとりだして蓋《ふた》を開ける。「午前零時にはオステンド行きの船に乗れるだろう」

全員の目がケイトに向けられた。

「すぐに荷づくりをはじめないと」ケイトは冷静に言った。「皆さん、何をぐずぐずしていらっしゃるの？」

リンズリーは泥で汚れた帽子をかぶった。「ここに特別結婚許可証を持ってこさせるから、従者をひとり待たせておいてくれたまえ、クライン」

クラインは少しためらったのち、何も言わずにうなずいた。

リンズリーはケイトを見てから、マルコに視線を移した。「前もってお祝いを言わせてもらうよ。クライン・クロースで行われる式には私は参列しないほうがいいだろうからね」

「ありがとうございます」マルコが言った。ろうそくの煙が漂う薄暗い室内で、その顔はぼんやりとしか見えなかった。

侯爵はさらに何か言いたげにマルコを見つめていたが、思い直したらしく、無言のまま手袋をはめ、帽子のつばを深くおろすと、現れたときと同じようにすばやく暗闇に姿を消した。

しばらくのあいだ、みなじっとしていたが、強風が窓ガラスをがたがたゆらしはじめたのを合図に動きはじめた。

ケイトはショールを肩にしっかりと巻きつけた。

クラインがろうそくを手にする。

「さあ、行こう、いとしい人《ベラ》」マルコがケイトに手をさしだした。

「ええ、行きましょう」彼女は応じた。

23

氷のように冷たい窓ガラスに頬が触れ、ケイトはびくりと目を覚ました。毛皮で縁どられたひざかけを引き上げ、背もたれに身をあずけてふたたび目を閉じる。雪山をおりる馬車に激しくゆられたせいで、体じゅうが痛んでいた。足は寒さのあまりすっかり冷たくなっている。ああ、クライン・クロースはなんて快適だったのかしら。アリスの言うとおり、贅沢な暮らしにはいいところがたくさんあるわ。

今までのところ、地獄のような旅が続いていた。ろくに休みもとらず、疲れを癒す暇もないまま、十日間も移動を続けている。英国海峡を渡るときは嵐に襲われたうえ、ひどいにおいがするじめじめした船室のせいで、船旅は不快きわまりないものとなった。そのあいだ、ずっとマルコは船酔いに苦しんでいた。結婚生活の幸先《さいさき》のよいスタートとは言いがたい。船をおりてからはずっと馬車に乗り、でこぼこ道や危険な山道を延々と走っている。ケイトはかすんだ目をこすった。今は手足をのばして寝られるのなら、かびくさいベッドでもありがたかった。

彼女は、かたわらでだらしなく寝ているマルコに目をやった。しわくちゃのひざかけからのぞいているのは乱れた黒髪だけだが、低くかすれたいびきが聞こえているので、まちがいなく眠っているようだ。ケイトは手をのばして、彼のひざかけのしわをのばした。車内がせまいため、長い脚がおかしな格好に曲げられている。真夜中過ぎに軽食をとり、馬を交替させるために小休憩をとったとき、マルコの口数が少なかったのも無理はなかった。

ケイトはため息をついて、すり切れた背もたれにふたたび身をあずけ、楽な体勢を探した。わたしは自らこれを望んだのよ。そう自分に思いださせる。文句を言わずに眠りなさい……。

「起きてくれ」

「えっ?」彼女は身をよじりながら、わずかに目を開けた。

「ほら、目を開けるんだ、ケイト。ウィーンに着いたぞ。すばらしいながめだ」

「ウィーン?」ケイトはつぶやいた。次の瞬間、何を言われているのかわかり、背もたれから体を起こして、曇った窓ガラスをふいた。「まあ、なんてきれいなの」小さく声をあげて、首をのばす。馬車はドナウ川にかかる壮麗な石づくりの橋を渡っていた。

彼女が大きく目を見開いたまま窓の外をながめていると、芝生や小道が幾何学的に配されたバロック庭園のあるアウガルテン宮殿の前を通った。そのあと馬車は、街の中心部へ向かう細く曲がりくねった道に入った。

「シュテファン大聖堂だ」マルコが空高くそびえる聖堂を指さした。ロマネスク様式の塔があり、屋根には複雑な模様が描かれている。「鐘楼につりさげられている鐘はヨーロッパでも最大級で、一七一一年にこの地に攻め入ったイスラム教徒が残した大砲を鋳造したものなんだ」

「興味深いわね」ケイトは言った。

「そしてあれが皇帝の住むホーフブルク宮殿」マルコが続けた。「ウィーンでは略して〝ブルク〟と呼ばれている」

ケイトは思わず息をのんだ。「まるで海みたいに広い庭ね」

「ぼくが知るかぎりでは、宮殿の庭に船はなかったと思うけど」マルコはくすりと笑った。

「でも、中庭で馬上試合ができるよう設計されている」

彼女は、甲冑《かっちゅう》を身につけた騎士の一団が大きな鉄の門をくぐるのが見えるような気がした。

「もとの建物は一二〇〇年代後半に建てられたが、そのあとハプスブルク家が何世紀にもわたって増改築を繰り返しているんだ。このあたりは中世に建てられた部分で、シュバイツァーホフと呼ばれている。この門は〝美徳の門〟だ。ハプスブルク家の紋章である冠をいただいた双頭のワシが、二頭のライオンにはさまれているのが見えるだろう?」

立派な城壁をながめていると、不意に自分がひどい田舎者に思えた。この街は壮大な歴史の交差点であり、文明が生まれて以来、東洋と西洋が出会ってきた場所だ。ヨーロッパの貴族であるマルコがウィーンの貴重な文化遺産と深いつながりがあるのに対し、自分はよそ者であることを、ケイトはあらためて思い知らされた。

実のところ、わたしは根なし草で、自分が何者なのかもわからない人間なのよ。

彼女はこれまでになく孤独を感じた。

馬車がにぎやかなケルントナー通りに入ると、マルコは車体を叩いて御者に住所を告げた。馬車は幅のせまい丸石敷きのわき道に入り、小さなカフェの前でとまった。

「ここで待つように言われている」マルコが言った。「今、ウィーンで宿を見つけるのは、ほぼ不可能に近い。会議のためにヨーロッパじゅうから人が集まっているからね。でも、リンズリー卿は配下の諜報部員のところに使いをやって部屋を確保させると言っていた。彼のお得意の魔法が今回も通用するよう祈るとしよう」

「並みの魔法じゃ無理よ。使いの者に翼を生えさせなければならないんだから。空を飛びでもしないかぎり、わたしたちより早く着けるはずがないもの」ケイトはあくびを噛み殺した。「まったく、このまま通りで寝られそうよ。それでもかまわないわ」

マルコは顔をしかめながら脚をのばした。「宿が通りより快適であることを祈るよ」

彼の願いどおり、宿は路上より快適だったが、その差はごくわずかだった。

リンズリーの諜報部員は、近くの通りに部屋を確保してくれていた。ケイトとマルコは彼のあとについて暗い階段をのぼった。男性が最上階の部屋のドアを開けると、せまいが居心地はまずまずといった室内が、ろうそくの光に浮かび上がった。

「こんな部屋ですまないが、今の状況ではこれがせいいっぱいなんだ。ウィーンは人であふれているからね」男性が言った。「メイドと従者も見つけておいた。明日の朝から仕事にかかってくれる。彼らには下の階の小さな部屋をそれぞれ用意したよ」

「ここよりはるかにひどい場所で寝泊まりしたこともある」マルコがこともなげに言った。

「これでじゅうぶんだよ」

「荷物を運ぶのを手伝おう。それできみたちとはお別れだ」男性がマルコにすばやく何通かの封筒を渡すのをケイトは見た。「きみはこの先、別の人間と連絡をとりあうことになる。詳しいことは、今渡した手紙のどれかに書いてあるはずだ」

マルコはうなずいた。「すぐに戻ってくるよ、ケイト」

ケイトは、たんすの上に水さしと洗面器が置いてあるのに気づいた。冷たい水で顔を洗うと、靴を蹴るようにして脱ぎ捨て、ベッドに寝転がる。そして爪先を動かし、やわらかな上掛けと枕のすばらしい感触を味わった。

ああ、このまま一週間でも寝ていられそうだわ……。

「くつろいでいるところすまない。でも、ぼくたちは一瞬たりとも無駄にできないんだ」マルコがマットレスをゆらして、ベッドの端に腰をおろした。「今夜はザーガン公爵夫人の夜会に呼ばれている。ザーガン公爵夫人の夜会にはいつもこの街の有力者が顔をそろえるらしいから、ぼくたちも行って、顔を売っておいたほうがいいだろう」

「そうね」ケイトは目をこすりながら機械的にうなずいた。「ザーガン……」英国からの長旅のあいだに予習した、その人物に関する情報を思いだす。「メッテルニヒの愛人とうわさされている人ね?」メッテルニヒはウィーン平和会議を主催するオーストリアの外相だ。彼は悪名高い女たらしでもあった。

「ああ」マルコがこたえる。「バグラチオン公爵夫人と同じようにね。バグラチオン公爵夫人はボロディノの戦いで命を落としたロシアの英雄の未亡人で、ザーガン公爵夫人と同じようにパーム宮殿に住み、そこで夜会を開いては名士たちをもてなしている。ふたりのご婦人は敵対関係にあるらしい。宮殿を訪れた有力者たちがどちらの夜会へ向かうか見守るのは、とてもおもしろいそうだ」

ケイトは不精ひげののびた彼のあごに触れた。「ひげをそったほうがいいわ」

マルコがかすかにびくりとした。「そうだな、のどを切らないよう気をつけないと」冗談まじりに言う。「ぼくはひとりで身支度できるが、きみはできるかい? すまないが、そうしてもらわなければならないんだ」

ケイトは熱い風呂につかってこわばった筋肉をほぐしたかったが、肩をすくめて言った。「わたしなら大丈夫よ」

マルコの唇に引きつった笑みが浮かぶ。「きみは本当に頑丈なお尻をしているよ、ケイト。たいていの女性なら、あんなにつらい旅をさせられたら、さんざん文句を言うところだ」

「慣れているから」ケイトは応じた。「大変な思いなら船の上で何度もしてきたわ。トルコ沖では突然の嵐にあって船が沈みそうになったし、ジブラルタル海峡では海賊に追いかけられて……」最後まで言わずに言葉を切る。「でも、今は過去ではなく、目の前のことを考えなきゃ」

マルコの表情は読めなかった。「そのとおりだ。ぼくたちにはやるべき仕事がある」

そう、仕事よ。ケイトは自分に言い聞かせた。彼にとってこれは仕事のひとつにすぎないことを忘れないようにしなければ。

「ご結婚おめでとう、ジラデッリ卿」クレメンス・フォン・メッテルニヒ侯爵はケイトに賞賛の目を向けた。「きみが美しい女性を好むことは知っていたから、英国の最高級のダイヤモンドを花嫁にしたと聞いてもべつに驚きはしないよ」

マルコは警告の言葉を口にしてしまわないようシャンパンを飲んだ。でなければ、妻にさわるな、好色な目で見るのもやめてくれ、とあやうく言ってしまいそうだった。オーストリアの外相は、伝説の域に達するほどの女たらしなのだ。

「ええ、妻は大切な宝物です」穏やかに応じる。

マルコの考えていることがわかったらしく、メッテルニヒはくすりと笑った。「宝物を大事に守っておこうとしているのかな？」きちんと整えられた眉がつり上げられる。「それなら新婚旅行でここに来たのはまちがいだったな。ウィーンは快楽の街だ。今は特にね。ヨーロッパじゅうの君主や外交官が、平和と愛を築こうとして集まっているのだから」

マルコはふたたびシャンパンを飲んだ。

「領土は交換され、国境も変わるだろう」メッテルニヒがいたずらっぽく微笑んで続けた。

「すべてはゲームにすぎない」

「そうですね」マルコは肩をすくめて言った。メッテルニヒの貴族的な鼻を思いきり殴ってやりたかったが、調子を合わせなければいけない。まったく、平和と協調が聞いてあきれる。

「むやみやたらに領土を侵害して敵意をあおろうとは思いませんが」マルコは続けた。

「すばらしい。きみにはすでに外交術の基本が身についているようだな。細かな機微がわかるようになるのもそう先のことではないだろう」メッテルニヒはザーガン公爵夫人が部屋を横切っていくのを見て、マルコに向かって優雅におじぎをした。「ちょっと失礼させてもらうよ。公爵夫人に挨拶しなければならない。明日の夜、王宮で開かれる皇帝主催の舞踏会でまたお会いするとしよう」けだるげにウインクをしてつけ加える。「もちろん、きみの奥方にもね」

マルコは新たなシャンパンのグラスを手にとり、人ごみのなかを歩きながら怒りをしずめようとした。クリスタルのシャンデリアに無数のろうそくがきらめき、官能的な香水やスパイシーなコロンの香りが空気に渦巻いている。輝く宝石に、軽い衣ずれの音をたてるシルクのドレス、獲物をねらうような微笑み。室内には富と権力とセックスのにおいが満ちていた。

彼は不意に息苦しさを覚え、薄暗い部屋のすみに引っこんで、大きく息を吐きだした。

「いったいウィーンで何をしているんだい、ヘビ《イル・セルペンテ》？」

声のしたほうを見ると、ミラノで親しくしていた男がいつの間にかそばに来ていた。

「遊びに来たのか？」ナッチオーニはオストラヴァ産のキャビアを口ひげから払いながら続けた。「きみのヘビがあたたかな穴を探しているなら、格好の街に来たな」手にしている象牙《ぞうげ》のスプーンを筆代わりにして、色とりどりのドレスに身を包んだ女性たちの挑発的な体の線をたくみに描いてみせる。「好きな女を選べ。みんなどんな誘いにものってくるぞ」

マルコはグラスを握りしめて応じた。「そいつはおもしろいな」

かつての友はにやりとした。「きみが思いもよらないほどおもしろいぞ。いちばん大変なのは、その晩の相手をひとりにしぼることなんだから」ろうそくの明かりに歯がきらめく。「ふたりいっぺんに相手にしてもいいときもあるが」

マルコは笑って嫌悪感を隠し、シャンパンの残りを飲み干した。ナッチオーニと話していると自分が汚れているように感じられ、気分が暗くなる。ブランデーと欲望に溺れているときには、ぼくもこんなふうに不愉快な話し方をしているのだろうか？

その問いに対して自ら出した答えに、マルコの気分はさらに暗くなった。

「おい見ろよ、タレーランがいるぞ」ナッチオーニが優雅なフランス人を指さして言った。サテンやレースがふんだんに使われた、前世紀の遺物のような豪華な衣装を身にまとっている。

その伝説的なフランスの外務大臣がブロンドの豊満な女性の手にキスするのを見て、ナッチオーニはげらげら笑った。「マチルダは釣り糸を垂らす池をまちがっている。彼女にはタレーランのような大物を釣り上げるのは無理だ。タレーランの老いた体は、ザーガン公爵夫人の麗しき妹ドロテがあたためているはずだ」

マルコは予習した、長い名前のリストを思いだそうとした。国家君主から地方の小貴族まで、爵位を持つあらゆる紳士淑女が、ヨーロッパじゅうからウィーンに集まってきているのだ。

「ドロテはタレーランの甥の未亡人で、表向きにはおじであるタレーランの家の家事をとりしきるためにウィーンに来ているんだが……」ナッチオーニはにやりとした。「自分を銀の皿にのせてさしだすことが、その仕事に含まれているのはまちがいない」

マルコはナッチオーニの下品な言葉にうんざりして、ヴィーナス像の胸の上に空のグラスを置いた。「失礼するよ。妻を捜しに行かないと」

「妻だって？」ナッチオーニはおもしろいとばかりに言った。「まいったな、冗談はよせよ」

マルコは何も言わずにその場を離れ、ケイトを捜した。

不意に吐き気がして足もとがふらついた。壁に肩をあずけ、室内の喧騒《けんそう》に耳を傾ける。グラスの触れあう音や官能的な笑い声、まことしやかな嘘。仕立てのいいドレスがひるがえるたびに、嘘やからかいの言葉がささやかれる。自分はこの世界の住人だが、ケイトはちがう。このように堕落した人々のなかに、彼女をほうりこんだ自分がたまらなくいやになった。彼女は大海を渡る風や波のように、退廃的なこの場の空気とは無縁なのだから。

ケイトは日ざしを浴びた柑橘《かんきつ》類とつみたてのハーブの香りがする。それとは対照的な甘ったるい香水や脂っぽいコロンのにおいが鼻腔を満たし、マルコは息苦しさを覚えた。

「まあ、やっと見つけたわ」ネロリとワイルドタイムがさわやかな風のように香った。「はぐれてしまったのかと思った」ケイトが言った。

マルコは大きく息を吸い、感傷的になっている暇はないと自分に言い聞かせた。ケイトを守るのが先だ。自分の複雑な感情を整理する時間はあとでいくらでもある。

「周囲の状況を調べていたんだ」彼は応じた。「昔なじみにも挨拶をした」

「きっと招待客の多くと顔なじみなんでしょうね」

「ああ」マルコはこわばった声で言った。

ケイトの表情は読めなかった。「そのほうがわたしたちの仕事もやりやすくなるわ」

マルコはすぐには返事をしなかった。部屋の反対側に立つ三人の男たちが、好奇心に満ちた目をケイトに向けている。それも無理はない。彼女は襟ぐりが大きく開いた濃いブルーのドレスを身につけていた。ドレスの色が蜂蜜色の髪と、むきだしの白い腕を引きたて、よけいな飾りのないデザインが形のいい胸とほっそりした腰を強調している。

三人のうちのひとりが何か言い、残りのふたりがいっそういやらしい目つきになった。

マルコは思わず悪態をつきそうになるのを歯をくいしばってこらえ、ケイトの腕を荒っぽくつかんで大広間に戻った。「喉が渇いた」うなるように言う。

彼女は唇を引き結んだだけで何も言わなかった。

彼は通りかかった従者からシャンパンのグラスをふたつ受けとると、ひとつをケイトに渡してから、自分のシャンパンをごくりと飲んだ。「楽しんでいるかい?」ケイトは先ほど、彼女の祖父の友人で英国代表団のメンバーでもある人物に声をかけられ、その妻に紹介されていた。「ここはロンドンとはずいぶんちがうのね」ケイトは考えこむように言った。「レディ・レプトンはお友だちの皆さんと、こちらの女性たちの大胆なふるまいについて話していらしたわ。ザーガン公爵夫人は〝北のクレオパトラ〟と呼ばれていて、そのライバルのバクラチオン公爵夫人はインド製の薄いモスリンでつくられた襟ぐりの深い白いドレスしか着ないから、〝美しき裸の天使〟と呼ばれているんですって」美しいカッティングが施されたクリスタルのグラスの縁を指でなぞって続ける。「エカチェリーナ二世が寝室に引き入れる近衛兵の〝試験官〟を務めていたとされる、アンナ・プロタソフという方のことも聞いたわ」彼女は顔をしかめた。「正直に言って、こちらの女性たちの大胆さには感心させられるわ。彼女たちを礼儀作法に凝りかたまった退屈な女だとは言う人はいないでしょうね」

マルコはまたシャンパンを飲んだ。

ケイトは彼が陰気な顔をしているのに気づかずに、ロンドンから来た人々から聞いた話を披露しつづけた。「ザーガン公爵夫人もバクラチオン公爵夫人も、メッテルニヒとベッドをともにしているそうよ。もっとも、最近はロシアのアレクサンドル皇帝もバクラチオン公爵夫人につきまとっているらしいけど」

「アレクサンドルはドレスさえ着ていれば誰でもいいのさ」マルコは言った。

「あら、人のことは言えないんじゃない？」ケイトが冷ややかに言う。

彼はグラスを握りつぶしたくなるのをこらえた。

「皇帝が公爵夫人のベッドにもぐりこむまでどれぐらいかかるか、みんなで賭けているそうよ。男の人たちも負けず劣らず大胆よね。英国代表団のカスルリー卿はいつも派手な黄色いブーツをはいていて、酒を飲んでの大騒ぎが大好きだそうだし、デンマーク国王は花売り娘にご執心だとか……」ケイトはやれやれとばかりにかぶりを振った。「どうすれば真剣な議論ができるというのかしら？　ここにいる誰もがお酒や料理や情事のことしか頭にないみたいなのに」

「ぼくたちには関係ないことだ」マルコはぴしゃりと言った。室内が暑すぎるのでクラヴァットの結び目をゆるめる。「まさか忘れたわけじゃないだろう？　ぼくたちがここにいるのは、例の男を見つけるためなんだ」

「自分の務めは心得ているわ」ケイトが冷静にこたえた。「見つけたら、あなたにまっ先に知らせるわよ」

そのとき英国の外交官とその妻が近づいてきたので、ふたりは口をつぐんだ。

「ご結婚おめでとうございます、ジラデッリ卿」レプトンが礼儀正しく言った。「先ほどミス・ウッドブリッジ……いえ、レディ・ジラデッリからうかがいましたよ。あなたがロマンティックにも新婚旅行の行き先はウィーンにしたらどうかとご提案なさったと」

「本当に、なんてロマンティックなんでしょう！」レディ・レプトンも口をそろえた。「新婚

ここで開かれるパーティの豪華なことといったら。ロンドンの地味なパーティのことを思うと、恥ずかしくて顔が赤くなってしまいますわ」

「顔が赤くなってしまう理由はほかにもある」レプトンが言った。「大陸の人々はあらゆるたぐいの歓びを追い求めて……」そこまで言って顔をしかめ、言葉を切った。「すみません」

「大丈夫ですよ」マルコは応じた。

「カスルリー卿が借りていらっしゃるミノリーテン広場のお住まいにも、ぜひいらっしゃってみて」レディ・レプトンが言う。「奥様のレディ・エミリーが毎週火曜日にゆうべの集いを開かれているの」

「必ずうかがいますよ」マルコは言った。

「月曜の晩はメッテルニヒのところで集いが開かれます」レプトンが言った。「そして、もちろん金曜日はザーガン公爵夫人とバグラチオン公爵夫人がそれぞれ夜会を開いていますよ」

「ありがとうございます」マルコは応じた。「さしつかえなければ、そろそろ失礼させてもらいます。長旅で疲れていますし、明日の皇帝主催の舞踏会に備えて体を休めておきたいので」

「そうですとも。明日は何があっても欠席するわけにはまいりませんわ」レディ・レプトンが声をあげる。「晩餐会《ばんさんかい》ではハムが三百本に、ヤマウズラとハトが二百羽ずつ出されるそうよ。肉と野菜のスープも三百リットル用意されるんですって」

シャンパンを飲みすぎたせいか頭痛がしてきた。マルコは短くうなずいて、レディ・レプトンがさらに説明しようとするのをさえぎった。「それではまた明日お会いしましょう」パーム宮殿の中庭に出ると、それまで黙っていたケイトが口を開いた。「驚いたわ。こんなに早く帰ろうとするなんて。放蕩者は朝までパーティを楽しむものだとばかり思っていたわ」

マルコは何も言い返さなかった。

ケイトはシルクのショールをむきだしの腕に巻きつけた。銀色の月の光を浴びて顔が輝き、結い上げた髪のおくれ毛が風にそよいでいる。

気持ちのいい夜で、空では星が、黒いベルベットに縫いつけられたダイヤモンドのようにきらめいていた。反対側の建物のアーチ形の窓は開け放たれ、明るい室内から軽快なバイオリンの音色や、女性の笑い声、そしてシャンパンの栓が抜かれる音が聞こえてくる。

「バグラチオン公爵夫人とその崇拝者たちも、ザーガン公爵夫人に負けず劣らず楽しんでいるようね」ケイトは窓を見上げて、ふたつの人影が情熱的にキスを交わすのを見守った。「例の男がバグラチオン公爵夫人の夜会にいないか、確かめたほうがよさそうだわ」

彼女は中庭を突っきろうとしたが、マルコはその腕をつかんで引きとめた。「最初の晩としてはもうじゅうぶんだ。部屋まで送っていくよ」

ケイトの腕がこわばった。「あなたは？」

「きみが思っていたとおり、放蕩者は朝までパーティを楽しむんだ。きみを送ってから、二、

三、行かなければならないところがある」

彼女が怒りに身をふるわせた。「わたしは、あなたが気まぐれにほうりだす汚れた夜会服でも、壊れた懐中時計でもないわ。わたしたちはパートナーなのよ。忘れているといけないから言っておくけど」

マルコは感情を顔に出さずにささやいた。「信じてくれ。それを忘れたことはないよ」

ケイトはまるで頬を打たれたかのように、はっと身を引いた。

「わかってくれ。何軒かの酒場に行かなければならないんだ。どこも女性が行ったら不必要に注意を引いてしまうような場所だ」簡潔に説明する。「こっちで活動しているリンズリー卿の諜報部員に渡りをつけておかなければならない。これから先の連絡手段を確保するためにね。謎の男を本格的に探すのは明日からでいい」

「わかったわ」

「任務を成功させるためには、注意を怠らないのはもちろんだが、休息もしっかりとらなければならないんだ」マルコはつけ加えた。

「そんなふうに言われると反対できないわね。馬車をつかまえて帰りましょう」

マルコはうなずいた。疲れていたので、また言い争いになるのはなんとしても避けたかった。

「そうだな、さあ、行こう」

24

トランペットが高らかに鳴り響き、サーベルががちゃがちゃ鳴る音と大理石の床を踏み鳴らす足音がそれに続いた。華やかな礼装に身を包んだ兵士たちが、王宮の正面玄関の両わきで敬礼し、歓迎の意を示す。

「バイエルン国王だ」赤い絨毯が敷かれた階段をよろよろとのぼっていく太った男性を見て、マルコが言った。

「バイエルン王妃もいらしているの?」ケイトはそうききながら首をのばし、中庭に入ろうと列をなす豪華な馬車に目を凝らした。

「ああ、もちろん。王妃は先週まっ先に開かれた仮面舞踏会に出席した。でも、君主たちはたいてい妻を置いて、ひとりでパーティに参加する」マルコは答えた。「そのほうが、こうした華やかな場に集まる美しい女性たちと自由に関係を持てるからね」

これだけ華やかな舞踏会はそうはないものね、とケイトは思った。マルコはわたしを連れてきたことを後悔しているにちがいない。妻なんてただのお荷物だもの。女性たちのあいだを自由気ままに飛びまわるのを邪魔する鉄の鎖にすぎない。

英国の男たちが結婚は〝足枷《あしかせ》をはめられること〟だと言うのも無理はないわ。

「用意はいいかい?」マルコが問いかけるような目を彼女に向ける。

ケイトは気がめいるような考えを頭から追いやり、あごを高く上げた。いくつもの棟からなる迷路のようなホーフブルク宮殿は、夕闇のなかでいっそう立派に見える。けれども、おじけづく必要はないと彼女にはわかっていた。

「ええ、もちろんよ」

ふたりは壮麗な正面玄関を通って大舞踏室へ向かった。大舞踏室はすでに招待客であふれ返っていた。ケイトは目を見開き、鋭く息を吸いこんで、その豪華な雰囲気にのまれまいとした。はるか頭上では巨大なシャンデリアが輝き、まばゆい光を投げかけている。彼女は光の海を見上げた。何段にもなったクリスタルのシャンデリアには八千本を超えるろうそくが立てられていると聞いたときはとても本当だと思えなかったが、実際に目にしてみると簡単に信じられた。どこもかしこも金色で、きらきら輝いている。ウィーンではすべてが過剰なほどに豪華だ。視線を前に戻してもその印象は変わらなかった。美しいドレスを身にまとった人々を見ていると、南国の色鮮やかな鳥の群れに迷いこんだ英国の地味なスズメになったような気がした。

オーケストラが演奏をはじめると、彼はケイトの手をとって、回廊に続く中央の大きな階段へ向かった。「最初のダンスはポロネーズだ。バルコニーからのほうが、人々がよく見える」

ケイトは祖父の屋敷のテラスで月明かりのもとワルツを踊ったことを思いだしながら、舞踏室の寄木細工の床を残念そうに見おろした。「踊らないの？」

「ポロネーズはゆったりした荘厳な行進曲なんだ」マルコが説明する。「踊るのを許されるのは、王家の血を引く者だけだよ」彼は唇をゆがめて皮肉っぽく笑い、お仕着せを着たウエイターからシャンパンのグラスをふたつ受けとった。「残りの者たちは畏敬《いけい》の念に打たれながら、賞賛のまなざしでそれを見守るというわけだ」

トランペットが鳴り響き、またひとり国家元首が到着したことを告げた。「あの方がロシア皇帝？」深いグリーンの勇壮な軍服に身を包んで大舞踏室に入ってきた背の高いブロンドの紳士を見て、ケイトはたずねた。

「ああ、あれが天使のごとき皇帝アレクサンドルだ」

「軍服を着ているせいでいっそう神々しく見えるわね」

マルコは片方の眉をつり上げた。「彼はパーティ三昧でかなり太ってしまい、サンクトペテルベルグから新たに一式、服をとりよせたそうだ」

「ここにいる人たちはみんなそんなに虚栄心が強いの？」

「虚栄心はここウィーンでは罪のうちに入らないからね」マルコが言った。「来るんだ」声を落として続ける。「きみが目を向けなければならないのは君主ではなく、普通の男たちだ」

とはいえ、男性たちの顔に意識を集中させるのは簡単なことではなかった。まわりには目を引く豪華なものがあふれている。ケイトはおとぎの国の城にさまよいこんだように感じながら、マルコのあとについて、異国の花を用いた花綱で飾られた巨大な階段をのぼった。階段はゆるやかなカーブを描き、壮麗なベルベットの垂れ幕がかけられたバルコニーへと続いている。気づくと彼女は赤とゴールドに彩られた垂れ幕に見とれていた。

マルコがケイトのわき腹をひじでつついた。「男を見るんだ」厳しい口調で念を押す。

「わかってる」彼女は小声で応じた。まばたきして少女じみた妄想を追い払い、目を凝らす。女性と同じように男性も優雅に着飾っていた。燕尾《えんび》服や、レースのクラヴァット、形よく仕立てられたズボン、そして勲章や金モールで飾られた軍服に女性たちの視線が集まっている。まばゆく輝く真鍮のボタンや宝石のついたピンを見ているうち、ケイトの目は痛くなってきた。

集中しなさい。彼女は心のなかで自分をしかった。

「まあ、マルコじゃない！」そばの回廊から声がした。甘ったるい口調で彼の名前を口にした女性は、さらに続けた。「まったく、ひどい人ね！　あなたがウィーンに来ていることはとっくに知っていたのよ」背の高いほっそりした貴婦人が人ごみをかき分けるように現れて、マルコの襟をつかんだ。きれいにカールさせた黒髪を結い上げ、大きなルビーがいくつもはまった髪飾りをつけている。ルビーの濃い赤とよく似た美しい緋色《ひいろ》のサテンのドレスは、象牙色の肌を引きたてていた。

女性はバラのつぼみのような唇を挑発的にとがらせ、マルコを自分のほうに引きよせて、その頬にキスをした。「どうして会いに来てくれなかったの？」

マルコは咳払いをして言った。「ウルスラ、ぼくの妻を紹介させてくれ。キャサリンとぼくはついこのあいだ英国で結婚し、新婚旅行でウィーンに来たんだ」

「結婚した、ですって！」

「ケイト、こちらはウルスラ・フォン・アウクスブルク男爵夫人。ぼくの古い友人だ」

「結婚したの……」男爵夫人はそう言って、かなり間を置いてから続けた。「かわいそうに」

大きな宝石のついた指輪をはめた指を振りたてる。「純情なお嬢さんを相手にするのは危険だって何度も警告したでしょう？」男爵夫人はケイトをちらりと見ると、優雅に弧を描く眉をつり上げた。「英国人はその手のことを真剣にとるって教えてあげたのに」

そうした皮肉は冷ややかに笑って受け流すべきだとわかっていたが、ケイトは言い返さずにはいられなかった。「わたしはアメリカ人ですわ」

また間があいた。「おもしろいわね」男爵夫人はケイトをじろじろ見たあと、聞こえよがしにため息をついた。「ねえ、あなたのお父様は何をなさっているの？　アメリカ人というのは何をして生計をたてているのか話すのが好きなんでしょう？」

「亡くなった父は海賊でした」

すると、男爵夫人の人をこばかにしたような態度が消え、動揺の色が浮かんだが、彼女はすぐに気をとり直して言った。「それなら、少しのあいだご主人を奪ってもかまわないわよね」象牙の柄の扇でマルコの袖を叩く。「行きましょう、かわい子ちゃん。あなたに会いたがっている昔からのお友達がほかにもいるのよ」

かわい子ちゃん、ですって？　ケイトは顔をしかめないよう注意しながら、その言葉を心のなかで繰り返した。まるで子ネコに話しかけるような口ぶりだ。

マルコは男爵夫人に腕をとらせた。「ああ、行こう。でも、ケイトは連れていかないよ。ひとりでもじゅうぶん楽しめるだろうから」

「ええ、もちろんよ」ケイトはそう言って、遠ざかっていくふたりを見送った。新たにシャンパンをもらい、体のなかに生じた小さな炎を消してくれることを願いながら、ごくりと飲む。だめよ。ばかなことは考えないで。マルコとの結婚は形だけのものだ。彼はわたしに貞節を誓ってなどいない。

「あなたのお連れの方はどうしようもありませんね。美しいご婦人を、たとえほんの少しのあいだとはいえ、ひとりにしておくなんて」

彼女は振り返った。「さしつかえなければ私にお相手をさせてください、マダム……」声をかけてきた紳士は問いかけるように言葉を切った。

「ウッド……」ケイトはそう言いかけて、すぐに言い直した。「ジラデッリ伯爵夫人です」その名前を口にすると、自尊心が保てるような気がした。まわりにいる女性たちのように洗練された態度をとろうと心に決め、にこやかに微笑む。

「はじめまして。お目にかかれて光栄です」紳士はケイトの手をとり、唇のそばに持っていった。流暢《りゅうちょう》なフランス語だったが、かすかにスラブなまりがあるのにケイトは気づいた。「アンドレイ・ヤコフスキと申します」手の甲を上にして、手袋の縁のすぐ上に軽くキスをする。

「ポーランドの方ですの？」彼女はたずねた。

ヤコフスキは肩をすくめて英語に切り替えた。「近ごろはそう言いづらくなりましたけどね。多くの国が私の生まれた国を小さく切り刻もうとしているんですから」

ケイトは彼のユーモアに好感を持った。「英国はワルシャワ公国の独立を支持していないんですか？」

「なんとまあ！」ヤコフスキは大げさに驚いてみせた。「あなたはゴシップやたわむれの恋を楽しむだけでなく、会議の動向にも興味がおありなんですか？」

「わたしには胸だけでなく脳みそもありますから」ケイトは言った。

「脳みそのほうも胸と同じようにかなり立派なようですね」ヤコフスキが彼女の胸もとに視線を移して応じる。

ケイトは体が熱くなるのを感じた。ケイトのドレスは男爵夫人のものほど襟ぐりが深くくれていないし、彼女自身が性的魅力にあふれているわけでもないが、ほめられて悪い気はしない。

「紳士がそんなことを言うのはどうかと思いますけど」

「たしかに」ヤコフスキは言った。チョコレートブラウンの目がおもしろがっているかのように輝く。彼はウエイターを呼んで、自分とケイトのグラスにシャンパンを注がせた。「でも、お願いですから気を悪くなさらないでください。お連れの方が戻られるまで、私と一緒に会場内を歩いていただけないかと思っているんですから」

ケイトは自分に課せられた使命を忘れてはいなかった。もともと回廊を歩きたいと思っていたし、各国の代表団の顔と名前を一致させるのにヤコフスキは役にたつかもしれない。

「喜んでご一緒させていただきますわ」彼女はていねいに言って、ヤコフスキの腕をとった。

「それはよかった」彼が身をよせてくる。歩きだすと、ふたりの太ももが触れあった。「失礼。なにぶん人が多いもので」

ケイトは、それほどこみあってはいないことはあえて指摘しなかった。恋愛のまねごともゲームの一部なら、とことんやるつもりだ。「舞踏室の様子を見てみませんこと？」バルコニーのほうへ向かいながら言った。「こんなに豪華な舞踏会は初めてですわ」

「ウィーンにいらしたのは初めてなんですか？」ヤコフスキが礼儀正しくたずねた。

「ええ」ケイトは踊る人々を熱心に見つめながら答えた。

「それなら夢中になっていらっしゃるのも無理はありませんね」ヤコフスキがそこで間を置き、磨きこまれた寄木細工の床の上で踊る人々をながめる。「でも、すぐに飽きますよ」

「甘いものを食べすぎたときみたいに？　最初のうちはとてもおいしく感じるのに、やがて歯が痛みはじめて、胃がむかむかしてくる」

「まさにそうです」ヤコフスキは笑った。「じきに綿菓子や色とりどりのマジパン以外のものがほしくなる」ものほしげな目でケイトを見る。

「なんだか退屈なさっているような口ぶりですね」

「退廃的なパーティにはすぐに飽きてしまいますよ」ヤコフスキは穏やかな口調でこたえた。

「ご婦人方は皆同じに見えるし、目新しいことは何もない」整えられたひげに手をやる。頭上でベルベットの垂れ幕がゆれたかと思うと、彼の顔に影が落ちて、高い頬骨がナイフの刃のように鋭く見えた。「でも、あなたはほかのご婦人方とはちがうようだ」

ケイトは舞踏場で踊る人々に目を向けたまま、どうこたえようかと考えた。シャンパンのせいで少々やけになっているのかもしれないが、ヤコフスキを拒絶しないことにした。

「ええ、ちがいますわ」ケイトは認めた。「あなたはこの手の舞踏会に慣れていらっしゃるでしょうけど、わたしは初めてなんです。わたしと一緒にひとまわりして、今夜ここにいらしている方々のお名前を教えてくださいませんか?」目を伏せて、つけ加える。「ごらんのとおり、悲しいことに夫は義務を放棄しておりますので」

「まったく、けしからんことですな」ヤコフスキはさらに彼女に身をよせた。「喜んでご主人の代理をお務めしますよ」

「あなたはここにいる多くの方とお知りあいなんでしょうね?」ヤコフスキとともに歩きなが

ら、ケイトは何気なくたずねた。

「ええ」ヤコフスキが顔をしかめた。「この一年間、ロシアやプロイセン王国のさまざまな州と、母国の運命について交渉してきましたからね。平和会議の出席者たちと思いのほか親しくなってしまいました」

「あのあごひげをたくわえた、背の高い北欧系の方はどなたですの?」ケイトはわずかに体の向きを変えて、ヒップに置かれたヤコフスキの手から逃れた。

「〝むっつり屋のスウェーデン男〟と呼ばれている男です」ヤコフスキはくすりと笑った。「恋人が心変わりするたびに、喉をかき切って死んでやると騒ぎたてる。そんなふうに悲しみを詩的に表現する男ですから、本当に自ら命を絶って苦痛から逃れるかもしれません」

「その左にいる赤毛の方は?」

「ああ、あれはヘルツフェルドです。ポメラニアの代表団長で……」ヤコフスキは話がうまく、それぞれの人物について興味深い話を披露した。

ケイトは男性たちの顔に意識を集中し、タッパンの屋敷にいた謎の男を探しながら、ヤコフスキの説明に耳を傾けた。さまざまな国や民族の代表がいた。ザクセン人、プロイセン人、ポーランド人、ラトヴィア人、ロシア人。これだけ多くの人種がせまい場所に集まっていることを考えれば、バルト海沿岸の地域が小さな火種で爆発する火薬庫となっているのもうなずける。

「楽しまれていますか?」ヤコフスキの熱い息が彼女の耳をくすぐる。

「ええ、とても」ケイトはクリスタルのグラスの柄を握りしめて、つくり笑いを浮かべた。「向こうに行きましょう」ヤコフスキがささやいた。「奥にいくつか部屋があります。そちらのほうが人も少なくて、静かに話ができますよ」

ヤコフスキの目的が話をすることだとは思えなかったが、ケイトは黙って彼についていった。互いにつながっている部屋のなかを歩いていくと、シャンデリアはいつしか壁の燭台に変わり、壁は黒っぽい羽目板になった。壁には古いタペストリーが飾られ、床には分厚い東洋の絨毯が敷かれている。そこかしこに集まっている人々は互いに親密な間柄のようで、聞こえてくる言葉から察するに、政治のことを話しているのではなさそうだった。

ケイトはすばやくあたりを見まわした。探している男の姿はない――夫の姿も。とはいえ、部屋と部屋をつなぐ廊下には、逢引するのにちょうどいい暗がりがたくさんある。ふたりはすでに、情熱的に抱きあう何組かの男女のそばを通りすぎていた。マルコと男爵夫人が情熱の炎を燃やしている姿を思い描くのに、想像力はたいして必要なかった。

「グラスが空になっていますよ、レディ・ジラデッリ」ヤコフスキが銀のトレイからシャンパンのボトルをとった。「お代わりは?」

顔がほてっているにもかかわらず、ケイトはうなずいた。「この泡が刺激的なんですよね」

グラスを口に運び、舌の上で泡がはじける感触を楽しむ。

ヤコフスキが彼女のヒップに手を置いて、暗い廊下へいざなおうとした。「それと同じ刺激を肌に得られる、いい方法がありますよ」

「本当に?」ケイトは恥ずかしそうに言った。わたしがマルコ以外の男性にキスを許したとしても、彼にとっては当然の報いだ。だからといって、マルコが気にするわけではないけれど。

彼女はさらに奥の部屋に進もうとして、前方の階段から垂れさがるベルベットの幕の前に見慣れたつややかな黒髪があるのに気づいた。その髪には男爵夫人の指がからみついている。

「申し訳ありませんけど、ちょっと失礼します」ケイトはヤコフスキにグラスを押しつけて、一歩あとずさりした。

「私もご一緒させてください」

「ありがとうございます。でも、女というものはこの手の用事には殿方についてきてほしくないんですのよ」意味ありげに言う。「ここからそう遠くありませんから」

ヤコフスキはケイトを行かせたくなさそうだったが、そう言われては引きさがるしかなかった。「こちらでお待ちしています」壁にマホガニーの羽目板が張られた薄暗い部屋を指さして言う。「あまり遅くならないでくださいね」

ケイトはドレスをつかんで、廊下を急ぎ足で引き返した。ありがたいことにあたりは薄暗く、行き交う人々にまっ赤な顔を見られずにすんだ。

結婚したばかりだというのに、よくもまあ堂々と妻を裏切れるものね。

シャンパンのせいでいっそう大きくふくらんだ怒りが、体のなかで暴れまわる。引き返してマルコを問いつめたい衝動に駆られる。マルコの頬を引っぱたいて、みだらな口に浮かぶ魅惑的な笑みを消し去ってやりたい。てのひらがうずいたが、そんなことをすれば恋愛ゲームを飽きるほどに楽しんでいる貴族たちの目に、自分がどれだけ世間知らずに映るかわかっていた。

彼らにとってセックスはゲームにすぎない。そして愛は……。

考えるのもばかばかしいことだ。

ケイトは柱廊で歩く速度を落とし、柱の陰に入った。冷たい大理石の柱が肌のほてりをしずめてくれる。頬を柱に押しあてて深く息を吸い、鼓動が落ち着くのを待った。なんてばかなのだろう。夫を本気で愛するようになるなんて。この秘密は誰にも知られてはならない。気持ちを抑えて無関心を装うのよ。冒険とさすらいの日々のなかで、困難をのりこえるすべは身につけたはずでしょう。

もうしばらく待って気持ちを落ち着けてから、柱の陰から出ようとすると、ふたりの紳士が柱廊に入ってきた。額をつきあわせるようにして、小声で何か話している。ふたりの様子の何かが引っかかり、ケイトは柱の陰にとどまった。

ふたりの男は足をとめ、ひとりが肩越しに振り返った。

「まあ、そうびくびくするな。そんなに緊張するとは、初夜を迎える生娘みたいだぞ」連れの男がうなるように言う。

「この手のことにかかわるのはこれが初めてだから……」もうひとりの男は最後まで言わずに

言葉を切った。

「私が渡した文書がまちがいなく彼の机の上に置かれるようにすればいいだけだ」

「心配はいりません。自分の役割は果たしますよ」

「もちろんそうだろう」

穏やかだが脅すような口ぶりだ。その声には聞き覚えがあった。うなじの毛が逆だつのを感じながら、ケイトは少しずつ前に進みでて、男の顔を見ようとした。回廊の明かりが白い大理石の柱に反射して、男のブラウンの髪と細い鼻が浮かび上がった。

あのときの男だわ。

「ここでのんびりしている暇はない」ケイトがタッパンの屋敷で見た謎の男は続けた。「エレンドルフが休憩室で待っている」


「お邪魔してごめんなさい、かわい子ちゃん」ケイトがマルコの袖に触れて言った。「でも、ちょっとお話があるの」

彼は驚いて声のしたほうを見た。「いとしい人《カーラ》――」

「本当に申し訳ありません、男爵夫人」ケイトの手に力がこもる。「お許しください」

マルコは男爵夫人の手からゆっくりと身を離した。

「例の男を見たの」ケイトがささやく。

彼の五感がまたたく間にとぎ澄まされた。「どこで?」

「ついさっき、休憩室に入っていったわ」ケイトは足を速めた。「こっちよ」

彼女とともにそっと休憩室に入ると、マルコはすぐに飲み物が置かれたテーブルに足を運んで、シャンパンのグラスをふたつとった。「笑って」ケイトの首筋に鼻をこすりつけながら命じる。「足もとがおぼつかないふりをするんだ」

ふたりがもつれあうようにしてふらふらと歩いても、誰も気にもとめなかった。マルコは彼女を壁に押しつけてたずねた。「どの男だ?」

「中世の剣の陳列棚の横に立っている男たちのなかよ。ブラウンの髪の男」ケイトがこたえる。「細い鼻をして、細い口ひげを生やしているわ。暗いえんじの上着を着ている」

「わかった」

「誰だかわかる?」ケイトはくすくす笑うふりをしてたずねた。

「いや。でも、簡単に突きとめられると思う」

マルコはふたたび飲み物のテーブルに向かい、王宮の警備兵に近づいた。「剣の陳列棚のそばに立っている口ひげを生やした紳士だが——バイエルンのブーレン殿かな?」これ見よがしに目を凝らしてたずねる。

「いいえ」警備兵は答えた。「ザクセン王国の代表であられるグリンバルト伯爵です」

「なんだ。ブーレンを捜しているんだが。この街でいちばんの売春宿を知っているそうでね」

警備兵は肩をすくめて歩み去った。

マルコはパンチをぐいと飲み干してみせてから、ケイトのもとに戻った。「タッパンの屋敷にいたのはまちがいなくあの男なのか？」まちがいを犯すわけにはいかなかった。

「ええ」ケイトが答えた。

マルコは片方の肩を壁にあずけて、古典的な絵が描かれた天井を見上げた。キューピッドのような裸の子どもとニンフが飛びまわり、地上のばか騒ぎをながめている。その豪華な天井画を見ていると、ここにいる客たちの誰もがつくり笑いを浮かべながら自分の身勝手な欲望を追求していることを思いだした。

もしケイトがまちがっていたら、どこかの国王が死ぬことになる。

マルコは天井から目を戻して、彼女の横顔を盗み見た。疲れがにじみでていたが、その強さは消えていない。オオカミの群れにほうりこまれたのに、恐怖のあまり気絶することも金色の美しいまつげを動かすこともなく、牙をむくオオカミに平然とたち向かったのだ。

カールしたまつげに光があたり、何もかもがまぶしい空間のなかで、純粋な輝きを放った。ケイトはかつて罪を犯したのかもしれないが、自分自身には正直だ。マルコは彼女に身をよせて、その頬に唇を押しあてたくなった。ケイトは荒々しい世界を生き抜いてきたのに、少しも汚れていない。彼はいくじのない自分が恥ずかしくなった。いつの日か、内なる悪魔にたち向かう勇気が持てるだろうか？

だが、その前にやらなければならないことがある。

「よくやった、いとしい人《カーラ》」マルコは声を落として言った。

「信じてくれるの？」もしかするとどこかでグラスが触れあう音がしたせいかもしれないが、ケイトの声は奇妙な調子を帯びているかのように聞こえた。

「もちろんだ」マルコは彼女のショールに指をからませた。「ここを出よう。馬車で説明する」

ふたりの乗った馬車が動きだすと、彼は口を開いた。「わかってきたぞ。ナポレオンを倒した今、ヨーロッパで最も大きな争点は、バルト海沿岸の地域をどう分けるかだ。ロシアとオーストリアと英国はそれぞれ独自の考えを持っているが、その鍵となるのはザクセン王国だ。ザクセンの国王はプロイセンに領土を譲ることをかたくなに拒んでいる。もし国王がいなくなれば……」マルコはその地域の情勢についてリンズリーから聞いたことを話した。「ぼくたちの情報源によると、グリンバルトはロシアの主張を支持しているらしい。しかも彼は、ザクセンの王位継承者に大きな影響力を持っているそうだ。今の国王が暗殺されれば、はかり知れないほどの権力と富を手に入れることになる。アレクサンドル皇帝は協力をとりつけるためなら金を惜しまないからね」

「なるほどね」ケイトは言った。馬車の窓にはカーテンが引かれており、車内は闇に包まれている。そのせいか彼女の口調がどこか冷たく聞こえた。

「きみの観察力が鋭くて、ぼくたちは本当に運がよかったよ」

彼女はそっけなく笑った。

マルコは眉をひそめた。どうやらケイトはぴりぴりしているらしい。だが、彼女はこのところずっと強いストレスにさらされている。おかしくならないのが不思議なぐらいだ。

「きみが簡単にはへこまないこともよかった。もちろん、きみの人生がめちゃくちゃになってしまって申し訳ないと思っているがね」

やわらかな革の座席にシルクのドレスがこすれる音がした。「わたしが平気でいられるのは、困難をのりこえる方法を知っているからよ」

マルコはどう返事をしていいのかわからず、無言のままでいた。ここ最近、役にたつ情報を少しも手に入れられないでいる。いつもなら、西はリスボンから東はモスクワまでのありとあらゆる街でささやかれるゴシップをすべて知っている男爵夫人も、タッパンについて目新しいことは何も知らなかった。ただひたすら、もっと個人的な話題に変えようとするばかりで、マルコは男爵夫人のしなやかな指をズボンから遠ざけておくために、その手をしっかり握っておかなければならなかった。

彼はケイトのほうを残念そうに見た。彼女の表情が少しでも見られればいいのに。あの魅力的な笑い声に包まれたい。熱い唇や肌を味わいたかった。

暗闇のなか、ケイトの香り——太陽と海のにおい——がかすかに漂ってくる。

やがて馬車ががたんととまり、彼女が扉を開けて外に出ると、その香りは消え去った。

25

ケイトは自分たちの部屋へと続くせまい階段をゆっくりとのぼった。起きて待っているようメイドに言わなくてよかったと考える。体じゅうが痛かった。馬車による移動と、暗殺をもくろむ男を見つけなければならないという緊張感が体にこたえたのはたしかだが、肉体的な痛みよりも精神的な痛みのほうが大きかった。心は傷つき、今にも砕けそうだ。

謎の男を見つけたことに得意になってもいいはずなのに、それどころかきまりが悪く、自分に自信が持てなくなっていた。

結婚証明書に署名をする際に軽くキスしたことを別にすれば、マルコはこれまで夫としての権利を行使しようとしていない。わたしのドレスの裾をまくり上げるのが不道徳な行為だったときにはあんなに熱心だったのにと思い、ケイトは心のなかで顔をしかめた。わたしをベッドに連れていくのが当然のことになったとたん、すっかり興味をなくしたみたいだ。

だけど、なにも驚くことではない。放蕩者は女性を追いかけるのが好きだと聞いている。不義の関係を結ぶほうが、はるかに刺激的なのだろう。

暗がりのなか、マルコの重々しい足音が葬送曲のように響いた。自由な独身生活が終わったことを彼は嘆いているにちがいない。マルコの目が男爵夫人のなかばむきだしになった胸に釘づけになっていたのに、ケイトは気づいていた。その目に宿っていた切望と強い欲望も。ぴんと張りつめた薄いシルクを見れば、その下に豊かな胸が隠れていることは容易に想像がつく。

ケイトは自分の胸を見おろした。わたしは、ウィーンに集まっている優雅で洗練された女性たちの足もとにもおよばない。彼女たちは輝く宝石や、豪華なドレスやその美貌《びぼう》で男性を惹きつける。それにくらべてわたしは男の子みたいにやせているし、思っていることをはっきり口にする。男性は普通、そういう女は好きではない。少なくとも、そう感じる。

マルコと一緒に階段をのぼりながら、ケイトはこっそり彼を見た。ろうそくの炎に照らされた顔はこわばっていた。美しい顔に暗い影が落ちている。マルコは不幸せそうに見えた。無理もないけれど。

そのとき、ケイトはでこぼこの踏み板につまずいてよろめいた。

「気をつけて」マルコが彼女の腰に手をまわして自分のほうに引きよせ、たくましい体で彼女の脚を支えた。

彼のそうした姿は、甲冑を身にまとい、白馬に乗って皇帝の客を出迎えていた騎士を思いださせた。輝けるヒーローを。

こんな妄想にふけるのは愚かな女学生だけよ。

「あと何段かのぼれば部屋だ」マルコが言う。

その声はすぐ近くで聞こえたが、ふたりのあいだには大きな黒い溝があるかのように思えた。

鍵が開けられ、ドアが鉄の蝶番《ちょうつがい》をきしらせて開く。

ふたりの背後でドアが閉まると、ケイトの目に涙があふれた。夫に恋焦がれるなんてばかげている。マルコはわたしを愛してなどいないのに。これはただの仕事。わたしは彼にとって迷惑な存在でしかないのよ。

「やれやれ」マルコは上着を脱いでランプに火をつけた。火がともり、マルコの体に光を投げかける。ぱりっとしたリネンのシャツがたくましい肩を強調していた。「終わってほっとしたよ。もうひとロフォアグラを食べさせられていたら、その場で吐いていたかもしれない」

サイドテーブルにランプを置いて振り返る。刺繍が施されたえんじのベストに包まれた体がシルエットとなって浮かび上がった。

「よくやった、ケイト。きみがいなければ、この任務はとても果たせなかったよ」マルコはそう言って、彼女のショールを受けとろうと手をのばした。

ケイトは身を引いて寝室に駆けこんだ。サテンの靴を片方脱いで、ほうり投げる。靴は床の上を転がっていった。

マルコが片方の眉をつり上げた。

まったく、いまいましいったらないわ。ケイトは彼に泣き顔を見せるつもりもなければ、愛してくれと懇願するつもりもなかった。もう片方の靴も壁にぶつける。

「どうかしたのかい？」

「なんでもないわ」彼女はドレスを脱いで、すり切れた敷物の上に落とし、足を抜いて思いきり蹴とばした。

マルコがろうそくを手に戸口に立った。「何か怒らせるようなことを言ったかな？」

「いいえ」コルセットのひもをほどき、身をよじって脱ぐ。コルセットが折れる音がしたが、すさまじい怒りに駆られていたので、そんなことは気にならなかった。ケイトは悪態をつきながら、コルセットを鏡台の椅子に投げつけた。

「舞踏会のあとはいつも服をめちゃくちゃにするのかい？」マルコは床に落ちているシルクのドレスを慎重な手つきで拾い上げ、軽く振ってしわをのばした。「こんなに金のかかる妻をもらったとは思わなかったよ」

「それは妻をもらおうなんて考えてもいなかったからでしょう」ろうそくの光のなか、とまどいながらも口もとに笑みを浮かべている彼を見ると、ケイトの不安と怒りが爆発した。「今あなたは、そのつけを払わされているのよ」

彼女はくるりと向きを変えて洗面器のほうへ行こうとしたが、薄手のスリップが衣装だんすの掛け金に引っかかった。静まり返った薄暗い室内に鋭い音が響く。繊細なスリップが破れ、はらりと垂れて、胸が露わになった。

なんて滑稽《こっけい》なのかしら。まったく恥ずかしいったらないわ。きっとばかみたいに見えるはずよ。胸をむきだしにして、魚売りの女みたいにわめいているなんて。

マルコが笑ったら殺してやるわ。

「ケイト」その声はおもしろがっているようには聞こえなかった。

もういや。頰を涙が伝う。

「ああ、美しい人《ベラ》」

「そんなふうに……呼ぶのは……やめて」ケイトは涙にむせびながら言った。

「どうして?」マルコが彼女に一歩近づく。

ケイトはあとずさりした。なんだか自分が弱い女になったような気がする。今までずっと、自分は強い女だと自信を持ってきたのに。こんなに切ない欲望を感じるのはこれが初めてで、彼女は不安になった。

「そう呼ばずにはいられないんだよ、ケイト」罪深いまでに黒いまつげの奥で、瞳が宝石のようにきらりと光る。「きみは〝ベラドンナ〟だから。ぼくの心を盗んだ」

「わたしが盗んだのはお財布だけよ。あなたの心には触れることすらできないもの」

「もし触れられたとしても、ほしいとは思わなかっただろう。ぼくの心はまっ黒で、なんの魅力もないはずだから」マルコは手をのばして彼女の頰に軽く触れた。「でも、ぼくの残りの部分はすべてきみのものだよ」

「ええ、そうね。あなたはわたしのもの……そしてあなたに色目を使うすべての女性のもの」

ケイトは思わず口走った。

「やきもちをやいているのか?」マルコが低い声でたずねる。

「いいえ」彼女は涙が頬を伝うのを感じながら答えた。「怒っているのよ。あなたは……あなたは……」

この場にふさわしい痛烈な言葉を考えつく前に、マルコがケイトを抱え上げ、ベッドに連れていった。

「おろしてよ!」ケイトは彼の胸を拳で叩きながらわめいた。

「わかった」

彼女の体はふんわりした上掛けにはずんだあと、静かに沈みこんだ。

「出ていって」ケイトは枕を胸に抱えて言った。

マルコはその言葉を無視し、平然とシャツのボタンを外して頭から脱ぎはじめた。

彼の胸に枕が命中する。

マルコはあとずさりし、白いシャツの袖を持って振った。「戦うのはやめて休戦協定を結んだほうがいいんじゃないかな?」

「平和会議なんてくそくらえよ」ケイトは叫んだ。「〝胸見せ男爵夫人〟と降伏条約でも結んできたら?」さらなる攻撃を加えるために別の枕をつかむ。

「宣戦布告か？」マルコは飛んできた枕をよけた。「それならぼくも自分の身を守るために戦わなければならない」

ケイトの血は沸き返り、激しい怒りが自分を憐《あわ》れむ気持ちを消し去っていた。彼女は次にベッドわきのたんすの上にある本をつかんだ。

「この悪魔《ディアヴォロ》め！」マルコは片方の腕を顔の前に上げて身を守った。

「悪魔と戦っても勝ち目はないわよ」

「まったく、拒絶された女はたちが悪い」

「拒絶された女ですって？」ケイトはあざけるように言った。「まるでわたしがあなたとベッドをともにしたがっているような言い草ね」分厚いバイロンの詩集を手にとる。相手にダメージを与えるには申し分のない武器だ。

目のまわりにあざをつくって女性たちといちゃつけるか、やってみればいいのよ。

マルコはケイトの心を読んだかのように低く悪態をつき、彼女が本を投げると同時に身をかがめた。シャツを床に投げると、床の上を転がってベッドに近づいてから飛び上がる。張りつめた筋肉を覆う日焼けした肌に、赤みがかった金色の光が躍った。

マルコの体にのしかかられ、ケイトは一瞬、息ができなくなった。激しい怒りを感じて無言のまま身をよじり、彼の熱い体の下から逃れようとする。

「やめるんだ」マルコがうなるように言い、彼女の両手を手首のところでつかんで頭の上に上げさせた。「夫として命令する。おとなしくするんだ」

「夫でなんていたくないくせに」ケイトはかすれた声で言った。「きみはどうなんだ、ケイト？　妻でいたいのか？」

もつれた黒い髪越しにマルコの目が光るのが見えた。

ケイトは抵抗するのをやめた。聞こえるのはふたりの荒い息づかいだけだ。熱い空気が渦巻き、見えない火花が散る。

「運命を憎んでいるのか？」マルコの舌が彼女の唇をなぞる。「堕落した放蕩者を夫に持たなければならなくなった運命のいたずらを」

「わたしは……」

唇を噛まれ、ケイトの全身に炎が走った。

「それより悪いことも少しはあるわ」彼女はもごもごと言った。必死で怒りを保とうとする。ほかの感情にとらわれたら欲望に負けてしまいそうだった。

「たとえば？」マルコが唇で彼女の頬骨をなぞりながらたずねる。

「マストにしばりつけられて、カモメに目玉をくり抜かれるとか」ケイトは言った。マルコは彼女のまつげにキスをして、残っていた涙を吸いとった。

「拷問だな」彼は同意した。「長くてかたい柱にしばられるのは、死よりも過酷な運命だ」

ケイトはこらえられず、低く笑った。「まったく、あなたって、どうしようもない人ね」

マルコは力強い大きな手でケイトの両手首を押さえながら、もう片方の手で彼女の腰のところで丸まっているスリップに触れた。スリップをゆっくりとたくし上げて太ももを露わにする。彼の指がチョウの羽ばたきのように軽くケイトの肌の上を動いたが、大きなてのひらには強い
力がこもっていた。きみはぼくのものだというように、マルコは彼女の体をなで上げた。

「ああ」ケイトの笑い声が熱いため息に変わった。

マルコが彼女の脚のあいだの巻き毛に指をさし入れた。「ぼくが妻をほしがっていないと思っているんだな？　勘ちがいもいいところだ。早く正さないと」秘められた入口を押し分けて熱く潤った場所に指を入れ、ふたたび引き抜く。

甘くとろけるような熱い波が押しよせてきて、ケイトは大きくあえいだ。

「きみがぼくの男としての能力を疑うようになっては困るからね」マルコは声を荒らげて言った。腰をぐいと突きだして、激しく脈打つこわばりを彼女の太ももに押しあてる。

「それなら証明してみせて」ケイトは要求した。

「おや」マルコの目がいたずらっぽくきらりと光る。「すると、きみはぼくとベッドをともにしたいんだな？」

「そうよ」ケイトは答えた。彼がほしくてたまらない。「そうなの」

マルコは唇を彼女の唇のすぐそばでとめた。彼の彫りの深い顔に影がよぎる。

ケイトの鼓動が速くなった。

「わかったよ」熱く濡れた唇がおりてきた。とてつもなく官能的な感触だ。ケイトはふるえるため息をもらし、口を開けて、マルコのキスに身をゆだねた。

部屋がまわりはじめ、年月を経て黒ずんだ梁《はり》と白い漆喰の天井がひとつにまじりあう。シャンパンのせいかしら？　それともマルコにキスをされているせい？

彼はケイトの口のなかに舌を出し入れしながら、それと同じリズムで彼女のいちばん敏感な部分を指で愛撫していた。ああ、なんて気持ちいいの。

次の瞬間、ケイトの体の奥で爆発が起こった。

彼女は焼けつく炎に身を任せ、歓びに打ちふるえた。

「ああ、いとしい人《カーラ》」ケイトの叫び声がおさまると、マルコが甘くささやいた。「さあ、もう一度だ。今度はふたりとも裸になろう。きみのなかにも入るからね」

スリップをびりびりに破って、荒々しくケイトに突き入れないようにするには、ありったけの理性を働かせなければならなかった。マルコは彼女の手をゆっくりと放して、スリップを頭から脱がせた。しわくちゃになった枕の上で髪が光の輪のように広がり、ケイトの顔にまばゆい金色の光を投げかけている。肩にかかる髪から下のほうに目をやると、罪深いほどに美しい裸体があった。

彼女はぼくの妻だ。

「服を脱がせてくれ、いとしい人《カーラ》」かすかにふるえる声で言いながら、ケイトの両手を自分のズボンに導く。「お願いだ。互いに何も身につけずに抱きあいたい」

「まあ、わたしにお願いしているのね」ケイトが言った。「わたしはあなたを身もだえさせているんだわ」ウールのズボンを少し乱暴に引きおろす。

マルコはすぐに反応した。

「まるで拷問だったからね」かすれた声で言う。ケイトがやわらかな手で彼のかたく張りつめたものを握った。「馬車という閉ざされた空間で、昼も夜もきみの魅力的な体を押しつけられていたんだ。まったく、どんな男でも頭がおかしくなってしまうよ」

ケイトは彼の高まりを握る手を、そっと上下に動かしはじめた。唇に美しい笑みを浮かべて言う。「どうして結婚してからわたしに触れようとしなかったの？」

「それは……」怖かったからだ。認めるのか？　誰かを好きになると傷つくのが怖くなる、と。「わからなかったからだ」マルコは口ごもりながら言った。「強制的に結婚させられたことを、きみがどう思っているのかわからなかった」

ケイトがわきを下にして横になった。髪が顔にかかって表情が見えなくなる。「強制されたわけではないわ」

「でも、ぼくと結婚していなければ、大変なことになっていた」

「あなたは忘れているみたいだけど……」

彼女の熱い手に握られて、マルコは頭がぼんやりとしてきた。下腹部に炎が渦巻いている。

「わたしは困難な状況を抜けだすのが得意なのよ」ケイトが続ける。「本当の意味で危険にさらされていたわけではなかったわ」

そうかもしれないが、今のぼくは危険にさらされている。今にも自制心を失ってしまいそうだ。はちきれんばかりになったものをケイトに愛撫されながら、マルコはかたく目を閉じて、暗闇や恐怖とは無縁の高揚感を久しぶりに味わった。

ケイト。ぼくの奔放な海の妖精。悪魔のように魅力的な海の女神《ネレイス》。ケイトはまっ黒な石炭と化していたぼくの心にふたたび火をつけた。ぼくの心の奥底まで熱くする、まっ赤に燃えさかる炎を。彼女がそばにいると、言葉では言い表せないほどの安らぎを感じた。欲望よりもはるかに強い力が湧いてくるような気がした。

だが、同時に恐怖もこみ上げてきた。ぼくはケイトを愛しているのだろうか？　愛に身をゆだねるわけにはいかない。結局はケイトを失望させ、傷つけてしまうかもしれないのだから。太陽や月がほしいと言われるのはかまわないが、ぼくの心は無理だ。

ぼくはケイトにはふさわしくない。

ケイトは手の動きを速め、唇でマルコの肩をなぞっていた。なんと情熱的なのか。しかも、こんなぼくを求めている。それにこたえたいという身勝手な衝動をマルコは抑えられなかった。

ケイトの白い太ももの奥に手をやると、そこはなめらかに潤って彼を迎える準備ができていた。熱い蜜に指が触れ、マルコの喉から切望に満ちたうなり声がもれる。もう我慢できなかった。ふるえる手でケイトをあおむけにし、両脚を開かせる。赤みを帯びた情熱の証を、秘められた場所に少しずつ近づけていく。

マルコはかたく目を閉じ、うめき声をあげながら彼女のなかに身を沈めた。あれこれ考えるのも後悔もなしだ。今この瞬間を味わおう。

ケイトが両手で彼の背中をまさぐった。「こんなに完璧な人はほかにはいない」マルコの耳たぶを噛みながらささやく。「まるで美しい褐色のローマの神だわ」

「そして妻はおてんばな天使だ」

ケイトは両脚を彼の腰にきつく巻きつけ、背中を弓なりにして動きを合わせた。「まあ、お似合いのカップルね」

マルコは笑い声をあげた。彼女の汗ばんだ肌に声が振動する。「ああ、お似合いだ」そうささやいて、いっそう深く突き入れた。熱く潤ったケイトの体が彼をきつく締めつける。ぼくたちはふたりでひとつだ。

ろうそくの明かりに照らされながら、ふたりはともにリズムを刻んでいった。

「ティ・アモ」ケイトはそう言うと、マルコの腕のなかで絶頂に達した。

ティ・アモ――愛している、という意味だ。

マルコは泣きたくなった。

心臓が大きく打っている。体のなかを強烈な歓びが駆け抜け、もう二度と味わうことはないだろうと思っていた幸福感に包まれた。

甘い香りがする髪に顔をうずめて叫び声を封じながら、全身を激しくふるわせて自分を解き放つ。

それからしばらくのあいだ、ふたりは何も言わずに静かに抱きあっていた。情熱的に抱きあったあと、こんなに安らいだ気分になったのは初めてだとマルコは思った。頭上では古い梁がきしみ、窓ガラスが風のせいでがたがた鳴っている。だが、今この瞬間、まわりの世界ははるか遠くにあるように思えた。このひとときを邪魔するものは何もない。

それなのに、ケイトが体を動かして、眠そうなため息をついた。

「ごめんなさい……」彼女は口を開いた。

ごめんなさい、だって？　マルコは心臓をきつくつかまれたような気がした。

「あんなことを言って」ゆっくりした口調で続ける。「わたしたちの取り引きに愛は含まれていないことはわかっているわ。わたしは世間知らずの女学生じゃない。あなたから燃えるような愛の言葉をもらえるなんて思っていないから」

「ぼくに心があれば、それはきみのものだ、ケイト。でも、きみにあげられるようなものは何もない」

ケイトはマルコの胸に頬をあずけた。「どうして？」

簡単な質問だが、どう答えればいいだろう？　マルコは彼女の髪を指に巻きつけ、消えかけていく光を浴びて金色に輝くのをながめた。「ぼくの過去について、アレッサンドラから何も聞いていないのかい？」

「言ったでしょう、あなたのいとこはうわさ話なんかしないって」

「たいていの女性とはちがうんだな。でも〝罪深き者たち〟に独自の行動規範があったとしても不思議はない」

「話題を変えようとしているのね」

「ぼくは質問をはぐらかすのがうまいんだ」

「どうして話したくないの？」ケイトがたずねる。

「ぼくが弱い人間だとばれてしまうからだ」マルコは思わず言っていた。

「でも」ケイトは彼の胸板をそっとなではじめた。「いまわしい秘密を人に話すことで重荷が軽くなることもあるのよ」

マルコはためらった。自分の胸に秘めた思いを彼女にどの程度見せるべきなのだろう？

ケイトが手をとめて、彼から離れようとした。

マルコは彼女の手首をつかんで抱きよせた。「ぼくは子どものころから自由奔放だった。一方、兄は学者タイプだったが、ぼくたち兄弟はとても仲がよかった」喉が締めつけられるのを感じながらも話しつづける。「兄はいつもぼくの言うことを聞いてくれた。ぼくの勇気に感心していると言ってね。ある日……その日ぼくは、殺処分されようとしている近所の老馬を逃がしてやろうと思っていたんだが、そのためには急な崖《がけ》をおりなければならなかった」

そこで言葉を切った。暗闇のなか、窓枠ががたがた音をたてる。「途中までおりたところで兄は足をとめた。兄はぼくほど身軽じゃなかったら、これ以上は無理だと言って引き返そうとした。ぼくはそんな兄をからかった。弱虫と言って、それでも男なのかとばかにしたんだ」マルコは荒々しく息を吸って、口早に続けた。「そのあとのことは簡単に想像がつくだろう。兄は崖から落ちて死に、ぼくが伯爵の爵位と財産を相続することになったんだ」

ケイトは片方の手を彼の頬にあてて、自分のほうを向かせた。「つまり、子どものころに起きた事故のことで一生自分を責めつづけるつもりなの?」

「そんなふうに言われると、なんだかばかげているように聞こえるが」

「まちがいは誰でも犯すものよ。後悔していることのひとつやふたつ、誰にだってあるわ」

「きみは愛する人を殺したわけじゃない」マルコは目を閉じた。「兄が死んだとき、胸が引き裂かれそうだったよ」

「かわいそうに」ケイトの唇が彼のあごの線をそっとなぞる。「いつか傷が癒《い》える日が来るわ」

「そんな日が本当に来るのかな」マルコは悲しみに沈んだ声で言った。

「それはあなたしだいよ」

ケイトは彼と一緒になって泣き言を言ったり、その場かぎりの甘い言葉でごまかしたりはしなかった。過去の亡霊と闘うのがどんなに大変か、身をもって知っているのだ。闘いを挑むかどうか決めるのは自分だ。ほかの誰にも決められない。

マルコはケイトの指先を自分の唇に持っていった。彼女が理解してくれてうれしかった。ケイトがいてくれることが――ネロリとワイルドタイムの刺激的で甘い香りや、シルクのようにやわらかな熱い肌や、彼女の強さがありがたかった。「ぼくたちの未来がどうなるのかわからないけど……」

「先のことはそのとき考えればいいわ」ケイトがすかさず言った。「今はわたしたちがここにいる目的だけを考えるの」マルコから身を引いてあおむけになり、しわくちゃになった上掛けを引き上げる。「謎の男の正体がわかったんだから、一刻も早く行動を起こさないと」

「そのとおりだ」冷たい隙間風がマルコのむきだしの肌をなめる。「勝負はあさってだ。あさっての晩、アウガルテン宮殿で平和を祝う式典が行われたあと、メッテルニヒの屋敷で盛大な屋外パーティが開かれる。計画を遂行するにはぴったりだ。お祭り騒ぎや花火がいい隠れ蓑《みの》になってくれるだろう」

26

ケイトは、細身の短剣がきちんと太ももにとめられているかどうか確かめた。

「そんなものが必要になるときが来るとは思えないが」マルコがそっけなく言う。

「つねに、万一の場合に備えておいたほうがいいと経験からわかっているの」ケイトはドレスの裾を戻しながらこたえた。「どんなに慎重に練られた計画でも失敗に終わることはあるわ」

「だからこそ、今夜はきみに来てほしくないんだ。どんな危険な目にあうともわからない」

ケイトはマルコの言葉を無視して白いショールを手にとった。メッテルニヒ主催のパーティに出席する女性は、平和を示す白とブルーを身にまとうよう求められている。ライプツィヒの戦いにおける連合軍の勝利から一年となることを祝うこの舞踏会は、ウィーンじゅうの人々の注目の的になっていて、準備にもたっぷり時間がかけられた。レンヴェーク通りにあるメッテルニヒの別荘の敷地内には、この日のために建物が建てられていた。古典的な柱に、クルミ材でつくられた寄木細工の床、丸い天井。建物の玄関広間には色とりどりのランプが置かれ、緋色のトルコ風のテントが張られている。まるで『千夜一夜物語』の一場面だと形容した外交官もいたほどだった。

「その話はもうすんだはずよ」ケイトはそう言って、髪に飾った真珠がちりばめられたリボンを直した。「これからおもしろくなるというときに、隠れてなんかいられないわ」

「きみが〝おもしろい〟と思うことは、人とはちがうようだな」マルコがうなるように言う。

「そうね」彼が苦笑するのを見て、ケイトは微笑み返した。「早く慣れたほうがいいわよ」

マルコは黒い髪に手をやった。「きみがこれからも危険を顧みず無謀なことをするようなら、ぼくの髪はすぐにまっ白になるだろうな」

「そうすれば、恥ずかしげもなくあなたを誘惑しようとする女性も減るかもね」

「女性たちがぼくを誘惑してくることには、きみも早く慣れたほうがいいぞ」マルコはくすりと笑ったが、すぐに真顔になった。「約束してくれ。グリンバルトをつかまえるときが来ても、きみは見ているだけにするって」

「計画どおりにいくと思う?」ケイトはたずねた。マルコがオーストリアにいるリンズリーの諜報部員たちとたてた計画のあらましについては、すでに聞いていた。それはリンズリーの諜報部員たちがウエイターに扮《ふん》して配置につき、マルコの合図でグリンバルトをつかまえ、待機している馬車に運ぶというものだった。

マルコはうなずいた。「パーティはさぞかし盛大なものとなるだろう。グリンバルトが来ないはずがない。各国の代表が顔をそろえるからね。しかも、催し物はほとんど屋外で行われる。

頭上で花火があがり、気球も飛んでいるとなれば、客のひとりが少々暴れながら連れ去られたとしても誰も気づかないだろう。多くの人が大量に酒を飲んでいるだろうし」

マルコはイタリア製の小型拳銃《けんじゅう》を上着のポケットに入れた。「用意はいいか？」

「ええ。任務を果たす前にワルツを踊りたいわ」ケイトは思わずそう言っていた。

マルコがケイトの手に触れた。「たぶん踊れると思うよ。客が星空の下で踊れるよう、庭のあちこちにオーケストラが配置されているそうだから」

「冗談でしょう？」

「いや、本当だ。女神アテネや太陽神アポロをまつった古代の神殿もいくつかあるらしい。有名なバレリーナのエミリア・ビゴッティーニが呼ばれていて、そのまわりで踊るそうだ」

ケイトは長々と息を吐きだして、その光景を思い描こうとした。

「ウィーンは連日豪勢なパーティが開かれているが、このパーティはまちがいなく人々の記憶に長く残るものになるだろう」マルコは締めくくった。

「そうでしょうね。グリンバルトが計画どおり国王の暗殺を演目に加えようとすることを祈りましょう」彼女は冗談めかして言った。

だが、マルコから笑みは返ってこなかった。彼は、ケイトがこれまでに見たこともないほど真剣な顔をしている。

マルコは先ほど拳銃を入れたポケットに折りたたみ式ナイフを入れると、不意に向きを変えて彼女をきつく抱きしめた。「今この瞬間から、個人的な感情はさしはさまないようにしなければならない」ケイトの唇にすばやくキスをする。「ぼくたちにはやるべき仕事がある」

豪華な馬車が通りを埋めつくし、きらびやかな装飾が夕日を浴びてまばゆく輝いていた。

「馬車をおりて歩こう」マルコは言った。「最後にひととおり、位置関係を確認しておきたい」

メッテルニヒの別荘は高い塀と生け垣で通りから隔てられていたが、計画どおりにいかなかったときのために、いくつかある門の場所を頭に入れていた。

「グリンバルトを隠れ家に連れていく馬車はどこに待たせておくの？」ケイトが低い声でたずねた。

「実を言うと、馬車は二台用意してあるんだ。敷地の両側に一台ずつ待たせておく。念には念を入れないと。国王を暗殺させるわけにはいかないからね」

マルコは足を速めた。不安と緊張が募ってくる。ありがたいことに、任務に集中しなければならないことをケイトはじゅうぶんに理解しているらしく、話しかけてはこなかった。

別荘を訪れた客がレンヴェーク通りに長い列をつくっていた。白やブルーのドレスを着た貴婦人たちにまじって、さまざまな国の勇壮な軍服に身を包んだ男性たちの姿が見える。普通の夜会服を着た男たちでさえ、勲章や銀の糸で刺繍が施された飾り帯をつけていた。いたるところで宝石が輝いている。まるで魔法の一夜のために空の星が地上におりてきたようだ。

ケイトは客たちに熱心な目を向けている。

「ここにいるのは、ヨーロッパ各国からやってきた一流の人々ばかりだ」マルコは言った。「選ばれし者たちの一員となった気分はどうだい、レディ・ジラデッリ？」

ケイトは低く悪態をついた。「わたしは〝選ばれし者〟ではないし、そうなるつもりもないわ。豪華な馬車に乗せて見せびらかせる妻がほしかったのなら、選択を誤ったわね」

選択。その言葉に、マルコの心臓が大きく打ちはじめた。ケイトを一緒に連れてきて危険に飛びこませるようなまねをしたのはまちがいだったのだろうか？　いつなんどき運命が悪い方向に変わらないともかぎらないのに。

勇敢で奔放な花嫁を失ってしまうかもしれないと思うと、恐怖が胸を突き刺した。

マルコは不安を抱いていることに気づかれないよう目の上に手をかざし、あたりを見まわした。砂利敷きの小道に沿って並べられた色とりどりのランプが明るい光を放ち、夕暮れの風にのって軽快な音楽が聞こえてくる。庭の青々とした草木は女性の装いにもとり入れられていて、多くの女性が平和の象徴であるオリーブや月桂樹の葉を髪に編みこんでいた。

「なんだか、おとぎ話のなかに飛びこんだみたいだわ」優雅に着飾った客たちがクジャクのあいだを歩いているのを見ながら、ケイトがささやくように言った。

「こっちだ」マルコはぶっきらぼうに言って、中央の道を進んだ。「グリンバルトを捜そう」

正面ゲートからひっきりなしに聞こえてくるトランペットの音色が、君主たちの到着を告げていた。皇帝や国王が王子や大公と肩をぶつけるようにしながら次から次へと入ってくる。これだけの人数の王侯貴族がひとところに集まるのはかつてないことだ。だが、マルコが見るかぎりでは、警備はずさんとしか言いようがなかった。

こちらにとっては好都合だが、と苦々しく考える。

オレンジとピンクの縞《しま》模様を描いていた空は紫色に変わり、黒いシルエットとなった木々と溶けあっている。短く刈られた芝生のあちらこちらにテントが張られ、白いダマスク織りの布が風にはためていた。モーゼルワインやトカイワインとともにシャンパンがふるまわれ、陽気な笑い声や歓声にまじって、平和を祝して乾杯する音が聞こえてくる。

マルコはケイトの手を握る手に力をこめ、不意に小道を外れて芝生に入った。

「どうかしたの?」彼女が声をひそめてきく。

答える代わりに、彼はケイトを腕に抱いた。「ぼくとワルツを踊ってくれ、ケイト」彼女の手をとって、最初のポーズをとる。「踊るなら今のうちだからね」そしてもう片方の腕をケイトの腰にまわすと、ブルーのシルクのドレスに包まれたあたたかな体の感触を楽しんだ。

ふたりは芝生の上をすべるように動いていった。空に現れた月の光とともに音楽が木々のあいだを縫って漂ってくる。

ターンをするたびにケイトのドレスがひるがえり、まるで波が大地に押しよせては引いていくるように見えた。

愛している《ティ・アモ》。マルコはそう思いながら、ケイトの蜂蜜色の髪に頬を押しあてた。声に出して言うべきだとわかっていたが、どういうわけか言葉が口から出てこなかった。今は、理解しあっているということだけで満足しなければならないのかもしれない。

この魔法のひとときをもう少しでいいから味わいたい。マルコは目を閉じて、彼女の甘い香りを胸いっぱいに吸いこんだ。片手でケイトの背中をなでおろし、彼女をいっそう近くに引きよせて、その体をすみずみまで記憶にとどめようとする。

バイオリンの音色が大きくなったかと思うと、演奏が終わり、聞こえるのはナイチンゲールのさえずりだけになった。

「ありがとう」ケイトが顔を上げて微笑む。「すてきだったわ」

「ああ、美しい人《ベラ》」マルコはささやいた。

ランプの光のなか、彼女はまばたきして目をそらした。「あ――」

ケイトが息をつまらせる。

「例の男がいるわ」

マルコは身をこわばらせた。「どこに?」

「あなたの後ろ。アポロをまつった神殿から左に数歩行ったところよ」

ゆっくりと後ろを向くと、グリンバルトが数人の男とともに立っているのが見えた。みんなで葉巻を吸いながらバレエを見ている。

「きみはここにいろ」マルコは命じた。「いいか、ケイト、どれぐらいかかるかわからないが、辛抱強く待つんだぞ」

ケイトはマルコが暗闇のなかに消えていくのを見守った。辛抱するのは得意ではない。とっさにあとを追いたくなったが、彼のためにおとなしくしていることにした。少しでもほかのことに気をとられたら、マルコの命が脅かされることになりかねないからだ。

彼が相手にしているのは、平然と人を殺そうとしている危険な男なのだ。

両手でドレスを整えると、マルコの体のぬくもりが残っているのが感じられた。ヘビ《イル・セルペンテ》なら自分の面倒は自分で見られるわ。そう自分に言い聞かせる。それでも背筋を冷たいものが這いおりていくのをどうすることもできなかった。

ケイトは不安を頭から追いやると、まばゆい明かりに背を向けて、庭の外れに続く生け垣に沿って歩きはじめた。笑い声や音楽が小さくなっていく……。

この胸騒ぎもしずめられたらいいのに。

庭の外れまで来ると、暗がりのなか、奇妙な形のものが浮かび上がってくるのが見えた。それは初めのうち風にそっとゆれていたが、やがて大きくなりはじめ、ブルーと白の縞模様となって、黒い木々の上に浮かび上がった。

ケイトは、今夜、気球が上げられることを思いだし、近くで見ようとしてそっと前に進んだ。

生け垣の隙間からのぞくと、ふたりの男が、かごのなかに設置された真鍮のバーナーを慎重な手つきで調整して、色鮮やかなシルクをゆっくりふくらませている。

気球は太いロープで地面につなぎとめられていた。すべてが順調にいっているようで、男たちは地面から数十センチ浮いているかごからおり、その側面に金色の垂れ布をかけはじめた。

丸天井の建物の白い円柱のあいだには、儀仗兵《ぎじょうへい》の姿が見えた。晩餐会が終わったらしく、君主たちが屋外の催し物を楽しもうと外に出てきているのだ。

ケイトは緊張を解こうとしたが、まるで気球を地面につなぎとめているロープのように神経がぴんと張りつめていた。マルコの身に危険が降りかかる可能性はいくらでもある。リンズリーの諜報部員が裏切って、グリンバルトの陰謀に加担したら？　ウィーンではどんなものでも売りに出されている。国家機密も、肉体的な歓びも、国も……。

全身にふるえが走った。

生け垣の陰にまわり、手袋をした両手を頬に押しあて、想像力の暴走をとめようとする。

わたしはナポリの〝ベラドンナ〟。つねに当局を出し抜いてきた鋼の神経を持つ女スリよ。困難な状況のなか、冷静さを保つことの大切さはじゅうぶんにわかっている。

近くの神殿から笑い声が聞こえてきたが、次の瞬間、枝が折れる音と砂利道を走る足音がその楽しげな声をかき消した。ケイトは反射的に身をひそめ、生け垣の隙間から、駆けてくるふたつの人影を見た。

追ってきたほうの男が追われている男の上着の裾をつかんだ。ふたりはそろって地面に倒れ、もつれあうようにして相手を殴ったり蹴ったりしはじめた。片方が地面を転がって相手から離れて立ち上がる。その顔に一瞬、光があたった。

グリンバルトは怒りに顔をゆがめて靴から細身の短剣をとりだし、マルコの手を切りつけた。短剣の刃がマルコの指をかすめる。ケイトは口から出かかった悲鳴を、唇を嚙んでこらえた。マルコは身をひるがえしてグリンバルトから離れると、低くかがんで相手のひざを強く蹴った。グリンバルトは地面に倒れたが、ネコのように敏捷な身のこなしですぐに起き上がり、手にしていた短剣を繰りだすと、もう片方の手を拳にかためてマルコの頭に殴りかかる。

マルコはこめかみを殴られて地面に倒れた。グリンバルトは荒く息をつきながら振り返り、生け垣の端をまわった。そして彼のほうへ駆けてくるふたつの人影を目にとめると、庭を突っきり、ケイトが隠れている場所のすぐそばを通って、暗闇のなかに姿を消した。

マルコは地面にひざをついて起き上がりながら、グリンバルトを追いかけるよう仲間たちに大声で指示する。

だが、彼らはまだだいぶ離れたところにいた。マルコは殴られた衝撃でふらついている……。

ケイトはためらうことなくグリンバルトのあとを追った。

木々のあいだを縫って走る彼を、ケイトは必死に追いかけた。ショールがモチノキにからまったので地面にほうり投げる。ドレスが枝に引っかかって裂けても気にしなかった。もっと速く走らなければ。前方には塀があり、グリンバルトは追いこまれた。彼が逃げきる方法はひとつしかない。

そしてケイトが恐れたとおり、利口な悪党は燃えさかる炎のほうへ向かった。

小さな空き地を駆け抜け、気球を飛ばす用意をしていた男たちを、短剣を振りまわして追い払う。そして、気球を地面につないでいた三本のロープをすばやく切ると、グリンバルトはかごに乗りこんだ。

大きくふくらんだ気球が空に浮かび上がりはじめる。

ケイトはかごに駆けよったが、ひと足遅かった。かごには手が届かなかったが、垂れさがっているロープのうちの一本が風に吹かれてそばに来た。その端をつかむのは、経験豊富な船乗りにとってはなんでもないことだった。ロープの端をつかむと、足が地面から浮くのがわかった。彼女はロープをたぐりながら、よじのぼりはじめた。

気球は木の上を飛んでいた。

ケイトは最後にぐいとロープをたぐり、かごの縁をつかんだ。グリンバルトは真鍮のバーナーの上にかがみこんで炎を調節するのに忙しく、ケイトが話しかけるまで彼女がいることに気づかなかった。

「火から離れなさい、グリンバルト」ケイトはドレスの下から短剣をとりだしながら命令した。

グリンバルトの顔に浮かんだ驚きが冷笑に変わる。「おせっかいな女だな。自分にはなんの関係もないことに首を突っこむとは」嚙みつくように言う。「いったい何者だ?」

「復讐の天使よ」ケイトは答えた。「あなたとタッパンが殺人の罪を逃れるのは許さない」

「ミス・ウッドブリッジか?」

「ええ、そうよ」爪先でバランスをとりながら応じる。かごのゆれは船のゆれとよく似ていて、ケイトはとても居心地よく感じた。

だが、グリンバルトは居心地がよさそうには見えなかった。転びかけて踏みとどまったあと、横に数歩ふらつく。「お祈りでも唱えるんだな。女が私にかなうわけがない」

「そう思ってる男は大勢いるわ」ケイトは言い返した。「降参しなさい。もう終わりよ」

「降参しろ、だと?」グリンバルトは意地悪く笑い、短剣を振りかざした。「ありえないね」

ケイトは足を踏み替えて身がまえた。次の瞬間、グリンバルトが彼女の心臓にめがけて短剣を突きだした。ケイトは彼の短剣を自分の短剣で払った。グリンバルトはふたたび飛びかかってこようとしたが、かごがゆれてバランスを崩し、バーナーの上に背中から倒れた。

彼が悲鳴をあげると同時に火花が散り、こぼれたオイルが燃え上がった。

「ケイト!」下からマルコの叫び声が聞こえてきた。

かごと垂れ布に火がついた。ロープが一本切れ、気球が大きく傾く。すぐにシルクにも火がつくだろう。

「ケイト!」マルコがまた叫んだ。

ケイトが答える暇もなく小さな爆発が起こり、かごがぐらりとゆれて、あやうく転びそうになった。グリンバルトは気を失っていた。顔をすすでまっ黒にして、かごの縁にだらりとよりかかっている。上着には焼け焦げができていた。

降り注ぐ灰のなか、また一本ロープが切れた。

ケイトは垂れさがったロープをつかんだ。気を失っているグリンバルトの体をすばやく起こし、その体と自分の体にロープを巻きつけてしっかりとしばる。

わたしの運がまだ尽きていなければ、安全におりられるまで気球は浮いていてくれるはずだ。危険な賭けだったが、ほかの選択肢はなかった。シルクが燃え上がる音が耳に響く。ケイトはいちばん近くにある木までの距離を目ではかり、かごから飛びだした。

グリンバルトとともに、夜気のなかを飛ぶ。大事なのは弧と角度よ。父の船のマストからつりさがったロープで飛ぶのと、なんの変わりもない。両足を木の幹にあてて衝撃を吸収し、両足を木の幹について何度かはずみながら枝をよけて下におりたが、途中でロープがからまってしまいそれ以上おりられなくなった。

ケイトは木の幹と枝を利用して自分とグリンバルトの体を支えながら、ロープをぐいと引っぱって腰の結び目をほどいた。グリンバルトはまだ意識がなかったが、上着の襟をつかんで下におろし、マルコとその仲間たちに引き渡した。

「連れていってくれ」マルコは仲間たちに言った。「馬車の場所はわかっているはずだ」

リンズリーの諜報部員たちはただちにグリンバルトを連れ去った。

「急いでおりるんだ！」マルコはケイトに注意を戻した。

ケイトが地面にすべりおりると同時に気球が火花を散らして爆発した。

庭の反対側では、気球が爆発したのを花火のはじまりだと勘ちがいして、人々が歓声をあげていた。それが合図になったかのように花火が打ち上げられ、夜空を鮮やかに彩りはじめる。

閃光《せんこう》がきらめき轟音《ごうおん》が続くなか、マルコはケイトの手を引いて塀沿いに走り、ツタに隠れた小さな門の前で足をとめた。

振り返り、すすで汚れたケイトの顔をふるえる手ではさむ。マルコは体じゅうから怒りを発しているように見えた。「もう二度とこんな無茶なまねはするな！」

無事にまた会えたのだから、もっとやさしくしてくれてもいいのに。

ケイトはわずかに身を引いた。「あの男が逃げていくのを、黙って見ていられなくて」

「まったく」マルコの唇が彼女の額をなぞる。「きみは不正を正すためなら、悪魔やその手下全員とも戦うんだろうな。きみの勇気には感心するよ」唇は頬をそっとかすめた。「でも、きみがロープをつかんで暗闇のなかに浮かんでいくのを見たときは心が砕けるかと思った」

「あなたには……心なんてないと思っていたわ」ケイトはやさしい声で言った。

「ぼくもそう思っていた。きみがしおれた男を生き返らせてくれたんだ」

ふたりのあいだに愛が根づいて花を咲かせるかもしれないと思うのは期待しすぎかしら？

夜空をブルーと白の大輪の花火が彩った。木々のあいだからヘンデル作曲の勇壮な交響曲が聞こえてくる。

「とにかく、あなたがドラマティックな瞬間の演出方法を心得ているのはまちがいないわね」ケイトは言った。自分の望みがかなうかもしれないとはまだ考えられなかった。

マルコが彼女をきつく抱きしめる。「きみを失うんじゃないかと思うと、怖くてたまらなかった。もう二度とぼくを怖がらせないと約束してくれ」

ケイトは彼のシャツの下に手をさし入れた。ずたずたになった革の手袋を通して、しっかりとした鼓動が伝わってくる。「あなたが考えていることはわかっているわ。でも、過去は過去。過去におびえて生きていくことはできないのよ。人生は危険に満ちているの」

マルコが彼女をいっそう強く抱きしめたる

「苦痛から身を守ることはできないけれど、未来を築くことはできるわ」ケイトはやさしい声でつけ加えた。「努力すれば喜びに満ちた未来を築くことができる」

「愛している《ティ・アモ》よ」マルコがささやいた。「きみが努力するなら、ぼくも喜んで努力する」

「愛している《ティ・アモ》わ」ケイトは微笑んだ。「ねえ、イタリア語を流暢に話せるようになりたいわ。イタリア語は世界一美しい言葉だもの」

「美しい人《ベラ》」マルコはたっぷり間を置いてから続けた。「大丈夫。帰りの馬車のなかでたっぷり教えてあげるよ」

エピローグ

「ふたりが無事ロンドンに戻ってきたんだから、あらためてお祝いをしようじゃないか」クライン公爵のロンドンの屋敷で、リンズリーがグラスを掲げ、大きなダイニングテーブルにつく四人に向かって言った。「遅まきながら、きみたちの結婚を祝して乾杯の音頭をとらせてもらうよ。ジラデッリ卿とレディ・ジラデッリ、おふたりの幸せを願って乾杯！」

「乾杯！」シャーロットが声をあげた。

「そして任務の成功を祝して」リンズリーはさりげなくつけ加えた。

「何もかもケイトのおかげです」マルコがグラスを掲げて言った。その声は穏やかだったが、彼に視線を向けられるとケイトの全身にふるえが走り、体の奥がかっと熱くなった。

「ごほん」クラインが咳払いをした。「ケイトが賢く有能な女性でよかったな、お若いの。この子の身に何か起きていたら、ただではすまなかったぞ」

シャーロットがクラインの腕を軽く叩く。「まあ、クライン、そんなふうに声を荒らげてもなんにもなりませんわよ。たいていの人たちとはちがって、ここにいる人間は皆、あなたに怒鳴られてもおじけづいたりしないんですから」

「ふむ」クラインはいかめしい表情を保とうとしたが、唇の両端がつり上がった。「特にきみはそうだな」

シャーロットが笑い声をあげ、それを聞いたケイトは〈罪深き集い〉のメンバーが近々またウェディングベルを鳴らすことになるのだろうかと思った。シャーロットと祖父のあいだで交わされるやりとりは、いっそう親密なものになっている。表面上は少しも似たところがないにもかかわらず、ふたりとも相手の前ではすっかりくつろいでいるように見えた。まるで自分の家にいるかのように。

家。

奇妙にも、その言葉はケイトにとって新しい響きを持ちはじめていた。彼女は生まれて初めてこの世界に錨をおろしたように感じていた。友だち。家族。愛。もはや不安な海の上を漂っているような気はしなかった。

祖父とシャーロットが言いあうのを聞きながら、ケイトはテーブルに視線を落とした。温室で育てられた花がふんだんに活けられた大きな銀製の花器が、シャンデリアの明かりに反射してきらめいている。ロンドンにあるクラインの屋敷は、もはや近よりがたい場所ではないように思えた。笑い声が、彫刻が施された大理石や金箔張りの木の冷たい印象をやわらげ、幸せが豪華な家具に命を吹きこんだのだ。

ケイトは微笑んだ。シャンパンの泡が舌の上ではじけ、彼女は幸せに包まれた。

「ねえ、ケイト。あなたが卑劣な敵をどうやって退治したか、詳しい話を聞きたくてみんなうずうずしているのよ」シャーロットが手を振ってクラインを黙らせてから言った。「ウィーンのお菓子やワルツのこともたっぷり聞かせてもらいたいわ」

ケイトは大変だったこの数週間のことに無理やり意識を戻して、首を横に振った。「すべてがわたしの功績というわけじゃないわ。今回の任務がうまくいったのは、わたしたちみんなで力を合わせたおかげよ」片方の眉を意味ありげに動かしているマルコを無視して続ける。「そもそも、おじい様がパーティを開こうと思われなかったら、リンズリー卿が部下の諜報部員たちを動かしていることに気づかなかったら、シャーロットが毒草がなくなっていることに気づかなかったら、リンズリー卿が部下の諜報部員たちを動かして、わたしたちがウィーンに滞在できるよう手配してくださらなかったら……」

いまだにすべてのことが現実とは思えない。「タッパンの言ったとおりよ」ケイトは言った。「彼の計画はみごとなものだった。わたしが上流社会によくいる普通の若いレディだったら、問題なくうまくいっていたでしょうね」

「ぼくはものすごく感謝しているよ。きみが……きみでいてくれることに」マルコが彼女にだけ聞こえる声で言う。

「タッパンはきみやレディ・フェニモアがそこまで植物に詳しいとは思わなかったんだろう」リンズリーが言った。「たいていの男と同じように、女性の知性を見くびっていたんだ」

「そして、その報いを受けたんですわ」シャーロットが言った。

「まさしく」リンズリーは同意した。「きみたちからの情報提供があったおかげで、タッパンがドーヴァーから船で出航する前に逮捕することができた。厳しく尋問した結果、タッパンは彼を雇った人物の名前をすべて吐いたよ。その名前とグリンバルトから引きだした情報から、陰謀にかかわっていた者たち全員の名前が明らかになった。英国政府はその情報をザクセン国王に伝えた――陰謀のことを知ったいきさつは明かさずにね。きみたちのおかげで、バルト海沿岸地域の一触即発の情勢は、暴力ではなく外交的な手段によって鎮静されたんだ」

「ゼーリッヒ大佐の殺害に関してはどうなったんです?」ケイトはたずねた。

「タッパンはそれについても自供したよ」リンズリーは手で額をなでた。「実際、彼は卑しむべき犯罪に首までどっぷりつかっていた。アレナムと組んで、プロイセンの閣僚を何人か買収し、北欧商事会社にバルト海沿岸地域の造船用資材をとり扱う独占権を与えてもらおうとしていたんだ。非常にうまみの多い話で、うまくいっていればタッパンは莫大な富を築くことができていただろう」

「レディ・ダクスベリと関係を持ったのはそのためですね」マルコが皮肉っぽく言った。

「ああ」リンズリーは認めた。「レディ・ダクスベリは、タッパンが陰謀や殺人に関与していたことは知らなかったが、独占権の獲得に関しては積極的にかかわっていた。彼女は贅沢な暮らしを好む女だ。愛人と兄に金が入れば、彼女にとっても好都合だからね。レディ・ダクスベリはゼーリッヒ大佐を誘惑する役目を担っていた……」

リンズリーはケイトを見て、険しい表情になった。「だが、大佐は彼女の誘いを断り、きみと一緒にいるほうを好んだので、レディ・ダクスベリは喜んできみに殺人の罪を着せる手伝いをした。きみの過去をアレナムやスペインの官吏に話したのは彼女だ。タッパンは、過去のスキャンダルをつかんでおけばのちのち何かの役にたつかもしれないと思い、客全員の過去について調べていたんだ」

「タッパンはどうなるんだね？」クラインがきいた。

「ゼーリッヒ大佐を殺害した罪で告発される。われわれに協力する代わりに、絞首刑ではなく終身刑ですむよう手配した。そうすることでタッパンの家族も政府も、身内の者が卑しむべき陰謀にかかわっていたというスキャンダルを免れることができる。真実は公にされず、極秘扱いとなるだろう」

「レディ・ダクスベリとアレナム卿はおとがめなしですの？」シャーロットがたずねた。めがねの奥の目が好戦的にきらりと光る。「そんなの不公平じゃないかしら」

「ふたりとも無傷ですむわけじゃない」リンズリーは答えた。「アレナムは北欧商事会社の取締役をやめさせられ、妹とともにインドで新しい生活をはじめるよう強くすすめられた。今この瞬間にもボンベイ行きの船に乗りこんでいるはずだ」

クラインが低くうなった。「隣人がそんなにも卑劣な悪党だったとは」唇をすぼめて顔をしかめる。「まんまとだまされたよ。だがな、リンズリー、きみともあろう者が何をやっているんだ。もっと早く、あの男の正体に気づくべきだったのではないかね？」

リンズリーはクラインの非難をいつもどおり冷静に受けとめた。「私はつねに最善をつくしているよ、クライン。でも、悪はいたるところにはびこっているし、残念ながら高潔な人間という仮面の下に隠されていることも多い」

それと同じように、堕落した放蕩者という仮面の下に高潔な人間が隠れていることもあるわ。

ケイトはテーブルの向かい側に座る夫に目をやった。シャンデリアの明かりが顔に落ち、日焼けした肌を金色に染めている。高い頬骨に、官能的な笑みを浮かべた唇。目と目が合い、彼女は体内にあたたかな喜びが湧き上がってくるのを感じた。

そう、人は見かけによらないものだ。生きのびるために、ケイトもマルコも強い人間という仮面の下に本当の自分を隠していた。

マルコがウインクをした。「そのとおりです」リンズリーのほうを向いて言う。「白と黒を見分けるのが難しいときもあります。あいまいなものがふたつ合わさって、くすんだ灰色になることもあるし。ぼくも灰色の人間です。近ごろは心のなかの暗闇が晴れて、人生が明るくなったように感じますが」

「あなたが灰色ですって？」シャーロットが眉を片方つり上げた。「わたしなら決してあなたをそんな地味な色にたとえないわ」彼女は言った。クラインとリンズリーがおもしろがっているような顔をする。「聞くところによると、あなたはこれまでとても派手な人生を送ってこられたようだもの。でも、これからは突飛な行動は控えてくれるものと信じていますよ」

「努力します」マルコは天使のような笑みを浮かべてシャーロットを見た。「でも、ぼくがとんでもなくいい人間になったら、ケイトはきっと退屈するでしょう。どうやらぼくたちはふたりとも冒険が大好きなようだ。だから……」

突然、リンズリーが懐中時計の鎖についた飾りを熱心に磨きはじめた。

「だから、ちょっとした外交上の問題の解決に手を貸してほしいというリンズリー卿の依頼をぼくたちが引き受けたと知っても驚かないでほしいんです」マルコは締めくくった。

クラインが表情を曇らせたが、ケイトは祖父に先んじて言った。「ええ、そうなの。サンクトペテルブルクで、帝国ロシアのメダルが紛失するという事件が起きたんですって」

「どうやらアレクサンドル皇帝が逢引の最中に少々不注意になられたようです」マルコが説明する。「問題のメダルはロシアの人々にとって歴史的に重要な意味を持つものらしく、この先に予定されている正教会のイースターの式典で皇帝がメダルをつけていなかったら、ロマノフ王朝に不幸が訪れるとされてしまうとか」

「皇帝のお相手の女性には夫がいるんだが、その夫がメダルを利用して、皇帝が進めようとしている改革のひとつをやめさせようとしているんだ」リンズリーが言った。「わが国がこの難局から皇帝を救えれば、とてつもなく大きな恩を売ることができる」

「どうして孫娘がまた危険に巻きこまれなければならないんだね?」クラインが噛みついた。

「実を言うと、手伝わせてほしいとわたしからお願いしたの」ケイトは穏やかに言った。「おじい様が反対なさるのはわかっていたけど、このままロンドンで貴婦人らしく過ごしていたら、きっと死ぬほど退屈してしまうもの。客間でうわさ話に花を咲かせるのは大きらいだし、ダンスもろくにできないんだから」いったん言葉を切り、唇をゆがめて笑みを浮かべる。「でも、わたしは海賊だったから、せまいところを通り抜けたり、危険なほど高いところにのぼったりするのは得意なの……厳重に警備されている貴重品を盗むのも」

「なんといっても、ケイトはぼくの心を盗んだんですから」マルコがちゃかした。

シャーロットが笑い声を押し殺しながら言う。「ケイトがそれを捨ててしまわなくてよかったわね。やけどするのを恐れて、赤く燃える地獄の石炭に触れようとしない女性もいるのよ」

「ケイトは少しばかり熱くたって恐れたりしませんよ」マルコは眉を意味ありげに動かした。

「そうだろう、いとしい人《カーラ》?」

ケイトは顔が熱くなるのを感じた。

シャーロットは小さく笑ってから、まじめな顔になった。「ねえ、クライン、愛する者を危険から守りたいと思うのは当然だけど、愛する者に人生を自由に歩ませるのもそれと同じぐらい大切なことだと思うの。貴重な磁器のように真綿に包んで鍵のかかった戸棚にしまっておくことはできないんですから」

クラインはシャーロットをにらみつけたが、やがてつらそうにため息をついた。「きみがつねに正しいわけではないと思いたいところだが、あいにくきみの言うとおりのようだな、シャーロット」

「お認めになるのね。とても賢明だわ、エドウィン」シャーロットはにっこり笑って言った。「まだ見こみはあるようね」

「まあ、その、私はかつて、感情よりプライドを優先させるという愚かな過ちを犯しているからね。なあ、ケイト、おまえを危険な目にあわせたくない。だが、おまえがそのほうが幸せだというのなら、私も慣れなければならないな」クラインは上着のポケットからハンカチをとりだして、静かにはなをかんだ。「これまで生きてきたなかで、ひとつだけ学んだことがあるとしたら、それは自分の心にはしたがわなければならないということだ」

シャーロットは彼の腕をなでた。「そのとおりだと思うわ」

「どうか安心してください。お孫さんが危険な目にあわないようぼくが目を配りますから」マルコが静かに言った。その声は普段の声よりはるかに重々しかった。長い黒髪を額から払い、ゆれる光越しにケイトを見つめる。「ケイトの身には何も起こらないようにします。彼女は太陽で、ぼくは月です。ケイトがいなくなれば、ぼくの人生はふたたび暗闇に包まれてしまう」

シャーロットが短くはなをすすった。「なんてロマンティックなのかしら」

「ロマンティックと言えば、おじい様はあなたをシャーロットと呼んで、あなたはおじい様をエドウィンと呼んでいたわね」ケイトは言った。「テーブルに飾られているチューリップが温室で咲いたように、コンサヴァトリーでも何かが咲いていたのかしら?」

シャーロットの頬がきれいなピンク色に染まった。

クラインが咳払いをする。

「ねえ、どうなの?」ケイトはくいさがった。

「われわれ老人は若い者たちとちがって、性急にことを進めたりしないのだ」公爵は答えた。「だが、おまえたちがロシアから戻ってきたあかつきには、いい報告ができればと思っている」

ピンク色だったシャーロットの頬はいつしかまっ赤になっていた。

「もちろん、彼女が人生の新たな章をはじめてもいいと思ってくれればの話だが」

「この何週間か殺人やら何やらで大騒ぎだったことを考えると、そろそろ新しいページをめくるときなのかもしれないわ」シャーロットが言った。

リンズリーが笑みを押し隠して、皆のグラスにシャンパンのお代わりを注いだ。

「少なくとも、わたしたちは危険をのりこえたわ」ケイトは、みんなの人生ががらりと変わったことに思いをはせながら言った。「シェイクスピアなら〝終わりよければすべてよし〟と言うところね」

「そうだな、でもこれは終わりではない」マルコのトパーズ色の瞳がいたずらっぽく光った。

「はじまりにすぎないと言いたいね」

訳者あとがき

カーラ・エリオットの〈罪深き集い〉三部作の邦訳をお届けするのも、これが最後となりました。最後を飾る本作を皆様にご紹介できるのは大変うれしいのですが、魅力あふれる〝罪深き者たち〟にもう会えないのかと思うと少々悲しくなります。

……と訳者のせつなく複雑な心情を訴えるのはこのぐらいにして、まずは本書で初めて〝罪深き者たち〟に出会われた方のために、彼女たちを主人公とした本シリーズについて簡単にご説明しておきましょう。

舞台は十九世紀初頭のイギリス。この時代を舞台にしたロマンス小説の例にもれず、本シリーズのヒロインも上流社会に属する貴婦人たちです。けれども彼女たちは、美しく着飾ったり、うわさ話に花を咲かせたりすることだけに熱心な、この時代によくいた女性ではありません。〈女性科学者の集い〉というグループをつくって定期的に会合を持ち、科学に関する事柄を議論して、すばらしい業績を上げているのです。知的探求にいそしむのはレディにふさわしい行為とはされていないことから、メンバーは自分たちのグループを〈罪深き集い〉、そして自らを〝罪深き者たち〟と呼んでいます。

メンバーは五人。六十七歳で未亡人のシャーロット、その二歳年下の妹で独身をつらぬいてきたアリエル、八歳の息子がいる未亡人のキアラ、こちらも八歳の娘がいる未亡人のアレッサンドラ、そして二十二歳で独身のケイト。五人はそれぞれ異なる経歴や背景を持ちながらも、厚い友情で結ばれています。

つまり〈罪深き集い〉は、当初、五人の独身女性の集まりでもあったわけですが、シリーズ一作目の『スキャンダルは恋のはじまり』ではキアラが、二作目の『今宵、悪魔に身をゆだねて』ではアレッサンドラが苦境をのりこえて真の愛を見つけます。その波乱万丈の顚末《てんまつ》は、それぞれの作品でお楽しみください。また『スキャンダルは恋のはじまり』では、長年独身だったアリエルも生涯の伴侶《はんりょ》を見つけて幸せをつかみます。

こうして五人のうち独身なのは、最年長のシャーロットと最年少のケイトだけになりました。

本作のヒロインはそのケイトです。ケイトはイギリスの公爵家の出身である母親と、商船の船長をしているアメリカ人の父親とのあいだに生まれ、両親を熱病で亡くすまで、父親の商船で世界じゅうを旅する生活を送っていました。両親の死をきっかけに、母親を勘当した祖父のクライン公爵のもとで暮らすようになりましたが、厳格で支配的な祖父とはうまくいかず、イギリスの上流社会にもなじめずにいます。

その祖父が田舎の屋敷でパーティを催すことになりました。近くウィーンで開かれる平和会議に出席するヨーロッパ各国の外交官を招いたパーティです。ケイトが驚いたことに、客の中にはコモ伯爵ことマルコの姿もありました。

マルコは〈罪深き集い〉のメンバーであるアレッサンドラのいとこです。前作『今宵、悪魔に身をゆだねて』にも登場していますから、ご存じの方もいらっしゃるでしょう。独身で、救いようのない放蕩者という評判をとっていますが、実はイギリス陸軍副大臣の下で秘密の任務についています。

ケイトとマルコはすでに面識がありました。友だちのいとことして紹介され……。いえ、これはケイトだけが気づいていることなのですが、それ以前にも会っているのです。けれども、その出会いはケイトのいまわしい秘密と強く結びついていました。

この続きは本書でお楽しみください。そうそう、もうひとりの独身メンバーであるシャーロットの幸せも、作者のカーラ・エリオットはちゃんと考えているようですよ。

そのカーラ・エリオットに関して、うれしいニュースが飛びこんでまいりました。『今宵、悪魔に身をゆだねて』が二〇一一年度のＲＩＴＡ賞のリージェンシー・ヒストリカル・ロマンス部門のファイナリストに選ばれたというのです。

人気、実力ともに高い評価を得ているカーラ・エリオットの世界をどうぞご堪能ください。

二〇一一年七月　　　　五十嵐とも子

Lavender Books
30

伯爵のハートを盗むには

2011年7月25日 初版発行

著者
カーラ・エリオット
訳者
五十嵐とも子
発行人
石原正康
編集人
永島賞二
発行所
株式会社 幻冬舎
〒151-0051 東京都渋谷区千駄ヶ谷4-9-7
電話 03-5411-6211(編集) 03-5411-6222(営業)
振替 00120-8-767643
幻冬舎ホームページアドレス http://www.gentosha.co.jp/

印刷・製本所
中央精版印刷株式会社
ブックデザイン
鈴木成一デザイン室
検印廃止

Printed in Japan ISBN978-4-344-41707-6 C0193 L-10-3

この本に関するご意見・ご感想をメールでお寄せいただく場合は、
lavender@gentosha.co.jpまで。